DIE FANG UND ABSCHEU TRILOGIE

DIE TOTEN UMSCHREIBEN

JON SMITH

BAL KON media

DIE TOTEN UMSCHREIBEN

Erschienen bei Balkon Media

ISBN der Taschenbuchausgabe: 978-1-916970-32-8
Auch als E-Book erhältlich

Umschlagillustration & -gestaltung: Balkon Media

Impressum
Balkon Media B-08-12, Rivervale Condominium, Lorong Stutong 11B3 93350,
Kuching, Sarawak, Malaysia jon@balkonfilms.com +60 016 400 4579
www.jonsmith.net

BÜCHER VON JON SMITH

FICTION

The Fifth Horseman

Destiny Can Bite Me (Fang & Loathing #1)

The Stakeout Diaries (Fang & Loathing #2)

Rewrite the Dead (Fang & Loathing #3)

YOUNG ADULT

The Arb

CHILDREN'S FICTION

Toytopia

NON-FICTION

Once Upon A Brand

Founder Mode

The Bloke's Guide To Pregnancy

The Bloke's Guide To Babies

Get Into Bed With Google

Google Adwords That Work

Smarter Business Start-Ups

Start An Online Business

Digital Marketing For Businesses

EINS

Der Innenhof des Gerichts der Bleichen Angelegenheiten erwachte nur in der Abenddämmerung zum Leben, weshalb er sich im Inneren auch so tot anfühlte. Vincent lungerte direkt hinter dem Torbogen, rauchte eine geborgte Zigarette und lauschte dem Chor wohlkultivierter Schritte, die von kalten Steinplatten widerhallten. Ein Publikum aus Vampiren – einige altehrwürdig, andere neureich – säumte die Prozession in einer sorgfältigen Anordnung, die weniger von Gemeinschaft als vielmehr von Massenkontrolle zeugte. Jemand hatte sogar die Geländer abgestaubt.

Er beäugte den zeremoniellen Duellkreis in der Mitte der Steinplatten, dessen Grenze mit weißer Kreide und in regelmäßigen Abständen eingeschlagenen Eisenpfosten markiert war, von denen jeder mit mehr Schutzzaubern behängt war als die Haustür eines paranoiden Buchmachers. Selbst die Blutspritzer vom »Führungskräfteseminar« des letzten Monats waren weggewischt worden und hinterließen nur schwache rötliche Geister in der Maserung.

Ren trabte neben ihn, ihre Kuriertasche hing so tief, dass sie drohte, darüber zu stolpern. »Bilde ich es mir nur ein oder haben sie mehr Sicherheitspersonal als beim letzten Mal?« Sie nickte zum äußeren Ring, wo ein Dutzend verzauberte Sterbliche in passenden gelben Security-Polos sich in Lässigkeit übten.

»Nichts sagt so sehr ›wir sind nur ein freundlicher Geschichtsverein‹ wie sein uraltes magisches Duell mit einem Haufen Ex-Boxer aus Lewisham abzuriegeln«, murmelte Vincent. »Wenn einer von denen mich auch nur mit einem Metalldetektor anfasst, reiche ich eine Beschwerde ein.«

Ren sah auf ihr Handy und zog dann eine Augenbraue hoch. »Du hast nicht mal eine E-Mail-Adresse.«

Vincent atmete Rauch aus und grinste. »Ich richte mir eine ein, nur um ihnen zu sagen, dass sie sich verpissen sollen. Vorausgesetzt, wir leben so lange.«

Mrs Barley traf voll im Haushälterinnen-Modus ein, kerzengerade, das Haar tadellos frisiert, ihr einziger Schmuck eine Ansammlung polierter Knöpfe, die wahrscheinlich auch als Amulette gegen Besessenheit dienten. Neben ihr schwebte Zara ein paar Zentimeter über dem Kopfsteinpflaster. Vincent bemerkte, wie sie den Duellkreis musterte, ihre Lippen zuckten in einer stillen Berechnung.

»Hervorragend, ihr seid alle hier«, sagte Mrs Barley und lenkte sie in Richtung der Samtkordel, die den inneren Kreis abtrennte. »Versuchen wir, keine unerwünschte Aufmerksamkeit zu erregen.«

»Dafür ist es wohl ein bisschen spät«, murmelte Ren und blickte auf die Ordner, die am Eingang Blutsignaturen und Glamour-Marken einsammelten. Sie zog eine Plastikkarte aus ihrer Tasche und schob sie dem Sicherheitsgolem mit nur minimalem Zischen zu.

Innerhalb der Absperrung hatte sich die Elite versammelt: Dutzende der Besten des Rates der Bleichen Angelegenheiten in verschiedenen Stadien des Verfalls, plus ihre sterblichen Schoßtiere, Anhängsel und die gelegentlichen Modernisierer, die hofften, das Vampirdrama auf ihren »Ungefiltert-Gotik«-Kanal zu streamen. Mindestens zwei Produzenten von Realityshows drängten sich in der Nähe des hinteren Bereichs und versuchten, mit als Wasserflaschen getarnten Kameras eine freie Sicht auf den Kreis zu ergattern.

In der Mitte, bereits mitten in seiner Rede, stand Ältester Mortimer Blackthorn, Vorsitzender des Londoner Rates und der lebende Beweis dafür, dass Vetternwirtschaft tatsächlich ewig währen kann. Er war gebaut wie ein ausrangierter Hutständer – lang, skelettartig, drapiert in zeremonielle Roben, die selbst dann scheußlich gewesen sein mussten, als sie noch in Mode waren. Sein Haar glänzte wie ein Ölteppich unter den Laternen, und seine Augenbrauen waren schon vor Jahrzehnten außer Kontrolle geraten.

Er hielt vom erhöhten Podest aus Hof, seine Stimme so moduliell, dass sie bis zur entferntesten Säule reichte. »– und so bekräftigen wir durch den heiligen Pakt des Konklaves der Bewahrer unser Bekenntnis zu Würde, Diskretion und – vor allem – Kontinuität angesichts destabilisierender Elemente. Möge der heutige Abend ein Beispiel für unsere Entschlossenheit sein.«

Eine Welle des Beifalls erhob sich, eher höflich als aufrichtig.

Vincent beugte sich zu Ren. »Nichts schreit so sehr nach Kontinuität wie ein Kampf auf Leben und Tod in einem Kreidekreis.«

Sie stieß ihm den Ellbogen in die Seite. »Pst. Du hast versprochen, uns nicht rausschmeißen zu lassen, bis jemand geblutet hat.«

»Technisch gesehen sagte ich: ›nach der ersten Runde‹. Auf die Details kommt es an.«

Zara, die sich nicht einmal die Mühe machte, ihr Gähnen zu verbergen, murmelte: »Wenn er noch einmal ›historischer Moment‹ sagt, zünde ich mich selbst an. Ihr seid alle eingeladen.«

Mrs Barley warf ihr einen Blick zu. »Widersteh dem Impuls, meine Liebe. Es ist schon genug Rauch in der Luft.«

Blackthorns Rede schlängelte sich durch die üblichen Plattitüden: Vampire als Verwalter der Zivilisation, das uralte Erbe des Rates, die Wichtigkeit, den Schein zum Wohle »unserer weniger glücklichen, sonnenbeschienenen Verwandten« zu wahren. Vincent schaltete ab und beobachtete stattdessen die kleinen Dramen in der Menge – eine junge Vampirin, die bei der Krawatte ihres Ältesten ein Kichern unterdrückte, ein Modernisierer, der die Rede fröhlich in Echtzeit untertitelte (»#RespectThe-Drip«), ein paar Berlin-Besucher, die etwas Phosphoreszierendes von einer Visitenkarte schnupften.

Die Atmosphäre änderte sich, als die Seitentüren aufknallten und die Messinggriffe gegen Stein schabten. Die gesamte Versammlung drehte sich wie ein Mann um, eine La-Ola-Welle räuberischer Aufmerksamkeit. Vincent spürte, wie sich die Haare auf seinen Armen aufstellten.

Lord Ashcroft trat ein, als gehöre ihm das Konzept des Dramas. Groß, wächsern, in viktorianisches Trauerschwarz gekleidet, mit einem Gehrock, der eine Staubspur hinter sich herzog. Sein Gesicht war das Paradebeispiel für »heimgesucht«, scharf und geisterhaft und von innen von einem Hunger erleuchtet, der den ganzen Raum kälter machte. Er bewegte sich mit einer Arroganz, die sowohl stilvoll als auch leicht aus dem Takt war, als würde jedes seiner Glieder von purer Verachtung ferngesteuert.

Vincent verschluckte sich beinahe an seiner Zigarette. »Oh, zur Hölle. Das ist Ashcroft.«

Ren klappte der Mund auf. »Der Ashcroft? Der aus den Duellskandalen?«

Mrs Barleys Hände flatterten, nur ganz kurz, an ihren Seiten. »Er sollte nicht hier sein«, flüsterte sie. »Nicht nach Wien.«

Zaras Augenbrauen verschwanden unter ihrem Haaransatz. »Der Rat lässt ihn duellieren? Wollen die ein Massaker?«

Blackthorn, sichtlich beunruhigt, versuchte, seine Rede fortzusetzen, aber Ashcroft schwebte bereits auf die Plattform zu und schnitt durch die Menge wie ein erfrorenes Messer. Er bestieg die Stufen und verbeugte sich einmal spöttisch vor dem Ältesten.

»Meine Entschuldigung, Rat«, verkündete Ashcroft mit klarer, hohler Stimme, »aber ich glaube, nach dem uralten Gesetz der Anrufung steht mir das Recht zu sprechen zu. Oder hat der Vorsitzende seine eigene Abstammung vergessen?«

Ein scharfes Murmeln, gefolgt von einem deutlichen Schlurfen der Füße der Sicherheitsgolems. Blackthorns Griff um das Rednerpult wurde fester.

»Es steht Euch ganz sicher nicht zu, das Wort zu ergreifen, Lord Ashcroft«, zischte Blackthorn, »und Ihr werdet diesen Rat mit dem gebotenen Anstand ansprechen —«

Ashcroft grinste und enthüllte Fangzähne, die so makellos waren, dass sie mit einer Garantie geliefert worden sein mussten. »Anstand ist etwas für jene, die noch ein Herz besitzen. Oder einen Rat, dem es sich zu dienen lohnt.« Er drehte sich zu der versammelten Menge, seine Stimme schwoll an. »Was sagt ihr, meine Mitverdammten? Wollt ihr euer Schicksal von Schreiberlingen und Buchhaltern bestimmen lassen? Oder werdet ihr als die Architekten eures eigenen Endes dastehen?«

Mehrere Dutzend Stimmen, die Hälfte davon bereits betrunken, brüllten ihre Zustimmung. Handys und verzauberte Aufnahmegeräte neigten sich erwartungsvoll nach oben. Vincent spürte, wie die Temperatur im Innenhof um weitere paar Grad sank.

Ren flüsterte: »Er heizt die Menge an. Ein alter Trick.«

Vincent nickte. »Hat in Paris funktioniert. Hat in Moskau funktioniert. Jedes Mal, wenn er das tut, explodiert etwas.«

Ashcroft wandte sich Blackthorn zu, jede Spur von Ironie aus seiner Stimme verschwunden. »Kraft des Rechts der Anrufung und durch das Blut meiner Linie fordere ich den Ältesten zum Zweikampf heraus. Möge der Rat Zeuge sein.«

Eine schwere Stille, nur unterbrochen vom leisen Klicken hunderter Handys, die Geschichte aufzeichneten, und dem fernen Geräusch von jemandem, der im Influencer-Bereich in Ohnmacht fiel.

Blackthorn errötete – beeindruckend, angesichts seiner Blässe. »Ihr seid eine Schande für diesen Rat. Dies ist nicht das Jahrhundert für theatralische Gewalt. Unsere Angelegenheiten müssen geheim bleiben, und Ihr bedroht –«

»Geheimhaltung?« Ashcrofts Lachen war dünn und bitter. »Ihr könnt nicht mal euren eigenen Laden in Ordnung halten. Die Modernisierer treiben ihr Unwesen, die Menschen sind uns auf der Spur, und Ihr schlagt ... Papierkram vor.« Er spuckte das letzte Wort aus. »Machen wir es anständig. Wie in den alten Zeiten. Es sei denn, Ihr habt Angst.«

Blackthorn sträubte sich. Er richtete sich zu seiner vollen, einschüchternden Größe auf, die mindestens einen Zoll kleiner war als die von Ashcroft. »Ich nehme Eure Herausforderung an. Möge Eure Dummheit von kurzer Dauer sein.«

Ashcroft verbeugte sich und erhob dann die Arme zur Menge. Die rituelle Anrufung schimmerte um den Kreis – ein durchscheinendes Band aus violettem, tintenartigem Licht, das mit einem Geräusch wie berstendem Glas einrastete. Der magische Vertrag legte sich über den Innenhof und drückte sich mit einer unangenehmen, klammen Beharrlichkeit gegen Vincents Haut. Niemand, nicht einmal die abgebrühtesten Mitglieder des Rates, konnte gehen oder eingreifen, bis das Duell beendet war.

Vincent wandte sich an Mrs Barley. »Sag mir, dass du einen Plan für so was hast.«

Sie presste die Lippen zusammen. »Wir überleben. Und wenn möglich, stellen wir sicher, dass es noch etwas zu erben gibt.«

Vincent beobachtete den Kreis, dessen Schutzzauber erwartungsvoll aufflammten, und fragte sich, ob es einen Weg gab, die selbstherrlichste Bürokratie des Universums zu bluffen. Er bezweifelte es stark.

Die Menge vibrierte vor Aufregung, der Duft uralter Blutlust und Vorfreude erfüllte die Luft. Die Influencer drängelten sich um die besten Plätze; die Berliner eröffneten einen Wettpool, wer zuerst bluten würde; sogar die gemieteten Wachleute beugten sich vor, in der Hoffnung, ein bisschen Live-Action-Vampir-Gemetzel zu sehen. Ashcroft stand am Rande des Kreises und sonnte sich bereits in der Aufmerksamkeit, während Blackthorn so tat, als würde er seine zeremonielle Schärpe zurechtrücken.

»Na ja«, sagte Vincent, drückte seine Zigarette aus und klopfte sich Kreidestaub von den Schuhen. »Das ist mal eine Art, eine Sitzung zu eröffnen.«

Ren grinste, ihre dunklen Augen blitzten aufgeregt. »So was gibt's nur in London.«

Für diesen Anlass legte Blackthorn seine Roben ab und enthüllte die schlanke Totenkopfform eines Vampirs, der in seinen fünf Jahrhunderten niemals nennenswerter körperlicher Anstrengung ausgesetzt gewesen war. Seine Handschuhe waren aus feinstem Ziegenleder und glänzten, ebenso wie der zeremonielle Säbel an seiner Seite – ein Relikt, das so alt war, dass Vincent vermutete, es sei noch nie im Kampf eingesetzt worden.

Ashcroft hingegen hatte nicht die Absicht, nach den Regeln zu spielen. Er warf seinen Gehrock ab, stellte die Füße breit auseinander und zog aus den Tiefen seiner Jacke einen Spazierstock mit einem glänzenden Silberknauf hervor. Er wirbelte ihn einmal herum, dann stieß er das untere Ende auf den Boden, wobei die Spitze Funken auf dem Stein schlug.

»Großartig«, murmelte Vincent mit verschränkten Armen.

»Zwei Antiquitäten, die sich gegenseitig in Stücke schlagen, um zu entscheiden, wer am vornehmen Ende des Tisches sitzen darf. Dafür habe ich Eastenders verpasst.«

Mrs Barleys Griff schloss sich um seinen Bizeps, überraschend kräftig für eine Frau, die Hemden mit der Kraft eines enttäuschten Stirnrunzelns bügeln konnte. »Pass auf«, sagte sie. »Einmal angerufen, kann das Duell nicht gestoppt werden. Weder vom Rat, noch vom Gesetz, noch von irgendjemandem.«

Vincent schnaubte. »Und was ist mit gesundem Menschenverstand?«

Mrs Barleys Lippen wurden schmal. »Das war schon immer optional.«

Der Duellkreis schimmerte, die Sigillen entlang der Eisenpfosten leuchteten nacheinander auf – eine makabre Modenschau. Blackthorn hob seinen Säbel mit einer theatralischen Geste und stieß mit einer gemurmelten lateinischen Phrase einen Strom von Nachbildern aus – ein halbes Dutzend verschwommener Doppelgänger, alle gleichermaßen selbstzufrieden.

Die Menge raunte, so sehr eine Vampirmenge eben raunen kann. Einige klatschten sogar. Mehrere Sterbliche richteten ihre Handys aus, um einen Schnappschuss des Effekts zu bekommen, die Filter schon bereit.

Ashcroft wartete nicht auf Applaus. Er stürzte sich vorwärts und überbrückte die Distanz im Nu. Sein Stock traf eines der Nachbilder – ein glitzernder Schauer aus Tinte und Illusion – und fuhr direkt zum echten Blackthorn durch, wo er mit einem dumpfen, nassen Knacken in dessen Brustkorb einschlug.

»Netter Partytrick«, spottete Ashcroft, während sein Stock in brutalen Bögen schwang. »Habt Ihr das in der Privatschule gelernt, oder wart Ihr schon immer so langweilig?«

Blackthorn taumelte, fing sich wieder und schlug mit dem Säbel zu – ein eleganter, bogenförmiger Hieb. Ashcroft duckte sich tief, ließ die Klinge über seinen Schädel singen und stieß den

Stock unter Blackthorns Kinn nach oben. Es gab ein Knallen, ein Geräusch wie eine alte Glühbirne, die durchbrennt, und für einen Moment flackerten alle Siegel um den Kreis.

Vincent beobachtete fasziniert, wie Blackthorn zurückwich und sein sorgfältig aufgebauter Glamour zusammenbrach. Der alte Älteste blickte auf, die Zähne gefletscht, aber seine Doppelgänger flackerten und starben. Im Innenhof war es still, bis auf Ashcrofts flaches, erfreutes Atmen.

»Warum hält das niemand auf?«, flüsterte Ren mit großen Augen.

Mrs Barley ließ Vincents Arm nicht los. »Weil die Alternative Chaos ist. Und Vampire haben vor nichts mehr Angst als vor Chaos.«

»Sicher, sieht für mich aber nach Chaos aus.«

»Du hast noch kein Chaos gesehen, meine Liebe.«

Ashcroft umkreiste ihn, den Stock wie ein Florett ausgestreckt. »Ihr habt es nie gelernt, oder, Morty? Immer versteckt Ihr Euch hinter Regeln und Papierkram. Immer Angst vor dem echten Blut.« Seine Zunge fuhr über einen Fangzahn, seine Augen blitzten auf. »Zeigen wir es ihnen.«

Er griff mit einer Wut an, die die Luft selbst zu zerreißen schien – verschwommen, wieder auftauchend, jede Bewegung durch den vom Duellkreis ausstrahlenden Glamour übertrieben. Blackthorn blockte den ersten Schlag ab, den zweiten, aber der dritte traf ihn ins Bein und ließ ihn zu Boden stürzen. Ashcroft stürzte sich auf ihn und trieb den Ältesten gegen die Eisenpfosten zurück.

Mit einer schwungvollen Bewegung fing er Blackthorns Kehle in der Biegung seines Stocks ein, hebelte ihn nach oben und drehte ihn. Es gab ein Knirschen, das durch den Innenhof hallte.

Blackthorn baumelte, seine Füße scharrten, sein Umhang flatterte wie eine ausgerenkte Fledermaus. Er versuchte einen weiteren Glamour zu beschwören, aber Ashcroft beugte sich nur vor und biss zu.

Kein vornehmer Kinovampir-Biss, sondern ein regelrechtes Raubtiergemetzel, die Fangzähne zielten auf die Halsschlagader mit einer Gewalt, die selbst die Modernisierer dazu brachte, ihre Handys aus Schock sinken zu lassen.

Vincent spürte den Drang, sich zu bewegen, einzugreifen, aber Mrs Barley hielt ihn fest. »Duellrecht. Brich es, und du bist der Nächste«, zischte sie.

Er blickte zur Seite und sah, dass selbst Zara, die normalerweise unerschütterlich war, etwas übel aussah. »Ich dachte, diese Dinger enden mit einer Entschuldigung und einem Händedruck«, murmelte Vincent.

»Nicht in diesem Jahrhundert«, antwortete Zara. »Nicht bei Ashcroft.«

Das Duell endete so abrupt, wie es begonnen hatte: Blackthorn sackte auf die Steinplatten, Blut strömte in hässlichen schwarzen Rinnsalen über die Vorderseite seiner Krawatte. Ashcroft wischte sich den Mund mit einem Spitzentaschentuch ab und wandte sich dann mit einer Verbeugung, die so tief war, dass sie an eine Parodie grenzte, an den versammelten Rat.

»Meine Damen und Herren des Rates«, verkündete er mit klarer, dröhnender Stimme, »der Ewige Entwurf hat euer Ende geschrieben.« Er schnippte mit den Fingern, und ein magischer Impuls schoss die Eisenpfosten hoch und sandte eine Welle durch jeden anwesenden Vampir.

In der Stille trat Ashcroft aus dem Kreis, sein Gehrock makellos, kein Blutfleck auf seinen Lippen. Er schritt den Umkreis ab und sog die Panik in sich auf.

Die Menge wogte und stockte, unsicher, ob sie rennen oder applaudieren sollte. Einige filmten; einige fielen in Ohnmacht. Die Modernisierer nahmen, bewundernswerte Professionalität zeigend, das Livestreaming mit atemlosen Kommentaren wieder auf.

Ren atmete aus und merkte erst jetzt, dass sie den Atem angehalten hatte. »Sind wir in Sicherheit?«

Vincent beobachtete, wie Ashcroft sich vor der entsetzten Masse brüstete. »Definiere ›in Sicherheit‹.«

Ashcroft drehte sich in genau diesem Moment um, als hätte er es gehört. Sein Blick fand Vincent, verweilte auf ihm und er lächelte. »Exquisit, nicht wahr? So viel Geschichte, die neu geschrieben werden muss. Vielleicht werdet Ihr Eure Rolle dieses Mal besser spielen, Vincent Lupo.«

Er zwinkerte.

Vincent blickte finster. »Wenn ich das nächste Mal das Vermächtnis von jemandem als Ghostwriter schreibe, erinner mich daran, Gefahrenzulage zu verlangen.«

Mrs Barley tätschelte seine Schulter. »Gehen wir. Es wird Konsequenzen geben, und wir müssen planen.«

Während der Rat im Chaos versank – Sicherheitsgolems jagten wilde Vampire, Sterbliche kreischten und posteten in Echtzeit – führte Vincent seine Truppe durch die hinteren Korridore, während der Klang des Duellrechts und des übernatürlichen Vertrags hinter ihnen verblasste.

ZWEI

Die private Kammer des Rates war einst das Refektorium einer Abtei gewesen, deren Gewölbe so gemeißelt worden waren, dass sie den Chorgesang zu einem Gott lenkten, der schon seit Jahrhunderten ihre Anrufe nicht mehr entgegennahm. Jetzt diente das Gewölbe hauptsächlich dazu, bürokratische Panik zu einer Art opernhafter Rückkopplungsschleife zu verdichten. Darunter fächerten sich die Ältesten des Rates an einem Hufeisen aus Walnussschreibtischen auf und erhoben ihre Stimmen mit dem Anstand eines Familiengerichts, kurz nachdem der Richter den Saal verlassen hatte.

Eiserne Kronleuchter schwangen über ihnen und warfen verzerrte Schatten auf die Schreibtische darunter – jeder Schreibtisch summte noch leise von der restlichen Magie des Duellkreises. Einige Älteste hatten in der Verwirrung ihre Perücken abgelegt, andere klammerten sich an die Würde der alten Welt, der Puder auf ihren Gesichtern wie Einbalsamierpaste.

Vincent lümmelte am Rande, die Schultern an den kalten Stein gepresst, die Arme verschränkt und den Kiefer angespannt.

Eine Zigarette steckte in einer verzierten silbernen Spitze, etwas, das sowohl Klasse als auch tödliche Langeweile ausstrahlte. Er beobachtete die Debatte, wie man eine Hundeschau betrachten würde, bei der die Hunde ihre Führer gefressen hatten.

Ren hatte sich einen ramponierten Stuhl geschnappt und saß auf dessen Hinterbeinen, die Füße auf der Sitzfläche, um den Raum besser nach improvisierten Ausgängen absuchen zu können. Sie fing Vincents Blick auf und wackelte mit den Augenbrauen, was entweder »Das ist alles Schwachsinn« oder »Wir könnten diese Leute vor Sonnenaufgang definitiv bis aufs Hemd ausrauben« bedeuten konnte. Vincent, der lange genug mit ihr zusammengearbeitet hatte, um zu wissen, dass es beides war, erlaubte sich den Hauch eines Grinsens.

Mrs Barley stand in diskreten zwei Metern Entfernung, das Klemmbrett in der Hand und ein Ausdruck sanfter Gereiztheit ins Gesicht gemeißelt. Sie ließ ihren Blick von Schreibtisch zu Schreibtisch wandern und machte sich Notizen zu jedem Ausbruch, als ob sie einen Vorfallbericht bei Gott persönlich einreichen wollte. Die polierten Knöpfe an ihrem Revers glänzten bei jeder ihrer Bewegungen; sie sahen nach nichts aus, aber Vincent hätte seine nächste Monatsmiete darauf verwettet, dass einer davon ein aktiver Panikknopf war.

Über ihnen schwebte Zaras Geist durch eine Gewölberippe, die Arme verschränkt, ihr Haar trotz der fehlenden Schwerkraft wie immer makellos. »Nichts fördert die Einigkeit so sehr wie die nackte Panik«, bemerkte sie und projizierte ihre Stimme gerade so weit, dass der nächste Älteste sich unruhig umsah.

»Sie geraten nicht in Panik«, erwiderte Mrs Barley mit gedämpfter Stimme. »Sie bringen lediglich unter Druck eine Vielfalt von Meinungen zum Ausdruck.«

Zara machte eine unanständige Geste, die nur Ren zu schätzen wusste.

Unten hatte sich der Rat in einen dreiseitigen Streit aufgespalten, der von drei Ältesten vertreten wurde, deren Gesichter allein einen Halloween-Kostümwettbewerb hätten gewinnen können.

Ältester Corvane, ein spindeldürres Ding in einem Nadelstreifenanzug, der nach »Hypothekenbetrug« schrie, stach mit einem Finger auf den Schreibtisch. »Wir müssen entschlossen handeln. Sofort zurückschlagen. Welchen Sinn hat ein Rat sonst?«

Älteste Skye, die ein Spinnennetz aus Stahlschmuck über einem Samtanzug trug, konterte: »Ja, ›schlagen wir zurück‹ gegen einen Mythos. Sehr vernünftig. Haben Sie auch Angst vor dem schwarzen Mann, Corvane, oder nur davor, Ihre Pension zu verlieren?«

In der Mitte beugte sich Ältester Marwood vor, seine Stimme auf maximale Gravitas ausgerichtet. »Alles, was wir wissen, ist Folgendes: Lord Ashcroft hat den Ewigen Entwurf ausgerufen. Das ist keine Vermutung. Das ist kein Streich. Das alte Duellgesetz hat uns alle in diesem Kreis eingeschlossen. Er hat den kollektiven Willen des Rates gebunden und jetzt −«, er deutete zum Innenhof, von wo aus Blackthorn abserviert worden war, »− gehört der Wille ihm.«

Ein allgemeines Raunen. Mehrere Älteste murmelten etwas über Zauber zur Gedächtnisunterdrückung. Einer schlug vor, die Modernisierer hinzuzuziehen, wenn auch nur, damit man ihnen später die Schuld geben konnte.

Vincent zupfte sich einen Tabakkrümel von der Zunge und ließ die Spannung im Raum gären. Im besten Fall würden sich die Ältesten gegenseitig zerfleischen und er könnte auf dem Weg nach draußen das gute Besteck mitgehen lassen. Im schlimmsten Fall würden sie sich an die gängige Tradition erinnern: Wenn man in existenzieller Gefahr schwebt, zieht man Vincent Lupo ein.

Ren beugte sich vor und flüsterte: »Was meinst du, wer zuerst dran glauben muss?«

Vincent überlegte. »Marwood hat zwar die Stimme, aber

Corvane hat ein echtes Talent dafür, in Gassen abgestochen zu werden. Gleiche Chancen.«

Zara schwebte tiefer, ihr Gesicht glitt direkt durch eine hängende Laterne. »Wirst du es ihnen sagen, oder soll ich es tun?«

Er zuckte mit den Schultern. »Sie werden schon noch darauf kommen. Vampire sind süchtig nach ihrem eigenen Drama, wenn sie sonst schon nichts sind.«

Die Debatte des Rates driftete rapide ins Irre ab. Marwood schlug mit einem Hammer auf den Tisch, um für Ordnung zu sorgen, aber das hatte die akustische Wirkung eines höflichen Klopfens an einem Grabmal.

Corvane erhob sich und breitete seine knochigen Hände aus, als würde er bei einer Totenwache eine Leiche präsentieren. »Ich beantrage, dass wir jede Erinnerung an diesen Vorfall unterdrücken. Das Narrativ eindämmen und zur Tagesordnung übergehen. Wir können uns kein Chaos leisten. Das letzte Mal, als eine Prophezeiung viral ging, haben wir Paris für ein Jahrhundert verloren.«

Skye lachte, hoch und hell. »Ich bin sicher, die Menschen werden sehr verständnisvoll sein, wenn ihr gesamtes Parlament von historischen Cosplayern zerfetzt wird. Ja, lassen Sie uns das einfach nicht erwähnen, und vielleicht verschwindet die Apokalypse dann von selbst.«

Vincent schnippte seinen Zigarettenstummel in einen leeren Kelch und räusperte sich. »Falls es hilft, außerhalb dieses Raumes nimmt niemand den Ewigen Entwurf ernst. Sie sind der PR-Kurve also schon voraus.«

Ein Dutzend Augenpaare schnellten wie ein Mord Krähen, der ein glänzendes Schmuckstück bemerkt, gleichzeitig zu ihm.

Corvanes Lippen verzogen sich, zu gleichen Teilen Lächeln und Knurren. »Kenne ich Sie?«

»Vincent Lupo. Professionelle Belastung. Inoffiziell für den

Rat tätig, wenn Sie unbestreitbare Aktivposten oder einen sehr schlechten Ghostwriter für Memoiren brauchen.«

Skye starrte ihn an. »Sollten Sie nicht eigentlich tot sein?«

Vincent machte eine unbestimmte Handbewegung. »Habe ein Sabbatical genommen. Habe mich gelangweilt. Jetzt bin ich hier.«

Ältester Marwood faltete die Hände, seine Stimme eisig. »Wenn Sie etwas über den Ewigen Entwurf wissen, Mr Lupo, schlage ich vor, Sie teilen es uns mit.«

Vincent wartete, gerade lange genug, um sie zu ärgern. »Gibt nicht viel zu teilen. Jeder Vampir hat den Mythos gehört – eine lebende Prophezeiung, eine narrative Maschine, die die Geschichte aus den Schatten neu schreibt. Ich dachte, das wäre nur eine Ausrede, um alte Tagebücher zu verbrennen.«

Zara schwebte zu seiner Schulter und flüsterte: »Du weißt, dass er echt ist. Du hast es gesehen. Hör auf, auf Zeit zu spielen.«

Vincent blickte unauffällig nach oben. »Ich habe schon viele Dinge gesehen. Der Mythos besagt: Der Ewige Entwurf ist eine Art sich selbst editierende Geschichte, eine rekursive Schleife im Gefüge der Vampirgeschichte. Jedes Mal, wenn jemand versucht, die Ordnung der Dinge zu ändern, biegt sich der Entwurf, und jemand – meist der Lauteste – wird gelöscht.«

Corvane schnaubte. »Wir werden also von einer rekursiven Metapher bedroht?«

»Keine Metapher«, korrigierte Marwood. »Eine Entität. Eine, die nur unter ganz bestimmten Umständen angerufen werden kann – öffentliches Duell, bezeugt von einem Quorum, eine Anfechtung der Legitimität des Rates.« Er deutete in den Raum. »Was, so glaube ich, gerade geschehen ist.«

Ren rutschte auf ihrem Stuhl hin und her, ihre Stimme leise. »Also ... was ist er, eine Art Vampir-Ghostwriter? Der die Realität editiert?«

Mrs Barley lächelte dünn. »Das wäre poetisch. Aber der

Entwurf ist weniger ein Schriftsteller als vielmehr ein Parasit. Er passt sich an, lernt und löscht, was er nicht kontrollieren kann.«

Vincent sah zur Decke und versuchte, nicht an Carmine zu denken. An Paris. An das letzte Mal, als er gesehen hatte, wie eine Prophezeiung viral ging und sich Block für Block durch eine Stadt fraß.

Marwood nickte in Richtung des Blutflecks. »Ashcroft hat einen Plan und jetzt hat er die Unterschrift des Rates. Wir müssen ihm zuvorkommen, bevor der Entwurf die neue Geschichte in Stein meißelt.«

»Viel Glück dabei«, sagte Zara, aber nur Vincent hörte sie.

Die Auseinandersetzung geriet erneut aus den Fugen – einige forderten eine bewaffnete Intervention, andere erstellten hektisch Listen plausibler Abstreitbarkeiten. Jemand schlug einen vollständigen Rückruf der Modernisierer vor; ein anderer Ältester brachte die Idee auf, sterbliche Berater einzustellen, was mit einem verächtlichen Schnauben und einem geflüsterten »Die würden sich doch nur gewerkschaftlich organisieren« quittiert wurde.

Währenddessen stand Vincent da, mit verschränkten Armen, die Zigarettenspitze wippte, während er an der Spitze kaute. Jede Minute, die mit Streiten verbracht wurde, brachte sie eine Minute näher an das, was auch immer Ashcroft inszenierte. Er tippte mit einem Finger gegen seinen Ärmel, eine alte, nervöse Angewohnheit, die Carmine einmal als »ein Metronom für das drohende Verhängnis« bezeichnet hatte.

Es war Ältester Corvane, der schließlich zusammenbrach. Er fuhr zu Vincent herum, seine Stimme so scharf wie Frost. »Sie haben Carmine erledigt. Sie werden das hier erledigen.«

Die Kammer verfiel in eine plötzliche, erschütternde Stille.

Vincent betrachtete Corvane mit dem Blick eines Mannes, der sich freiwillig für einen Selbstmordpakt gemeldet hatte, nachdem er die letzten drei Treffen verpasst hatte. Er ließ die Stille reifen, dann machte er eine Verbeugung, die so theatralisch war, dass sie an das Obszöne grenzte.

»Ah, also bin ich jetzt ein Held? Was für ein Aufstieg von ›Belastung‹.« Sein Lächeln war scharf, aber seine Finger trommelten auf den Rand des Schreibtisches wie Hagel auf einen Sargdeckel.

Ren grinste. Mrs Barley machte sich eine Notiz. Zara sah zum ersten Mal mitfühlend aus.

Vincent richtete sich auf. »Wollen Sie, dass ich Ashcroft jage? Oder den Entwurf selbst?«

Marwoods Lächeln bestand nur aus Zähnen. »Kennen Sie den Unterschied?«

Vincent zuckte die Achseln und hob die leeren Hände. »Nur einer von ihnen blutet, wenn man ihn schlägt.«

Der Rat verfiel wieder in sein Gezänk, die Angelegenheit war auf die Weise geklärt, wie es nur wahre Bürokratien können: indem man den existenziellen Ball demjenigen zuspielt, der zufällig am nächsten an der Tür stand. Vincent lehnte sich zurück, die Zigarettenspitze zwischen den Zähnen, und fragte sich, ob er jemals eine Prophezeiung erlebt hatte, die nicht damit endete, dass jemand neu geschrieben wurde.

Er bezweifelte es. Aber für alles gab es ein erstes Mal.

Der Lagebesprechungsraum des Rates ähnelte einem Luftschutzkeller, der von einem übereifrigen Prepper mit einer Vorliebe für ledergebundene Bücher eilig neu dekoriert worden war. Ein halbrunder Tisch stand vor einer Wand aus verzauberten Karten; die Geografie Londons war runzlig und zuckte, während neue Störungen auflebten. Magie haftete an jeder Oberfläche: in den Haarrissen des Marmorbodens, in der Tinte, die aus alten

Folianten sickerte, in dem schwachen Ozongestank, der auf eine oder zwei Realitätsanpassungen zu viel hindeutete.

Vincent stand mit dem Rücken zur Haupttür, die Hände in den Taschen, während sich das »Krisenkomitee« des Rates für die Besprechung neu formierte. Nur die wirklich Verzweifelten nannten es eine »Besprechung«. Für Vincent sah es eher wie eine Zeremonie der letzten Ölung mit schlechter PowerPoint-Präsentation aus.

Ein Golem-Praktikant rollte ein Tablett mit Blutphiolen und Espressi herein. Ren schnappte sich einen doppelten und blickte mürrisch auf die projizierte Karte, schon gelangweilt von den Punkten, die über dem Fluss aufblühten. Zaras Geist saß am Rand der Projektion und ließ ihre Beine durch eine Ley-Linie schwingen, während sie das Muster des Chaos mit einem Finger nachzeichnete.

Mrs Barley stand direkt hinter Vincent und las den Raum auf ihre effiziente Weise. Sie bemerkte jedes Beben, jedes Zusammenpressen eines Kiefers, jeden Seitenblick auf den wachsenden Fleck auf der Tagesordnung: Ashcroft, jetzt in Trauerschwarz hervorgehoben, mit seinen »Manifestationen«, die wie eine Plage besonders protziger Wespen über die Themse schwärmten.

Älteste Skye eröffnete die Show. »Die Entität, die sich Ashcroft nennt—«

»Immer noch Ashcroft«, murmelte Ren, die die Akte des Mannes gelesen hatte. »Er hat ein echtes Faible für Markentreue.«

Skye ignorierte sie. »— hat nicht nur das Protokoll umgestoßen, er hat eine Hitparade der britischen Infamie auferweckt. In den letzten vier Stunden haben wir zwölf hochkarätige nekromantische Ereignisse verzeichnet. Jedes Mal dasselbe: eine historische Figur, seit mindestens einem Jahrhundert verstorben, kehrt zurück. Wiedergänger, aber klüger. Hungrig nach etwas anderem als Blut.«

Eine Geste, und die Karte spuckte eine neue rote Stecknadel

aus. »Oxford Street, vor zwei Stunden. Eine Giftmischerin aus der Regency-Zeit mit einem Nebeninteresse an Vivisektion. Hat drei getötet und dann versucht, beim Innenministerium um Gnade zu bitten.«

Ren schnaubte. »Klassischer Londoner. Erst Mord, dann Bürokratie.«

Ein nervöses Kichern ging durch die Versammelten. Selbst die Besten und Klügsten des Rates konnten die Form der Apokalypse, die ihnen überreicht worden war, nicht ganz fassen.

Ältester Corvane übernahm und ließ seine Zunge schnalzen, als ob er die Luft nach losen Narrativen abtastete. »Die Sichtungen eskalieren. Jedes historische Monster mit einem Groll kriecht aus dem Aktenvernichter. Einige haben es auf uns abgesehen, andere scheinen damit zufrieden zu sein, alte Rechnungen in der Öffentlichkeit zu begleichen. So oder so verlieren wir die Kontrolle.«

Vincent studierte die Karte und ignorierte den Druck der Blicke. Es sah aus, als hätte jemand eine Partie Pest-Schach aufgebaut und dann die Figuren verschüttet. »Glauben Sie, Ashcroft kontrolliert sie direkt?«, fragte er, mehr zu Mrs Barleys Nutzen als für den Raum.

Marwood, immer der Friedensstifter, mischte sich ein. »Nicht so sehr Kontrolle, sondern vielmehr Orchestrierung. Der Ewige Entwurf will die Realität überschreiben; Ashcroft füttert ihn nur zur richtigen Zeit mit den richtigen Namen. Jeder Wiedergänger schwächt die Grenze zwischen den Geschichten. Wenn er genug Punkte der Geschichte umdrehen kann–«

Zara beendete den Gedanken, ihre Stimme überlappte sich leicht mit der von Marwood, wie es nur Tote vermochten: »– dann leben wir nicht mehr in unserer Geschichte. Wir leben in seiner bearbeiteten Version.«

Mrs Barley machte ein kleines, präzises Geräusch des Unbehagens. »Er startet London als Theater für sein eigenes Drehbuch neu. Vampire eingeschlossen.«

Die Karte änderte sich wieder. Diesmal waren die Stecknadeln nicht rot, sondern von einem ungesunden Grünton. »Aktivität der Modernisierer?«, fragte Vincent und erkannte eine Ansammlung bei King's Cross.

Skye verzog das Gesicht. »Die behandeln das wie ein Festival. Neue Gesichter, neue Machtstruktur, eine Chance, die alte Ordnung zu ›stören‹. Einige von ihnen helfen uns, andere livestreamen das Chaos. Es zersplittert die Stadt.«

Corvane stieß Vincent mit einem Fingerknöchel an. »Deshalb brauchen wir jemanden, der auf beiden Seiten operieren kann. Die Modernisierer trauen uns nicht. Die alte Garde traut niemandem. Aber sie alle kennen Sie, Lupo.«

Vincent sah unbeeindruckt aus. »Und was genau ist Ihr Plan? Mich zu allen Blutbanken zu schicken und allen zu sagen, sie sollen schön brav sein, bis die Prophezeiung vorüber ist?«

Skye verschränkte die Finger. »Sie haben Kontakte in jedem Zirkel, jeder Clique. Sie sind kein Mitläufer, aber Sie sind ein Verbinder. Wir brauchen Sie, um eine Koalition aufzubauen.«

Ren verschluckte sich beinahe an ihrem Espresso. »Ihr wollt, dass er ein Anwerber wird?«

Mrs Barleys Klemmbrett klappte mit militärischer Effizienz zu. »Sie wollen, dass er die Stadt eint. Mit allen Mitteln. Traditionalisten, Modernisierer, die kriminellen Elemente. Jeden, der noch nicht von Ashcroft vereinnahmt wurde.«

Vincent lachte, aber es klang trocken und splitterig. »Ich? Vampire einen? Sie wissen schon, wer ich bin, oder?«

Zaras Geist beugte sich hinab, ihre Lippen streiften sein Ohr: »Du bist darin nicht so schlecht, wie du tust.«

Er würdigte das keiner Antwort.

Corvane, von der Insubordination gekränkt, erhob seine

Stimme. »Dies ist keine Bitte, Lupo. Sie sind einzigartig kompromittiert—«

»Qualifiziert«, korrigierte Marwood, obwohl sein Lächeln deutlich machte, welches Wort er gewählt hätte.

Vincent verdrehte die Augen, aber die Vorstellung war für den Raum bestimmt. Unter der Oberfläche spürte er die tiefe, bleierne Furcht, die einer Katastrophe immer vorausging: das prickelnde Gefühl, dass er sich wieder einmal in den Krieg eines anderen hatte hineinziehen lassen.

Mrs Barley legte ihm eine sanfte, eisenharte Hand auf die Schulter. »Du musst es nicht allein tun. Aber du musst es tun.«

Ren neigte den Kopf und beobachtete ihn mit dieser beunruhigenden Stille, die immer darauf hindeutete, dass sie zwei Züge voraus war. Sie hatte auf seine Witze gewartet, aber jetzt verfolgte sie, wie seine Knöchel an der Stuhllehne weiß wurden, wie er seinen Kiefer nie ganz entspannte.

»Na schön«, sagte Vincent schließlich mit flacher Stimme. »Ihr wollt eine Koalition, ich werde euch eine schmieden. Aber wenn die ganze Sache den Bach runtergeht, tut nicht so, als hättet ihr es nicht kommen sehen.«

Marwood nickte. »Betrachten Sie es als gesehen.«

Der Rat ging zu sekundären Anliegen über – Schadensbegrenzung, Einsatz von Glamour, plausible Abstreitbarkeit –, aber Vincent hörte nicht mehr zu. Stattdessen zeichnete er die Stadt in seinem Kopf nach: die sicheren Häuser, die Futterplätze, die Treffpunkte der alten Welt und die Start-up-Bars, in denen sich die Modernisierer versammelten, um sich gegenseitig den neuen Vampirkapitalismus zu verkaufen. Er versuchte sich vorzustellen, welche Gesichter nach einer Woche von Ashcrofts Amoklauf noch intakt sein würden.

Die Antwort gefiel ihm nicht.

Ren stieß ihn mit dem Knie unter dem Tisch an, ein Signal,

sich in Bewegung zu setzen. Er folgte ihr, gefolgt von Mrs Barley und Zaras Geist.

Als sie den Korridor entlanggingen – uralt, kerzenbeleuchtet, erfüllt von den Echos tausender politischer Verrätereien – ließ Vincent für eine halbe Sekunde seine Deckung fallen. Die Schultern sanken, und er atmete lang und langsam aus, sein Atem dampfte in der Kälte. »Sie wollen einen Retter. Alles, was sie haben, bin ich.«

Mrs Barley blickte nicht zurück, aber sie musste es gehört haben, denn ihre Mundwinkel zuckten.

Die eisernen Türen fielen hinter ihnen ins Schloss, ihr Echo besiegelte den Moment.

DREI

Sie verließen den Hof der Bleichen Angelegenheiten durch die Hintertür, die als einzige nicht von juristischen Beratern, PR-Zauberern und was auch immer der Sammelbegriff für einen Ausschuss voller Vampire war, wimmelte. Der Gang führte auf eine abschüssige Straße irgendwo zwischen Westminster und Purgatory, während das grelle Licht der städtischen Natriumdampflampen durch uralte Buntglasfenster sickerte. Vincent hielt an der Schwelle inne, zündete sich hauptsächlich für den dramatischen Effekt eine Zigarette an und wartete, bis die anderen aufgeschlossen hatten.

Ren trat als Erste heraus, ihr Gesichtsausdruck glich dem eines Raubtiers auf dem Weg zum Arbeitsamt, die Kapuze tief ins Gesicht gezogen und die Hände in den Taschen. Hinter ihr führte Mrs Barley eine flotte Personenzählung durch, gefolgt von einer geisterhaften Zara, deren Schuhe kein Geräusch machten, deren Anwesenheit die Gasse jedoch um mindestens fünf Grad kälter werden ließ.

Vincent musterte die Stadt, als erwarte er, dass sie sich durch etwas Besseres ersetzt hätte, während er drinnen gewesen war.

Hatte London aber nicht. Es trug seine Nacht wie einen schmierigen Trenchcoat, ließ hier und da einen nackten Schenkel Eleganz aufblitzen, stank aber hauptsächlich nach altem Regen und niederen Absichten.

»Der Rat dreht völlig am Rad«, bemerkte Ren und blickte über ihre Schulter zurück, als erwarte sie, dass das Gebäude aus schierer Verlegenheit in die Luft fliegen würde. »Glaubst du, sie werden jemals zugeben, dass sie keine Ahnung haben, was sie tun?«

»Nur auf dem Sterbebett«, sagte Vincent. »Und selbst dann wird es ein Geständnis eines Unterausschusses sein, das für die Öffentlichkeit geschwärzt wird.«

Mrs Barley schnalzte mit der Zunge, als wäre dies ein Verstoß gegen die Haushaltsregeln. »Sie werden sich schon durchwurschteln, Liebes. Das tun sie immer.«

Zara schwebte mit verschränkten Armen neben ihnen und musterte die Straße, als erwarte sie, dass sich die Kriminalitätsstatistiken physisch manifestieren würden. »Euch ist schon klar, dass Ashcroft die narrative Kontrolle über die halbe Stadt haben wird, wenn er noch eine Stunde Vorsprung bekommt?«

»Soll er doch«, sagte Vincent und schnippte Asche auf einen jahrhundertealten Pflasterstein. »Die alte Garde liebt eine Comeback-Tour. Vielleicht macht er ja aus dem Parlament einen Themenpark.«

Sie gingen einen Moment lang schweigend, während die Geräusche des nächtlichen London zu ihnen drangen: Taxifahrer, die sich mit Uber-Fahrern zankten, das Kreischen bei einer Schlägerei vor einem Dönerladenfenster, zwei Müllwagen, die wie Sumoringer auf Benzos um die Vorfahrt verhandelten. Über ihnen blinkte eine Leuchtreklame in Binärcode und warb für einen »24-Stunden-Spirituosenladen & Blutbank«, wobei Letzteres ein Insiderwitz für jene mit den richtigen Neigungen war.

Sie bogen in die Whitehall ab und gingen in Richtung Fluss.

Der Strom der Touristen war für die Nacht verebbt und hatte nur die eingefleischten Schlaflosen und die Sorte Mensch zurückgelassen, die glaubte, vier Uhr morgens sei die beste Zeit für einen Heiratsantrag auf der Westminster Bridge. Die Stadt wirkte leer, aber Vincent spürte die Anspannung in der Luft, als ob sich London selbst auf ein besonders übles Gewitter vorbereitete.

Ren war es, die die erste Anomalie entdeckte. »Stand hier letzte Woche nicht eine Statue?«

Vincent blickte auf die vertraute Bronzefigur von Sir Winston Churchill, den Arm in seinen Mantel gesteckt. »Steht sie immer noch. Er trägt nur einen besseren Anzug.«

Aber Ren hatte recht. Das Gesicht, einst die pausbäckige Maske der Autorität des zwanzigsten Jahrhunderts, hatte sich verändert. Die Wangenknochen waren schärfer, die Lippen eher zu einem Grinsen als zu einem finsteren Blick verzogen, und die Augen – zuvor glasig von historischen Kompromissen – waren nun von einer Art raubtierhafter Belustigung erfüllt.

Mrs Barley trat vor und spähte mit dem professionellen Interesse einer Frau nach oben, die schon mehr als einem Mausoleum eine Schönheitskur verpasst hatte. »Das ist nicht das ursprüngliche Gesicht«, sagte sie. »Ich glaube, das ist – meine Güte, wie war sein Name? Der Industrielle. Hat die erste Eisenbahn in die City gebaut und ist dann nach dem Börsencrash verschwunden.«

Zaras Geist flimmerte. »Die Geschichte wird umgeschrieben. Ashcroft beschwört nicht nur Wiedergänger – er manipuliert den gesamten Zeitstrahl.«

Vincent zog eine Augenbraue hoch. »Und ich dachte, die Realität hätte in den Neunzigern ihren Tiefpunkt erreicht.«

Sie gingen weiter und wurden mit jedem Häuserblock wachsamer. Die Stadt gab sich alle Mühe, sich zu benehmen, aber jetzt, da sie es bemerkt hatten, waren die Glitches überall: blaue Plaketten an Gebäuden, deren Namen sich mitten im Satz änderten, die Straßenlaternen passten ihre Farbtöne der jeweiligen

Epochenstimmung an, und Ladenfronten verwandelten sich von 24-Stunden-Vape-Emporien in »Alchymist & Co. – Blutegel-Dienste«. Einmal blickte Vincent zurück und sah, dass Churchills Statue den Kopf gedreht hatte, um ihnen nachzusehen – ein Trick, den selbst er bewundern musste.

Als sie das Embankment erreichten, waren die Veränderungen nicht mehr zu übersehen. Eine Reihe von Bänken, die kürzlich mit »DER BREXIT WAR EIN FIEBERTRAUM« beschmiert worden waren, trug nun stattdessen den Slogan »BRINGT DAS IMPERIUM ZURÜCK« in eleganter Serifenschrift. Ein Kinderballon, der über der Straße schwebte, verwandelte sich vor ihren Augen von Spider-Man in einen zart bemalten Pulcinella.

Ren blieb wie angewurzelt stehen, die Hand auf dem Geländer. »Sieht noch jemand die Plakette an der Brücke?«

Vincent kniff die Augen zusammen und betrachtete das Mauerwerk. Die Widmung hatte sich von »Eröffnet von Ihrer Majestät Königin Elizabeth II., 1974« in »Getauft im Blut der Themse, Lord Ashcroft, 1867« geändert. Sogar die Schriftart war anders: gotisch, barock, und sie schien in den Mörtel zu bluten.

»Das gefällt mir nicht«, sagte Ren. »Es ist, als würde die Stadt von einem viktorianischen Grufti live getwittert.«

Mrs Barley notierte sich das Datum. »Das war das Jahr der Knochenunruhen. London hat sich damals fast selbst zerfleischt.«

»Könnte es immer noch«, sagte Zara, ihre Stimme war schwach und klang doppelt. Sie schwebte am Rande der Gruppe, ihre Augen zuckten. »Ich spüre, wie die Bearbeitung drängt. Wie ein Entwurf, der versucht, die Lebenden zu überschreiben.«

Vincent spürte es jetzt auch. Der Rhythmus der Stadt war arrhythmisch geworden und stotterte zwischen den Jahrhunderten hin und her. Irgendwo ein paar Blocks weiter verstummte ein Autoalarm mitten im Heulen und wurde durch das Geklapper von Pferdekutschen ersetzt. Dann überlagerten sich beide Geräusche, als könnte sich die Stadt nicht entscheiden, ob es heute oder 1887 war.

Sie bogen in eine Seitenstraße ein – eine Abkürzung, auf die Ren bestand, normalerweise sicher, normalerweise voller Taxifahrer und städtischem Dreck. Heute Nacht war sie leer. Die Pflastersteine unter ihren Füßen veränderten sich und schmolzen von rissigem Asphalt zu perfektem, regenglänzendem Kopfsteinpflaster. Entlang des Weges blinkten Gaslaternen auf, die mit einem kalten, blau-weißen Feuer brannten. Die Luft veränderte sich: trockener, mit einem Hauch von Kohlestaub, und erfüllt vom Echo alter Schritte.

Vincent streckte die Hand aus und berührte einen Laternenpfahl. Er war massiv, aber er vibrierte leicht, als würde er mit unterdrückter Energie summen.

Dann flackerte die Straße. Für eine Sekunde war es 1890, komplett mit lärmenden Karrenjungen und einem Straßenhändler, der Schauerromane anpries. Dann war es wieder jetzt, und der Unrat der Moderne – Kotze, Vape-Pens, weggeworfene McMuffin-Verpackungen – lag auf denselben Steinplatten verstreut. Dann sprang es zurück, dann vor, dann beides gleichzeitig.

Ren schrie auf und taumelte, den linken Arm umklammernd. »Au. Verdammt. Es ist heiß.«

Vincent sah das Mal auf ihrem Unterarm, das wie eine neonfarbene Wunde durch den Stoff leuchtete. Die Linien waren wieder da, und jetzt pulsierten sie, wütend und lebendig, als wären sie von jeder Verschiebung der Geschichte magnetisch angezogen.

»Wird es schlimmer?«, fragte er und hielt seine Stimme leichthin.

Ren schüttelte den Kopf, dann nickte sie. »Ich weiß nicht. Es ist, als ob … jedes Mal, wenn die Stadt sich ändert, zerrt es an mir.«

Mrs Barley beugte sich vor und untersuchte das Mal mit professioneller Distanz. »Die Prophezeiung versucht, sich in lebenden Zeugen zu verankern«, sinnierte sie. »Wenn du dich widersetzt, wird sie stärker drücken.«

»Großartig«, murmelte Ren. »Schon wieder ich.«

Zara schwebte über ihnen, ihr Haar bewegte sich wie in einem Wind, den sie nicht spüren konnten. »Der Ewige Entwurf schreibt nicht nur die Geschichte um. Er sucht nach Wegen, um sie zu verfestigen. Je mehr Leute sich an die neue Geschichte erinnern, desto realer wird sie.«

»Was bedeutet, wenn genug Leute in der Stadt glauben, dass Ashcroft schon immer hier war ...«, ließ Vincent die Logik für sich selbst zu Ende führen.

»... dann war er es auch schon immer«, sagte Mrs Barley.

Die Straße krampfte sich erneut zusammen. Ein Schatten am anderen Ende dehnte sich aus und vervielfachte sich, bis er die Gestalt eines Mannes mit Zylinder und Umhang annahm. Er hielt inne, zog mit einer Verbeugung den Hut und verschwand dann in der Wand, als die Straße ins einundzwanzigste Jahrhundert zurückschnappte. Ein Bus donnerte vorbei und durchbrach kurz die Illusion, aber selbst die Scheinwerfer schienen zu Sepia zu verschmieren, als die Bearbeitungen um die Vorherrschaft kämpften.

Sie zogen sich auf die Hauptstraße zurück, wobei Vincent Ren zwischen sich und dem Verkehr hielt, nur für den Fall, dass das Mal nuklear wurde. Die Stadt fühlte sich jetzt weniger wie ein Ort an und mehr wie eine Bühne, deren Kulissen unter der Last zu vieler Drehbuchautoren ächzten.

Er wandte sich an Mrs Barley, die seit der Brücke nicht aufgehört hatte, die Anomalien zu katalogisieren. »Wie lange noch, bis die Bearbeitung dauerhaft ist?«

Sie schürzte die Lippen. »Das hängt von der Stärke der Erzählung ab. Im Moment ist sie instabil, aber wenn Ashcroft es schafft, die Geschichte an genügend lebende Köpfe zu binden – insbesondere an solche mit einem Interesse am Ausgang –, könnte sie sich in Stunden festsetzen. Bestenfalls in Tagen.«

Zara sagte nichts, sie schwebte nur über ihnen und ließ ihre Augen von Schatten zu Schatten huschen. Ihre Umrisse verschwammen an den Rändern, als ob die Revisionen des Entwurfs drohten, selbst die Toten auszulöschen.

Sie hielten an einer Ecke inne, während die Lichter der Stadt mit unheimlicher Absicht flackerten. Vincent blickte auf und betrachtete die Skyline. Ein neues Bauwerk war aufgetaucht, halb fertiggestellt: ein gotischer Turm aus Glas und Eisen, der wie ein Nietnagel aus dem Handgelenk der Themse ragte. Er konnte sich nicht daran erinnern, ihn vorher gesehen zu haben. Er bezweifelte, dass es irgendjemand sonst tat.

»Das ist ein Konzept/Testlauf«, murmelte Vincent. »Der Ewige Entwurf behandelt London wie ein Manuskript, das einen ordentlichen Lektor braucht.«

Ren schauderte, obwohl die Nacht nicht kalt war. »Ich sage es ihm nur ungern, aber seine Bearbeitungen sind scheiße.«

Mrs Barley lächelte ein ganz klein wenig. »Das sind sie immer, Liebes. Aber das heißt nicht, dass er sie nicht veröffentlicht bekommt.«

Vincent schnippte seine aufgerauchte Zigarette in den Rinnstein und sah zu, wie sie in einer temporalen Spalte verschwand. Zum ersten Mal in dieser Nacht zitterten seine Hände.

»Wir brauchen einen neuen Plan«, sagte er.

»Schon einen?«, fragte Ren.

»Noch nicht«, erwiderte Vincent, und seine Stimme wurde wieder fest. »Aber ich kenne ein paar Lektoren, die schlimmer sind als der Tod. Und einer von ihnen schuldet mir einen Gefallen.«

Mrs Barley sah in ihre Notizen. »Sollen wir uns bei Ren neu formieren?«

Zara zeigte einen Daumen nach oben, wobei ihre Hand verschwamm, als wäre sie zwischen zwei Belichtungen gefangen.

Vincent nickte. »Führe uns, Geist vergangener Prophezeiungen.«

Und gemeinsam schlängelten sie sich durch die sich neu verdrahtende Stadt, hielten sich an den hellen Orten und achteten darauf, nichts zu lange anzusehen, das zurückblicken könnte.

Sie betraten die Wohnung, und für einen Moment wurde das Chaos von Zentral-London durch eine andere, dichtere Art von Entropie ersetzt. Der Ort sah aus, als hätte sich eine Leihbücherei nach einem dreitägigen Saufgelage übergeben. Bücher bedeckten jede Oberfläche: Kodizes auf der Arbeitsplatte, Monografien, die den Fernseher stützten, eine oberschenkelhohe Ansammlung von Pamphleten bedeckte den Heizkörper. Die Luft war dick von Ozon und dem subtilen, ätzenden Geruch auslaufender Tinte.

»Wow«, sagte Vincent zu Ren. »Du warst ja fleißig wie ein Bienchen.«

»Das war nicht ich.« Ren hob kapitulierend die Hände. »Zara hat bei ihrer Recherchediät ordentlich zugelegt. Ich habe hauptsächlich ferngesehen.«

Zaras Geist schwebte über ihrem eigenen Sofa, die Füße unter sich geschlagen in der Haltung von jemandem, der zu lange im Homeoffice gearbeitet hatte. Sie ließ ihren Blick über das Chaos schweifen. »Macht es euch bequem, aber fasst nichts an, das vor 1939 datiert ist. Die sind, ähm ... aktiv.«

Vincent wählte einen Sitzplatz mit minimalen Papiersplittern und machte Platz für Ren, die sich sofort im Schneidersitz zusammenrollte und anfing, auf ihrem Handy zu scrollen. Das Mal war immer noch unter ihrer Haut sichtbar, jetzt matter, aber im Takt eines privaten, unheilvollen Metronoms pulsierend.

Mrs Barley fegte penibel durch den Raum, wischte nicht vorhandenen Staub weg und zog dann einen Notizblock aus ihrer Jackentasche. »Du sagtest, du hättest eine Spur zu Ashcroft«, drängte sie.

Zara nickte und deutete auf einen Stapel Pergament, der so alt war, dass er bei Kontakt mit Sonnenlicht hätte versteinern können. »Ich habe alles zusammengetragen, was ich in die Finger bekommen konnte. Aber das Interessante ist nicht, was da ist, sondern was fehlt. Ganze Abstammungslinien – ausgelöscht. Wenn man nach ihnen sucht, ist es, als hätten sie nie existiert.«

Vincent zog eine Augenbraue hoch. »Also kehrt Ashcroft nicht nur zurück. Er schreibt das Prequel um?«

Zara pflückte ein Blatt aus der Luft und hielt es hoch. An den Rändern sickerte Tinte heraus, als schwitze es die Anstrengung aus, real zu bleiben. »Er ist mehr als das. Er ist ein Relais. Der Ewige Entwurf ist keine Person, er ist ein ... narrativer Parasit. Ein empfindungsfähiger redaktioneller Prozess. Er klammert sich an instabile Geschichten und nutzt sie, um sich zu vermehren. Wie bei Carmine, aber *cleverer*. Stellt euch Ashcroft als die Handpuppe vor, aber der wahre Mistkerl ist der Arm in seinem Arsch.«

Ren schnaubte. »Wir kämpfen also gegen einen dämonischen Lektor. War ja klar.«

Mrs Barley las über Zaras Schulter mit, die Lippen zusammengepresst. »Und was genau ist sein Ziel? Außer Chaos um des Chaos willen?«

»Es ist kein Chaos«, erwiderte Zara mit scharfer Stimme. »Es ist ein Abschluss. Prophezeiungen sollen mit ihren Verfassern sterben. Aber diese hier – die von Carmine – hat nie ein richtiges Ende bekommen. Das Ziel des Ewigen Entwurfs ist es, jede Anomalie aus der Existenz zu tilgen. Uns eingeschlossen.«

Eine schwere, ölige Stille legte sich über den Raum. Vincent spürte sie in seinen Zähnen, ein Druck, nicht unähnlich den ersten Momenten vor einer Migräne. Er versuchte, die Stimmung aufzulockern. »Die gute Nachricht ist, ich bin schon aus besseren Geschichten als dieser gelöscht worden. Die schlechte Nachricht ist, diese hier hat Fortsetzungen.«

Niemand lachte, was nur passend schien.

Mrs Barley begann, die Dokumente in saubere, symmetrische Stapel zu sortieren, wobei sie gelegentlich eine Ecke mit der Art von Stirnrunzeln geraderückte, das Holz abschleifen könnte. »Wir müssen Ashcroft finden, bevor der Entwurf die kritische Masse erreicht. Sobald die Erzählung etabliert ist, kann man sie nicht mehr rückgängig machen, ohne die ganze Stadt zu riskieren.«

Rens Daumen schwebte über ihrem Bildschirm, aber sie beobachtete Vincent. »Was ist mit dem Mal?«, fragte sie. »Es reagiert nicht nur, es … ich weiß nicht. Es aktualisiert sich.«

Zara schwebte näher und spähte auf Rens Arm. Ihre geisterhafte Hand glitt durch das Fleisch, aber das Mal leuchtete bei dem Kontakt heller auf und warf fraktale Schatten an die Wand. »Es ist ein Ortungsgerät und auch eine Warnung. Die Prophezeiung erkennt dich immer noch als narrative Gefahr. Das ist gut. Bedeutet, du bist immer noch unberechenbar.«

Ren kniff die Augen zusammen. »Soll das beruhigend sein?«

»Nicht im Geringsten«, sagte Zara trocken. »Aber du lebst, was redaktionell gesehen ein fortlaufender Handlungsfehler ist.«

Vincent beobachtete all das und kaute auf seiner Wange herum. Er spürte den vertrauten Drang, sich aus dem Staub zu machen – in eine weniger verfluchte Version von London zu verschwinden und die Apokalypse Leuten zu überlassen, die sie persönlich nahmen. Was ihn betraf, hatte er seinen Teil bereits beigetragen, indem er Bartholemew und Carmine besiegt hatte. Aber dann sah er Mrs Barley, wie sie die tintenblutigen Seiten aufreihte, und Ren, die aufgehört hatte zu scrollen und nun ihren

Arm beugte, als könnte sie das Mal durch schiere Sturheit zum Gehorsam zwingen.

Er erkannte mit einem fast körperlichen Gefühl der Niederlage, dass er das hier durchziehen würde.

Mrs Barley durchbrach die Stille. »Unser Feind ist nicht nur ein Vampir. Er ist ein Lektor.«

»Schlimmer«, erwiderte Zara, und ihre Umrisse verzerrten sich, als sie lachte. »Er ist der Entwurf, den jeder Lektor wegwirft. Der, der sich weigert, tot zu bleiben.«

Ein Klopfen am Fenster ließ sie alle aufschrecken. Vincent wirbelte herum, aber es war nur ein Schwarm Raben, der sich auf dem Fensterbrett niederließ, ihre Augen glitzerten. Sie schauten gebannt durch das Glas, als warteten sie darauf, dass sich die Szene auflöste.

Ren sprach, ihre Stimme war leise, aber bestimmt. »Und ich bin immer noch Teil des Dokuments.«

Vincent versuchte zu grinsen, aber seine Reißzähne schmerzten in seinem Zahnfleisch, und als er mit der Zunge darüberfuhr, schmeckte er Kupfer und Bedauern. »Können wir das wirklich bekämpfen?«

Mrs Barley blickte auf und sah ihm in die Augen. Zum ersten Mal wich ihre Fassung. »Wir werden kreativ werden müssen.«

Zara nickte. »Ich entwerfe einen Plan.« Sie grinste, geisterhaft und beunruhigend. »Mit Korrekturen.«

Vincent prostete dem Team zu, und diesmal schienen sogar die Raben zuzustimmen.

VIER

Vincent hasste das East End nach Einbruch der Dunkelheit, was für eine Kreatur, die nach medizinischem Konsens außerhalb eines fensterlosen Bürotrakts gar nicht hätte existieren dürfen, ziemlich unangenehm war. Die Straßen schienen darauf ausgelegt, sich jeder Orientierung zu widersetzen, da sie vom rachsüchtigsten Kartografen der Welt angelegt worden waren, und was der Blitz nicht dem Erdboden gleichgemacht hatte, hatte die Gentrifizierung nach Kräften unkenntlich gemacht. Doch selbst trotz der umgeleiteten Nachtbusse, der Kotze auf dem Gehweg und der ständigen Kommentare aus jedem vorbeifahrenden Minicab hingen die alten Geister noch immer an diesem Ort.

Heute Nacht war Vincent einem neuen Geist auf der Spur. Die Sorte mit einem Hang zum Theatralischen und einer beunruhigenden Missachtung von Immobilienwerten.

Das Gerücht hatte als Textnachricht eines Praktikanten des Rates begonnen, der einst versucht hatte, ihn zu erpressen: »Prüf Curtain's Call, Brick Lane. Oberstes Stockwerk. Nicht zu verfehlen.« Die Tatsache, dass der Informant inzwischen nur noch ein feiner Nebel unter der Unterführung von Charing Cross war, tat der Dringlichkeit keinen Abbruch. Als Vincent, Ren, Mrs. Barley und die noch immer körperlich herausgeforderte Zara die Adresse erreichten, vibrierte die Straße bereits von jener Art von Vorfreude, die für gewöhnlich entweder einem Aufstand oder einer neuen Mezcal-Bar vorausging.

Curtain's Call war einst ein Theater gewesen. Das Schild über dem Eingang war narbig, das »i« war längst von Generationen messerschwingender Kritiker herausgeschnitten worden. Das Foyer stank nach Salzlake und billigem Weihrauch, und die Teppiche unter den Füßen gaben bei jedem Schritt kleine Sporenwolken ab. Vorbei am längst verwaisten Kassenhäuschen, durch ein Labyrinth aus Verdunkelungsvorhängen (von denen keiner zum anderen passte), fanden sie den Hauptsaal.

Der Zuschauerraum war ein Diorama einer Leichenhalle, perfekt für das Thema des Abends. Reihen von Samtsitzen hingen schlaff in Kapitulation, der Stoff von Brandlöchern und der einen oder anderen wilden Katze gezeichnet. Der Kronleuchter an der Decke – ein monströses Ding, halb Glas, halb Stalaktit – hing so tief, dass selbst Vincent sich darunter ducken musste. Die Scheinwerfer an der Rampe waren durch Teelichter und, unerklärlicherweise, eine Handvoll LED-Taschenlampen ersetzt worden, die mit Panzertape an Wodkaflaschen befestigt waren.

Auf der Bühne: die barockste Pointe der Welt. Drei Särge standen aufrecht, in glänzendem Lack lackiert und wie Teilnehmer eines abartigen Schönheitswettbewerbs aufgereiht. Vor ihnen schritt Lord Ashcroft auf und ab, die Arme ausgebreitet, seine Mantelschöße flatterten wie die Flügel einer ermordeten Krähe.

Das Publikum war ein kuratierter Fiebertraum. Die eine Hälfte bestand aus Sterblichen – ihre Gesichter strahlten mit dem eigentümlichen Enthusiasmus von Kultisten oder extrem engagierten Bloggern. Die andere Hälfte waren Vampire, die zur Fraktion der Modernisierer gehörten, die Handys bereit, gierig nach einer Meme-würdigen Katastrophe. Mindestens zwei trugen passende »BITE ME HARDER«-T-Shirts, und einer trug einen Zylinder mit dem Schriftzug »#GothDaddy« in Strasssteinen. Vincent verspürte den starken Drang, sie alle anzuzünden.

Sie nahmen Plätze in der Nähe des Gangs ein, weit genug entfernt, um flüchten zu können, aber nah genug, um den Schweiß auf Ashcrofts Stirn zu sehen. Oder das, was bei einem Mann, der streng genommen keine funktionierenden Drüsen besaß, als Schweiß durchging.

Ashcroft wartete, bis das Gemurmel verebbte, dann breitete er grüßend eine Hand aus. »Meine Damen, meine Herren, ihr mehrdeutig Lebenden!«, dröhnte er. Seine Stimme schnitt durch die Feuchtigkeit des Raumes wie eine Polizeisirene in der Bonfire Night. »Willkommen zur ersten – von vielen – Vorführungen. Heute Nacht geben wir London die verlorenen Legenden zurück, nach denen es sich so verzweifelt sehnt!«

Vincent murmelte: »Nichts schreit so sehr ›Legende‹ wie eine Testvorführung im East End.«

Ren kicherte hinter vorgehaltener Hand. »Ich gebe dem Stück zwei Akte, bevor sie das Publikum fressen.«

Mrs. Barley musterte die Menge und machte eine Bestandsaufnahme von Gesichtern und potenziellen Fluchtwegen. »Das wäre eine Verbesserung«, sagte sie und rückte ihre Brille zurecht. »Zumindest wären sie dann beschäftigt.«

Zara schwebte eine Sitzbreite über ihrem Kissen und starrte gebannt auf die Bühne. »Beobachtet seine Hände«, flüsterte sie. »Er bindet die Menge. Wortwörtlich.«

Ashcroft näherte sich dem ersten Sarg. Mit einer theatralischen Geste löste er die Messingverschlüsse und trat zur Seite, als der Deckel knarrend aufsprang.

Die Bewohnerin trat mit erlesener Langsamkeit hervor, als wolle sie ihre eigene dramatische Spannung nicht stören. Sie trug ein Kleid aus schillernden schwarzen Federn, ihr Gesicht war mit der feinen Präzision einer Meisterfälscherin geschminkt. Ihre Lippen, glänzend und zyanotisch, verzogen sich zu einem Lächeln, das so scharf war, dass es mit einem Palettenmesser hätte geschnitzt sein können.

»Erlaubt mir vorzustellen«, sagte Ashcroft, »das Juwel von Mayfair, der ursprüngliche Arsenengel: Lady Euphemia Clore!«

Das Publikum brüllte, Handys blitzten auf, als die wiederbelebte Gesellschaftsdame nach vorne glitt. Ihre Hände, in ellbogenlange Handschuhe gehüllt, fächelten mit einem juwelenbesetzten Fächer mit einer Eleganz, die einem das Handgelenk hätte brechen können. Vincent bemerkte, dass von den Spitzen des Fächers eine Flüssigkeit tropfte, die dort, wo sie die lackierte Bühne berührte, verdampfte.

»Angeberin«, zischte Ren, aber Vincent hörte eine Spur von Neid heraus.

Lady Clore machte einen Knicks, der eine Welle durch die vorderen Reihen schickte. Ein Kind in der Nähe des Ganges fiel prompt in Ohnmacht, was sie hocherfreut zur Kenntnis nahm. Sie streckte ihren Fächer aus und fächelte der Menge zu, als würde sie ihnen einen Segen subtilen Verderbens spenden.

Ashcroft fuhr fort: »Unser nächster Gast – berühmt für seine unkonventionelle Herangehensweise an den hippokratischen Eid und der einzige Mann, der wegen ›übermäßigen Eifers‹ aus dem Guy's Hospital verbannt wurde – begrüßen Sie bitte Dr. Erasmus Pike!«

Der zweite Sarg sprang in einem Schwall von Splittern auf. Pike war ein Strich von einem Mann, nur Ecken und wilde Augen, sein Laborkittel in Fetzen und mit Dingen befleckt, die einmal organisch gewesen sein mochten. Seine Hände waren in chirurgische Gaze gewickelt, was jedoch die Knochensägen und Rippenscheren nicht verbergen konnte, die an verschiedenen Stellen an seinen Armen befestigt waren. Er grinste und entblößte eine unmögliche Anzahl von Zähnen.

Vincent erkannte den Typus. »Verdammte Scheiße, das ist Dr. House, wenn das Drehbuch von Clive Barker wäre.«

Pike pirschte am Bühnenrand entlang und verbeugte sich vor Lady Clore, dann vor dem Publikum, dann vor Ashcroft, als versuchte er, das Set zu vervollständigen. »Was für ausgezeichnete Exemplare!«, krächzte er mit umherschweifenden Augen. »So viele Verbesserungen, die man vornehmen kann!«

»Meint er die Lebenden oder die Toten?«, fragte Ren.

Vincent zuckte mit den Schultern. »Wahrscheinlich beide. Vielleicht auch die Sitze.«

Ashcroft genoss das Chaos. Er wartete den Applaus ab, dann holte er tief und völlig unnötig Luft.

»Und zu guter Letzt – der Mann, dessen Worte ein Jahrhundert verdammten, dessen Duelle die Gesetze des gentlemännischen Verhaltens neu schrieben, dessen unvollendetes Gedicht die gesamte Royal Society heimsuchte – mein Mitstreiter, in der Waffe wie in der Kunst: Mr. Algernon Bleak!«

Der dritte Sarg öffnete sich nicht mit einem Knall, sondern mit einem leisen Klicken. Der Mann darin war gekleidet wie für eine Beerdigung, möglicherweise seine eigene: Gehrock, Krawatte, eine an seiner Brust befestigte Taschenuhrkette. Seine Haut war papierdünn, mit blauschwarzer Tinte bestäubt, und seine Hände trugen die Flecken von tausend zerbrochenen Schreibfedern. Anstelle von Augen hatte er Fragmente zerbrochenen Glases, die in seinen Höhlen schimmerten.

Er trat an das Mikrofon (das eigentlich nur ein Kinder-Karaoke-Set auf einem Stapel Bibeln war) und sprach mit einer Stimme, die wie ein in nassem Zement geschriebener Nachruf klang: »Ich lebe, um gehört zu werden, und sterbe, um in Erinnerung zu bleiben. Danke für die zweite Chance.«

Der Applaus war zunächst verhalten, wurde dann aber lauter, als das Publikum erkannte, dass dies keine Performance-Kunst war, sondern die Geschichte, die zurückkehrte, um sie in den Arsch zu beißen.

Vincent beugte sich zu Ren, deren eigenes Mal mit einem hellen, blitzenden Schmerz zu jucken begonnen hatte. »Wunderbar. Die schlimmsten Partygäste Großbritanniens, wieder da auf vielfachen Wunsch.«

Ren verzog das Gesicht. »Kann die After-Party kaum erwarten.«

Auf der Bühne versammelte sich das Trio der Wiederkehrer vor Ashcroft, der ihre Hände nacheinander wie ein Meisterschafts-Ringrichter hob.

»London!«, verkündete er, seine Stimme zitterte vor der Freude eines Mannes, der gerade seine Feinde angezündet und es auf das Wetter geschoben hatte. »Heute Nacht werdet ihr Zeugen der Wiedergeburt der Größe. Morgen wird sich die Welt an unsere Namen erinnern. Unsere Geschichten werden niemals sterben!«

Ein Jubel, so laut, dass er die morsche Decke erschütterte, stieg aus der Menge auf. Die Modernisierer schwärmten an den Bühnenrand, die Handys in die Höhe gereckt, und versahen die Veranstaltung bereits mit Hashtags, bevor sie überhaupt zu Ende war. Die Sterblichen kreischten, halb vor Entsetzen, halb in Ekstase, als Lady Clore giftigen Nebel über das Parkett fächelte.

Vincent behielt Ashcroft im Auge. Der alte Mistkerl sonnte sich in der Aufmerksamkeit, aber darunter sah Vincent die Anspannung: das Flackern der Unsicherheit, das leichte Zittern in seiner linken Hand, als er darum kämpfte, die Erzählung zusammenzuhalten. Es funktionierte, vorerst, aber die Nähte waren für jeden sichtbar, der jemals versucht hatte, in dieser Stadt ein Geheimnis am Leben zu erhalten.

Mrs. Barley beugte sich vor, ihre Lippen bewegten sich kaum. »Er hat sie für einen Zweck erschaffen. Eine Dreifaltigkeit – Dekadenz, Grausamkeit und das Wort.«

Zara nickte. »Es ist eine mythologische Struktur. Er beschwört nicht nur Monster, er erschafft ein neues Pantheon.«

»London könnte Besseres vertragen«, sagte Vincent.

»Das tut London für gewöhnlich auch«, sagte Mrs. Barley, »aber es lässt sich nie damit Zeit.«

Die Bühnenlichter flackerten, und für einen Moment schienen alle drei Wiederkehrer direkt auf Vincent und seine Gefolgschaft zu blicken. Lady Clore lächelte wissend. Pike ließ seine chirurgischen Klingen spielen. Bleak hob eine Hand, von deren Fingern Tinte tropfte, und zeigte auf sie, als würde er sie für später vormerken.

Ashcroft verbeugte sich einmal, dann zweimal, und verließ die Bühne unter tosendem Applaus. Die Saalbeleuchtung ging an, und augenblicklich kehrte das Theater zu seinem früheren Verfall zurück, aber die Energie in der Luft hatte sich verändert. Die Nacht war nicht länger eine passive Kulisse, sondern ein lebendiges, hungerndes Ding, bereit, jeden zu verschlingen, der nicht schnell genug war, sich anzupassen.

Während sich das Publikum auf die Straße ergoss, erfüllt von der Art von Hochgefühl, die nur auf die Erkenntnis folgt, dass man gerade Zeuge von etwas zutiefst Illegalem geworden war, hielten Vincent und die anderen sich zurück und ließen die Menschenmassen vorbeiziehen.

Ren streckte sich und rieb an ihrem Mal. »Das wird noch schlimmer, nicht wahr?«

»Verlass dich drauf«, sagte Vincent.

Zara geisterte in den Gang und untersuchte den magischen Fußabdruck, der auf der Bühne zurückgeblieben war. »Er hat einen perfekten Kreislauf. Jedes Mal, wenn einer dieser drei ein Chaos anrichtet, wird der Ewige Entwurf stärker. Und damit auch Ashcroft.«

»Reizend«, sagte Mrs. Barley und klappte ihr Notizbuch zu.

»Und wir sind die einzigen Idioten, die auch nur die geringste Hoffnung haben, das zu unterbrechen.«

Vincent lächelte, angespannt und kalt. »Dann lassen wir Londons neue Götter nicht warten.«

Sie glitten auf die Straße hinaus. Das Theater war bereits hinter ihnen verrammelt, das Brüllen der abziehenden Menge verklang im Geräusch von Einsatzfahrzeugen. Über ihnen flimmerte die Skyline der Stadt zwischen Damals und Heute, Gaslaternen kämpften gegen LEDs, und irgendwo in der dichter werdenden Dunkelheit lächelten drei alte Albträume.

Es entwickelte sich, so beschloss Vincent, zur schlimmsten Premiere seiner Karriere.

Es stellte sich heraus, dass das Einzige, was London mehr liebte als eine Comeback-Story, eine Krise der öffentlichen Sicherheit war. Bis Vincent und seine zusammengewürfelte Truppe es von Curtain's Call nach Whitechapel geschafft hatten, war die Nacht von dramatisch zu katastrophal geworden. Ashcrofts drei »Gäste« hatten keine Zeit verloren, ihre Debüt-Tour umzusetzen, und innerhalb von Minuten war ganz Shoreditch aus Gründen im Trend, die einen Serienmörder erröten lassen würden.

Die Dreifaltigkeit der Albträume versuchte nicht einmal, sich zu verstecken. Sie stellten sich zur Schau, eine anti-königliche Prozession: Lady Euphemia Clore, der Arsen-Engel, schwebte mit der Lässigkeit eines Models auf dem Laufsteg in eine Cocktailbar; Dr. Erasmus Pike richtete in einer Gasse hinter einer Shisha-Lounge ein Feldlazarett ein; Algernon Bleak pirschte durch die Straßen, trug Passanten Gedichte aus dem Stegreif vor und schoss gelegentlich auf sie.

Vincent begutachtete die Karte des Chaos, die Zara in Echtzeit auf ihr Telefondisplay projizierte. »Wir teilen uns auf«, sagte er. »Klassischer Horrorfilm-Fehler, aber besser, als gegen alle drei zusammen zu kämpfen.«

Ren grunzte und suchte bereits auf der Karte nach dem Dichter. »Ich nehme mir Bleak vor. Er sieht so aus, als würde er einknicken, wenn ihm jemand androht, ihm eine reinzuhauen.«

»Mrs. Barley?«, fragte Vincent und sah die alte Haushälterin an.

»Ich kümmere mich um die Dame von Welt«, sagte sie mit der überlegten Ausdrucksweise einer Frau, die einst die Nachwehen einer von einem Poltergeist angeheizten Gartenparty eingedämmt hatte. »Ich habe im Buchclub schon Schlimmeres erlebt.«

Zara schwebte ein paar Schritte hinter ihnen, die Arme verschränkt, fester als Vincent sie je gesehen hatte. »Dann kriegst du den Chirurgen. Pass auf, dass er dich nicht aufrüstet.«

Vincent spürte einen Schauer über seine Wirbel laufen, aber er schüttelte ihn ab. »Hatte sowieso nie viel für Schönheitsoperationen übrig.«

Sie trennten sich und jeder steuerte auf sein Ziel zu, mit Zara als Missionskontrolle, die Live-Updates mit einer Stimme durchgab, die jetzt vor statischem Rauschen zitterte.

Die Nachtluft war schneidend, erfüllt vom dumpfen Wummern von Subwoofern in der Ferne und dem näher kommenden Heulen von Polizeisirenen. Vincent schlug seinen Kragen hoch, bog um eine Straßenecke und stolperte beinahe über eine Blutspur, die zu Pikes improvisierter „Klinik“ führte.

Es war eine Horrorshow. Pike hatte einen Operationssaal aus Milchkisten und einem Bügelbrett gebaut, der mit einem Bettlaken abgedeckt war, das noch nie Bleichmittel gesehen hatte. Sein Publikum war ein unglückseliger Essenslieferant, der gerade bewusstlos war, während Pike den Eingriff für einen Kreis faszinierter Junkies kommentierte.

»Beobachtet«, intonierte Pike, »die Feinheit der Oberarmarterie. Die meisten modernen Ärzte würden vor einer solchen Freilegung zurückschrecken, aber ich sage – lasst uns die Möglichkeiten beim Schopf packen!« Er schwang eine Knochensäge wie den Taktstock eines Dirigenten. »Die Anatomie ist nichts als die Poesie des Fleisches!«

Vincent unterdrückte ein Lachen und trat dann vor. »Lass dich von der Ärztekammer bloß nicht so reden hören. Die entziehen dir deine Podcast-Privilegien.«

Pikes Augen leuchteten auf. »Ein Freiwilliger! Du hast den Knochenbau einer Renaissance-Skulptur – so viel verschwendetes Potenzial.« Er fuchtelte mit einem Skalpell, blutleer, aber bedrohlich. »Wie sollen wir dich verbessern?«

»Fang damit an, deine Manieren zu verbessern«, sagte Vincent. Er überbrückte die Distanz, täuschte mit der Linken an und schlug Pike dann einen rechten Haken ans Kinn.

Das hätte den Kampf beenden sollen. Stattdessen schnellte Pikes Kopf zur Seite, löste sich von seinem Körper und verband sich dann mit einem feuchten Klicken wieder. »Entzückend!«, krächzte er. »Du wirst ein wunderbares Experiment abgeben.«

Sie umkreisten sich und tauschten Schläge und Beleidigungen aus. Pikes Hände waren überall, das Skalpell schnitt, die Knochensäge rieb. Vincent kassierte einen Schnitt am Arm, spürte den vertrauten Heilungsschub einsetzen und nutzte den Schmerz, um Pike ein Knie in den Magen zu rammen. Der Wiedergänger krümmte sich und nähte sich dann mit einer verrosteten Nadel wieder zu, ohne den Blickkontakt zu unterbrechen.

»Das macht dir zu viel Spaß«, keuchte Vincent.

Pike zuckte die Achseln. »Das Leben nach dem Tod ist langweilig. Man muss für seine eigene Aufregung sorgen.«

Vincent fegte Pike die Beine weg, sodass er in die Kisten krachte. Für einen Moment lag der Chirurg regungslos da. Dann sprang er auf und fuchtelte mit einem Rippenspreizer herum.

»Ich gebe zu«, sagte Pike, »mit solchem Widerstand habe ich

nicht gerechnet. Sie sind ein seltenes Exemplar, Mr. Lupo. Darf ich um Ihr Autogramm bitten, wenn wir fertig sind?«

Vincent grinste. »Nur, wenn ich deinen Totenschein unterschreiben darf.«

Er stürzte sich auf Pike und drückte ihn zu Boden. Mit einem Knurren zerbrach er den Rippenspreizer in zwei Teile und rammte die abgebrochenen Enden in Pikes Schultern, um ihn wie einen Schmetterling festzupinnen. Pike wand sich, dann hielt er inne und lachte.

»Oh, vorzüglich. Daran werde ich mich immer erinnern.«

Vincent trat zurück und wischte sich Blut vom Mund. »Du wirst nicht viel Zeit haben, es zu vergessen.«

Der Chirurg lächelte, seine Zähne wie Klaviertasten. »Das werden wir ja sehen.«

Vincent ließ ihn dort zurück, wissend, dass der Sieg nur vorübergehend sein würde. Er tippte auf sein Kommunikationsgerät und rief Zara. »Einer erledigt. Mrs. Barley ist die Nächste.«

Mrs. Barley näherte sich Lady Euphemia Clore mit der Gelassenheit von jemandem, der im Begriff war, einen leistungsschwachen Staubwedel zu inspizieren. Die Society-Lady hatte es sich am besten Tisch der Bar gemütlich gemacht und hielt Hof vor einer Clique von Influencern und Daytradern.

Clore deutete mit ihrem Fächer auf Mrs. Barley, ihre Augen kalt und prüfend. »Sie stehen nicht auf der Liste«, sagte sie. »Versuchen Sie es doch im Wetherspoons die Straße runter.«

Mrs. Barley lächelte ungerührt. »Eindämmungsprotokoll, Unterabschnitt 7: Festhalten feindlicher Entitäten.« Sie zog ein gefaltetes Blatt Pergament hervor, so offiziell wie eine Steuerrechnung. »Sie werden hiermit angewiesen, sämtliche berauschenden Aktivitäten einzustellen und zu unterlassen.«

Clores Lachen war pures Eis. »Liebes, ich habe berauschende Aktivitäten erfunden.«

Mrs. Barley wich einem geworfenen Glas aus, dann einem zweiten, fing das dritte auf und stellte es ab, ohne den Blickkontakt zu unterbrechen. »Sie missverstehen mich. Dies ist keine Verhandlung.«

Clore klappte ihren Fächer zu und enthüllte einen verborgenen Stilettdolch. »Dann machen wir das auf die altmodische Art.«

Sie umkreisten sich, während die Gäste auseinanderstoben. Clore ließ die Klinge in eleganten Bögen aufblitzen, von denen jeder um weniger als ein Haar verfehlte. Mrs. Barley bewegte sich mit gemächlicher Präzision, jeder ihrer Schritte darauf ausgelegt, Clore in Richtung Notausgang zu treiben.

»Bürokraten langweilen mich«, zischte Clore.

»Das ist unser Job«, sagte Mrs. Barley. Sie fing den nächsten Ausfall ab, lenkte ihn um und verdrehte Clores Arm hinter ihrem Rücken in einem Griff, der einen professionellen Türsteher beeindruckt hätte.

»Du bist nicht einmal ein Vampir«, spie Clore.

»Nein«, stimmte Mrs. Barley zu, »aber ich bin außerordentlich stur.«

Clore wand sich, aber Mrs. Barley hielt sie fest. »Sie sind nicht die Einzige, die tot spielen kann«, flüsterte sie und klatschte dann eineBindeglyphe auf Clores Rücken. Die Wiedergängerin schrie auf, als die Magie griff und sie an Ort und Stelle einfror.

Mrs. Barley staubte sich die Hände ab und nickte den Schaulustigen zu. »Die Show ist vorbei. Bitte geben Sie Ihrem Barkeeper Trinkgeld.«

Ren fand Bleak am Hoxton Square, wo er vor einem Publikum aus leeren Mülltonnen und drei verängstigten Praktikanten eine Rede hielt. Er schritt auf und ab, die Pistole in der einen, ein Gedichtband in der anderen Hand, und wechselte zwischen Rezitationen und wahllos in die Luft abgefeuerten Schüssen.

»Die Zeit ist ein Rad«, verkündete er, »und wir sind die Speichen! Sich drehend, wiederkehrend, dazu verdammt, zu brechen oder sich zu biegen!« Er feuerte eine Kugel ab, die abprallte und eine Straßenlaterne ausschaltete. »So ist die Poesie der Existenz!«

Ren schritt mit geballten Fäusten auf ihn zu. »Deine Metaphern sind scheiße«, rief sie.

Bleak hielt inne und neigte den Kopf. »Eine Kritikerin! Wie entzückend. Sollen wir uns duellieren?«

»Nur, wenn du Angst hast zu verlieren«, sagte Ren und schloss die Lücke.

»Niemals«, erwiderte Bleak, warf das Buch beiseite und zielte mit der Pistole auf ihre Brust. »Letzte Worte?«

»Nicht wirklich«, sagte Ren und stürmte los.

Bleak feuerte zweimal. Beide Schüsse verfehlten ihr Ziel – nur knapp. Ren riss ihn zu Boden und beide stürzten zu Boden. Bleak war stärker, als er aussah, und schnell. Er rollte sich auf sie, drückte ihr die Pistole an den Kopf, aber Ren drehte sich weg und schlug die Waffe zur Seite. Sie feuerte und Funken sprühten auf.

Bleak änderte seine Taktik, krallte sich mit tintenverschmierten Händen an ihr fest und versuchte, sie mit den Seiten seiner eigenen Gedichte zu ersticken. Ren spürte die Worte in ihre Haut einsickern, wie nasse Tätowierungen. Das Mal auf ihrem Arm loderte auf und brannte durch ihren Ärmel.

Es schmerzte mehr als alles, was sie je gefühlt hatte. Ihre Sicht verdoppelte sich, dann verdreifachte sie sich, als ob hundert Versionen von ihr gleichzeitig gegen Bleak kämpften. Sie japste und konnte kaum atmen.

Bleak grinste, aus seinen Zähnen sickerte Tinte. »Jetzt siehst du es. Wir sind alle Entwürfe. Nur einigen ist es erlaubt zu überleben.«

Ren heulte auf, stieß ihn von sich und taumelte davon, den Arm umklammernd. Das Mal pulsierte, lebendig, und kroch ihren Arm hinauf in Richtung ihres Herzens.

Bleak rückte vor, hielt aber inne, als Zaras Geist zwischen ihnen materialisierte, fester als zuvor.

»Das reicht«, sagte Zara. Ihre Stimme war vielschichtig und hallte wider. »Sie ist nicht dein Anker.«

»Oh, doch, das ist sie«, säuselte Bleak. »Sie ist der Rand, auf dem ich geschrieben stehe.«

Zara runzelte die Stirn. »Du bist bestenfalls eine Fußnote. Und ich lösche immer die Fußnoten.«

Sie streckte die Hand aus und berührte Bleaks Stirn. Er heulte auf, als ein geisterhaftes Licht durch ihn schoss, die Schichten aus Tinte und Knochen abblätterte und nur ein schwaches Nachbild zurückließ.

Ren brach gegen eine Mülltonne zusammen, das Mal brannte immer noch. »Sie sind ... mit mir verbunden«, keuchte sie.

Zara kniete sich neben sie und strich die Luft um Rens Gesicht glatt. »Es tut mir leid. Es ist schlimmer, als ich dachte.«

Ren blinzelte nach oben, der Schweiß brannte in ihren Augen. »Was meinst du damit?«

Zaras Geist flackerte. »Ashcroft belebt nicht nur alte Monster wieder. Er benutzt den Ewigen Entwurf, um sie an lebende Fäden zu binden. Du bist einer davon. Vincent ein anderer. Vielleicht sogar Mrs. Barley.«

Ren versuchte aufzustehen. »Also was, sind wir Batterien? Narrative Batterien?«

»Anker«, sagte Zara leise. »Wenn du untergehst, bleibt die Geschichte bestehen. Für immer.«

In der Ferne heulte die Stadt, das Geräusch neuer Sirenen und die panischen Tweets von hunderttausend Zeugen. Rens Telefon summte mit Benachrichtigungen: »Seltsames Gas im Old Blue Last«, »Straßenmagier rockt in Hoxton«, »Spukt es in East London?«

Sie schaffte ein bitteres und helles Lachen. »Wir sind im Trend.«

Zara half ihr auf die Beine. »Lass uns die anderen finden. Wir müssen uns neu formieren.«

Sie fanden Vincent und Mrs. Barley am vereinbarten Treffpunkt, jeder von ihnen sah lädierter aus als zuvor. Mrs. Barley hatte eine Schnittwunde über der Augenbraue, aber ihr Gesichtsausdruck war gelassen. Vincents Fingerknöchel waren aufgeschürft, aber er grinste.

»Wir sind zur existenziellen Bedrohung befördert worden«, sagte er.

»Glückwunsch«, murmelte Ren. »Was ist der nächste Schritt?«

Mrs. Barley tupfte sich die Stirn mit einem bestickten Taschentuch ab. »Wir tragen den Kampf zu Ashcroft. Brechen die Kette, bevor er sie in die Geschichte schreiben kann.«

Zara nickte, ihre Umrisse flackerten wie ein sterbendes Neonschild. »Je länger wir warten, desto mehr wird er herüberholen. London wird in seinen eigenen Monstern ertrinken.«

Vincent blickte auf seine angeschlagene Truppe. »Kein Druck also.«

Sie begannen zu gehen, während die Stadt um sie herum sich wandelte und ächzte. In den Gassen bewegten sich Schatten, und in den Pubs schrieb sich die Geschichte mit jedem Pint neu.

FÜNF

Vincent hatte dunklen Gassen noch nie getraut, nicht einmal vor dem jüngsten Abstieg der Stadt in den Wahnsinn. Londons Adern waren schon immer von Pisse, Pommestüten und dem elenden Optimismus verlorener Nachtschwärmer durchflossen gewesen, doch jetzt hatten die Gassen etwas Zusätzliches: ein Gefühl von erzählerischer Bestimmung, als wären sie als Statisten für einen Film angeheuert worden, in dem die besten Rollen an Psychopathen gingen.

In dieser Nacht zog das Mal an Rens Arm sie vom Spitalfields Market weg, mit der Überzeugung eines von einem Poltergeist programmierten Navis. Es pulsierte unter ihrem Ärmel wie ein winziger, wütender Leuchtturm, und die Haut darum war trotz der nächtlichen Kälte schweißnass. Sie ging vor Vincent her, den Kopf gesenkt, der Winkel ihrer Schultern schreckte selbst die entschlossensten Straßenräuber ab.

Die Gasse selbst stank nach nassem Papier und Frittierfett, und ihre Pfützen wurden vom widersprüchlichen Neonlicht eines Vape-Shops und eines rund um die Uhr geöffneten Pfandleihhauses beleuchtet. Die Lichter bekämpften sich in einem kränklichen Blau und dem Rot von Einsatzfahrzeugen, und die kombinierte Wirkung ließ jedes Gesicht schuldbewusst und jeden Schatten wie einen möglichen Tatort wirken. Vincent folgte, die Hände tief in den Manteltaschen vergraben, während sein Blick von den Müllsäcken zu den langsam gerinnenden Lachen unbestimmten Ursprungs unter seinen Füßen wanderte.

Ren wurde erst langsamer, als sie die Sackgasse erreichten, einen Mauerabschnitt, der so gründlich mit Plakaten zugepflastert war, dass er aussah, als hätte er drei verschiedene Revolutionen überlebt. Sie zögerte, dann zeigte sie mit dem Finger. »Dort«, flüsterte sie, und Vincents Blick glitt an ihr vorbei zu dem improvisierten Tableau im Herzen der Gasse.

Ein wackeliger Bocktisch, dessen Platte sich unter dem Gewicht eines Mannes bog, der mit Gürteln, Draht und etwas, das verdächtig wie die fehlenden Kabel einer städtischen Videoüberwachungsanlage aussah, festgeschnallt war. Das Gesicht des Mannes war vor Entsetzen verzerrt, sein Körper zuckte bei jedem Versuch, sich zu befreien, aber die Fesseln hielten – fest genug, um sich in die Haut zu schneiden.

Am Fußende des Tisches kniete Dr. Erasmus Pike, ein Porträt professionellen Wahnsinns. Sein Kittel, einst ein Standardmodell des NHS, war nun mit aufgenähten Taschen übersät und funkelte mit dem Versprechen laienhafter Chirurgie. Seine Hände, unmöglich lang und gespreizt, arbeiteten mit ruhiger Effizienz am Schienbein des Opfers, wo das Fleisch bereits zurückgeschält war, eine Parodie auf die Darstellungen in einem Anatomie-Lehrbuch. Jedes Mal, wenn Pikes verrostete Klemme zubiss, hallte der Schrei des Patienten von den Gassenwänden wider und stieg in die glitzernde Nacht empor.

Vincent sah das Gesicht des Chirurgen in drei Phasen: zuerst das harte Glitzern eines Monokels, gesprungen und von altem Blut beschlagen; dann das erstarrte, verzerrte Grinsen, das Pike aus mindestens zwei Krankenhäusern den Job gekostet hatte; und schließlich die Aufregungsfalten um seinen Mund, als wäre dies der Höhepunkt seiner Woche und er würde das Finale auf keinen Fall verpassen wollen.

Vincent beugte sich zu Ren, seine eigene Stimme war kaum mehr als ein geisterhaftes Knurren. »Endlich ein Arzt, der die NHS-Wartelisten barmherzig erscheinen lässt.«

Sie lachte nicht. Er hatte es nicht erwartet.

Er trat vor, seine Schuhe platschten, und rief: »Guten Abend, Dr. Pike. Bist du für unangemeldete Patienten da oder nimmst du auch Überweisungen an?«

Pike blickte auf, die Hände pressten immer noch eine Knochensäge auf das zitternde Bein, und seine Lippen zogen sich breiter. »Ah! Mr. Lupo. Ich hatte auf eine Aufwertung gehofft, aber ich nehme an, deine Knochen werden genügen müssen.«

Er ließ von seinem Opfer ab und erhob sich in einer peitschenartigen Bewegung, die sowohl der Physik als auch der höflichen Gesellschaft trotzte. Die Knochensäge kam mit ihm, glänzend von arteriellen Spritzern. Er schritt voran, seine Bewegung unheimlich geschmeidig, die Augen nicht auf Vincents Gesicht gerichtet, sondern auf sein Schlüsselbein – als würde er bereits den genauen Einstichpunkt für die Klinge bestimmen.

Vincent spürte, wie sein Herz zu hämmern begann, mehr aus beruflicher Rivalität als aus Angst. Er ließ Pike nahe kommen, so nahe, dass der Atem des Chirurgen seine Wange streifte und der Gestank von Blut, Formalin und alten Zigarillos sich als physische Kraft bemerkbar machte. Aus dieser Nähe war Pikes Stimme ein brüchiges Krächzen: »Mal sehen, aus welchem Holz du geschnitzt bist, Vincent. Ich hoffe sehr, es ist etwas Seltenes.«

Vincent gönnte ihm die Genugtuung nicht. Er ließ seine linke Hand hochschnellen und packte die Säge am Rücken der Klinge. Die Zähne rieben über seine Handfläche und rissen flache Furchen, die schmerzten, aber nicht bluteten – noch nicht. Seine rechte Faust folgte und traf Pike mit solcher Wucht unter dem

Kinn, dass die Kette des Monokels riss und die Linse in die Gosse trudelte.

Pike taumelte zurück und hieb mit der Klinge nach Vincent, doch diesmal parierte Vincent mit dem Unterarm, ließ die gezackte Schneide tief einschneiden und riss sie dann seitwärts. Der Chirurg schrie auf, weniger vor Schmerz als in freudiger Erwartung, und schlug mit der freien Hand zu, wobei er Vincent mit Fingern, die mehr aus Knochen als aus Haut bestanden, an der Kieferpartie traf.

Ren zischte hinter ihm. Das Mal auf ihrem Arm leuchtete nun auf, selbst durch den Schmutz ihres Kapuzenpullis hindurch sichtbar. Vincent sah das blaue Feuer in Pikes Augen widerhallen, und für einen Moment erstarrten beide, fasziniert vom Puls der lebenden Prophezeiung.

Das war die einzige Lücke, die Vincent brauchte. Er drehte die Knochensäge frei, kehrte seinen Griff um und stieß sie in Pikes Bauch. Die Klinge glitt mit einem Geräusch hinein wie eine Schere durch nassen Karton. Pikes Mund öffnete sich, schloss sich und öffnete sich wieder, als er die neue Wunde mit Bewunderung betrachtete.

»Großartig«, keuchte er und begann, die Wunde mit Nadel und Faden, die er in seinem Ärmel bereithielt, zuzunähen. Seine Hände bewegten sich so schnell, dass Vincent den Faden kaum sah, bis er sich festzog und verknotete; der frische Schnitt war bereits verheilt, als Pike sich aufrichtete.

Vincent grunzte. »Du hast schon immer schnell gelernt, Doktor.«

Pike grinste. »Manche von uns lernen eben bei der Arbeit.« Er stürzte sich erneut nach vorn, diesmal mit der ganzen Wucht eines entfesselten Wiedergängers, und die beiden knallten gegen die Gassenmauer. Die Ziegel bebten; ein nahes Fenster klapperte in seinem Rahmen.

Oben schwebte eine kalte Gestalt durch das Lampenlicht –

Zara, die zusah, ihr geisterhaft leuchtendes Gesicht gelassen und unergründlich. Am Tisch hatte Mrs. Barley keine Zeit verloren. Sie kniete neben dem Gefangenen und bearbeitete die Fesseln mit dem Feingefühl einer Bombenentschärferin. Jedes Mal, wenn der Mann stöhnte, murmelte sie so leise Worte, dass sie in der feuchten Luft der Gasse verhallten. Ihre Konzentration war absolut, als hätte sie für genau diesen Moment im Keller irgendeiner geheimen MI5-Abteilung trainiert.

Vincent spürte den Druck auf seiner Kehle, als Pike fester zudrückte, während die Augen des Chirurgen vor Entzücken wild funkelten. »Du solltest loslassen, Mr. Lupo. Es ist so viel einfacher, wenn man aufhört, sich zu wehren.«

Vincent spie aus, und der blutige Schleim traf Pike ins Auge. »Ich mochte noch nie Abkürzungen.«

Er rammte sein Knie hart nach oben, und Pike krümmte sich keuchend. Vincent packte ihn am Kragen, wirbelte herum und drückte ihn gegen die Wand. Er hob die Knochensäge für einen letzten Schnitt an – aber Pike glitt frei, schlüpfrig von seinem eigenen Blut, und krabbelte seitwärts wie eine Krabbe die Ziegelsteine hoch, wobei er eine schmierige, rot-schwarze Spur hinterließ.

Ren, am Eingang der Gasse, umklammerte ihren Arm, die Nägel gruben sich so tief ein, dass sie Halbmonde hinterließen. »Er ist noch nicht fertig«, murmelte sie. »Keiner von ihnen ist es.«

Vincent hörte die Warnung, duckte sich, gerade als Pike von oben herabfiel, und packte den Knöchel des Chirurgen mitten im Fall. Sie stürzten zusammen in einen Haufen aus Müllsäcken und Glasscherben und rangen um die Oberhand. Pikes Hände schossen vor, kniffen, und in einem Moment des reinen Entsetzens versuchte er, Vincent mit dem Daumen ein Auge auszustechen.

Vincent biss fest auf den Daumen, spürte das brüchige Knacken des Knochens und spuckte die Spitze auf den Beton.

Pike heulte auf, fiel zurück und sah zum ersten Mal unsicher aus.

Vincent ging langsam auf ihn zu. »Wir sind hier fertig, Doktor.«

Pike starrte ihn an, dann Ren, dann den Tisch, an dem Mrs. Barley den Patienten befreit hatte und ein Tuch um das zerstörte Bein wickelte. Oben schwebte Zara, ihr Gesicht nun vollständig leuchtend, ihr Blick nagelte Pike an Ort und Stelle fest.

Pike blickte auf, grinste mit blutigen Zähnen und flüsterte: »Du hast keine Ahnung, was kommt. Ich war nur das Aufwärmen.«

Er schlug seinen Hinterkopf gegen die Wand, einmal, zweimal, dreimal. Beim dritten Mal brach sein Schädel ein wie eine fallengelassene Melone und bespritzte die Ziegel mit einem Rorschachtest des erzählerischen Zusammenbruchs. Pikes Körper sackte zu Boden, zuckte noch und wurde dann still.

Vincent wischte sich den Mund ab, wischte sich die Hände ab und wandte sich an Mrs. Barley. »Wie geht es unserem Patienten?«

Sie betrachtete ihn, die Augenbrauen gehoben. »Er wird leben. Was unter den Umständen eine ziemliche Überraschung ist.«

Ren rutschte an der Wand entlang zu Boden und atmete schwer, das Mal war nun zu einem dumpfen Schmerz verblasst. Sie beobachtete Vincent mit einer Mischung aus Dankbarkeit und Entsetzen.

Vincent richtete sich auf, versuchte, den Schmerz aus seinem Rücken zu dehnen, und schaffte ein Grinsen. »Die erste Runde geht auf mich.«

Niemand lachte. Sogar Zaras Geist sah düster aus.

Sie verließen die Gasse gemeinsam, schleppten den Überlebenden mit sich und überließen das Gemetzel der Frühschicht der Stadtreinigung. Vincent blickte nur einmal zurück, um zu sehen, ob Pike für eine Zugabe aufstehen würde. Er tat es nicht. Aber das Gefühl in der Luft – das Gefühl, beobachtet zu werden, dass sich die Geschichte unter ihren Füßen krümmte – verschwand nicht.

Rens Mal flackerte einmal auf, wie eine sterbende Glühbirne. Die Botschaft war klar: Das war kein Ende. Nicht einmal annähernd.

SECHS

Die Modernisierer unterhielten ihr Hauptquartier in einem umfunktionierten Loft in Shoreditch, der Art von Großraum-Sweatshop, der einst ein Textillager gewesen war, aber jetzt mit Vape Pens, überteuerter Hafermilch und den geplatzten Träumen gescheiterter Content Creators betrieben wurde. Vincent und seine Truppe erreichten das Gebäude kurz vor Mitternacht. Die Straße draußen pulsierte mit genug LED-Reklame, um einer Leiche Migräne zu verpassen. Das Erdgeschoss – ursprünglich der Empfang, jetzt ein Coworking-Space für unbedeutende Blutsauger und den einen oder anderen aufstrebenden TikTok-Koch – war verlassen, bis auf einen einzigen Rezeptionisten, der sie mit der mürrischen Ausstrahlung einer zu Tode gelangweilten Halluzination anblinzelte.

Vincent ging voran, Mrs Barley und Ren dicht auf seinen Fersen, während Zaras Geist einige Schritte dahinter schwebte, leuchtend blau und von den architektonischen Anmaßungen zutiefst unbeeindruckt. Er war natürlich schon einmal hier gewesen, aber nie nüchtern, und das Gebäude fand immer einen neuen Weg, ihn zu nerven.

Heute Abend war es der Aufzug. Eine durchsichtige, verstärkte Kunststoffbox, deren Wände mit leuchtenden Graffiti bekritzelt waren, die zwischen Gewaltandrohungen und Einladungen zum Microdosing schwankten und am Ende eines mit Motivationspostern gesäumten Korridors auf sie wartete. Vincent ignorierte den Slogan »Disrupt the Suck« und hämmerte auf den Knopf. Der Aufzug kam mit einem pneumatischen Seufzen an und hielt dann inne, als erwarte er ein Trinkgeld.

Im Inneren spielte der Aufzug eine dreißigsekündige Werbeschleife für ein »Blood Smoothie«-Franchise, in der ein platinblondes Model eine zähflüssige rote Flüssigkeit aus einem biologisch abbaubaren Strohhalm schlürfte. Der Beat im Hintergrund – etwas zwischen Grime und gregorianischen Gesängen – bohrte sich durch die Kabine und in Vincents Schädel. Ren fing an, mitzusummen, nur um ihn zu ärgern.

Mrs Barley las den scrollenden rechtlichen Hinweis am unteren Rand des Aufzugbildschirms: »Heilt keine Sonnenlichtallergie. Kann Spuren von Nüssen enthalten.« Sie schürzte die Lippen. »Wenigstens sind sie ehrlich, was ihre Lieferkette angeht.«

Zara schwebte mit verschränkten Armen und einer hochgezogenen Augenbraue neben Vincent herauf. »Gewöhnt man sich jemals daran?«

Vincent schüttelte den Kopf. »Entweder stirbst du im Rat, oder du lebst lange genug, um dich in der PR-Schleife eines Startups wiederzufinden.«

Der Aufzug öffnete sich im fünften Stock zu einer Welt, die darauf ausgelegt war, zu beleidigen: Drohnen schwirrten über ihnen und zogen Duftschwaden von verbranntem Gummi und handwerklich hergestelltem Weihrauch hinter sich her; die Wände pulsierten mit Neonbannern, die Hashtags in gotischer Schrift zeigten (#VAMPLORE, #THRIVEOFFLINE, #FEEDTHEBRAND); und jede Oberfläche, die nicht bereits von einem

Ringlicht besetzt war, war von hochglänzenden Modellen neuer Vampir-Merchandise-Artikel kolonisiert worden.

Im Zentrum dieses konsumorientierten Albtraums war ein Konferenztisch aus recyceltem Glas und Sarg-Holz als Altar eines Kults arrangiert worden. Um ihn herum hielten drei Gestalten Hof, jede von ihnen eine Lektion in evolutionärem Branding.

Aurelia Voss – statuenhaft, die platinblonde Mähne zu einer Welle geformt, die so mathematisch präzise war, dass sie die Millennium Bridge hätte verankern können – lehnte sich in einem dänischen Designerstuhl zurück. Sie hielt einen Kristallkelch, gefüllt mit Blut und etwas, das wie zwei Fingerbreit Beluga-Wodka aussah. In genau diesem Moment streamte sie live eine Hautpflegeroutine, ihr Handy auf einem vergoldeten Stativ balancierend. Ihre bereits makellose Haut schimmerte unter dem Ringlicht, und sie sprach mit der sanften Überzeugung von jemandem in die Kamera, der wusste, dass ihr gesamtes Publikum für ihre Meinungen morden würde.

Zu ihrer Linken hockte Cass Roe auf der Tischkante, sein Hoodie mit einem grellen Start-up-Logo gebrandmarkt: »FANGR«. Er hatte zwei Handys, drei Powerbanks und einen Vape Pen, die alle in ständiger Rotation waren. Wenn er sprach, dann in einer Lautstärke, die dazu bestimmt war, von jedem gehört zu werden, selbst von den Tauben. Er pitchte gerade eine »beispiellose, vollständig immersive Vampir-Dating-App-Erfahrung« an ein unsichtbares Livestream-Publikum und hielt alle zehn Sekunden inne, um an seinem Vape zu ziehen oder ein synthetisches Gekicher auszustoßen.

Auf der anderen Seite kauerte Nyx Calder über einem Set von DJ-Decks – echten, physischen Decks, aber mit so viel arkaner Schaltung durchzogen, dass Vincent vermutete, sie würden das Stromnetz lahmlegen, wenn man sie in eine normale Steckdose steckte. Nyx' Gesicht war von herabfallendem dunklem Haar und einem Paar Blackout-Kontaktlinsen verdeckt; seine Hände bewegten sich mit dem rastlosen Zwang eines Mannes, der sein eigenes Nervensystem aus rohem Bass zusammensetzte. Er murmelte vor sich hin, mal auf Englisch, mal in Sprachen, die Vincent nur von Flüchen kannte, die in römischen Katakomben gekritzelt waren.

Die ganze Szene war so perfekt, so abscheulich modernisiererhaft, dass Vincent sich beinahe umgedreht hätte. Stattdessen stieß er Ren an, die ein Regal mit »Vegan Plasma«-Mocktails mit etwas beäugte, das Interesse oder ein leichter Todeswunsch hätte sein können.

Ren nahm alles in sich auf und schnaubte leise. »Es ist, als hätte die Hölle eine Pop-up-Bar in Soho eröffnet.«

Vincent schüttelte den Kopf. »Siehe da, die Apokalypse in Röhrenjeans.«

Da sah Aurelia sie, und ohne ihren Monolog zu unterbrechen, blitzte sie ein Lächeln auf, das scharf genug war, um Glas zu schneiden. »Darlings!«, trillerte sie mit einer Stimme, die so gestimmt war, dass sie drei parallele Gespräche durchdrang. »Lupo the Lightless in meinem Studio! Wenn Sie mir gesagt hätten, ich würde Sie in etwas anderem als einem Dreiteiler sehen, hätte ich es als Hassverbrechen bezeichnet.«

Cass Roe blickte auf, entdeckte die Neuankömmlinge und grinste. »Oh Scheiße, es ist die wandelnde Haftungsklausel des Rats! Willkommen in der Zukunft, Leute.« Er richtete sofort sein Handy auf Vincent und streamte die Begegnung für jeden, den es genug interessierte, um zuzusehen.

Nyx hob eine Hand zum Gruß, stach dann auf sein Deck und zauberte eine Schleife aus Kathedralenglocken herauf, die zu etwas verzerrt waren, das Vincents Zähne zum Vibrieren brachte.

Vincent schritt zum Konferenztisch, setzte sich aber nicht. »Sie sehen alle gut aus«, sagte er. »Wenn man bedenkt, dass die Stadt kurz davor steht, ein Praxistest für den narrativen Kollaps zu werden.«

Aurelia stellte ihren Kelch ab, tupfte sich die Lippen mit einem Seidentaschentuch ab und beendete mit einer geübten Bewegung ihren Kamerastream. »Sie schmeicheln uns«, schnurrte sie. »Ist das ein reiner Höflichkeitsbesuch, oder sind Sie hier, um uns das Ende aller Tage zu pitchen?«

Ren schnaubte, ließ sich auf den Stuhl neben Cass fallen und begann sofort, durch den Prototyp von FANGR zu wischen, ihr Gesichtsausdruck auf »zutiefst unbeeindruckt« gestellt.

Mrs Barley hielt sich an der Tür, das Notizbuch gezückt, und erstellte bereits eine Liste möglicher Verstöße gegen die Gesundheits- und Sicherheitsvorschriften.

Zaras Geist schwebte blau-weiß und still über ihnen, was Aurelia mit nur kurzem Zögern bemerkte.

Cass Roe fuchtelte Vincent mit seinem Handy vor dem Gesicht herum. »Sag Hallo zu den Fans, Kumpel. Du bist schon in den Trends.«

Vincent schlug das Handy mit dem Handrücken weg; es drehte sich und klapperte dann über den polierten Betonboden. Das Livestream-Publikum oder welche digitalen Ghule auch immer diesen Kram sahen, musste sich nun fragen, was als Nächstes geschah.

»Entschuldigung«, sagte Vincent. »Es war eine lange Nacht.«

Aurelia machte ein Geräusch, das halb Lachen, halb Miauen war, und beugte sich dann ganz geschäftsmäßig vor. »Kommen Sie zur Sache, Liebling. Wir werden keinem Selbstmordpakt des Rats beitreten, es sei denn, Sie bieten Anteile an oder zumindest die Namensrechte.«

Nyx justierte den Crossfader, murmelte: »Niemand überlebt den finalen Schnitt«, und ließ die Kathedralenglocken in einem disharmonischen Wimmern verklingen.

Vincent lehnte sich mit verschränkten Armen gegen den gläsernen Altar der Modernisierer, seine Stimme auf maximale Furcht gestimmt. »Ihr habt alle den Stream gesehen. Ashcroft hat beim Rat die volle Blut-und-Donner-Nummer abgezogen, einen Ältesten getötet und die Regeln neu geschrieben. Der Ewige Entwurf sickert durch jeden Wiedergänger, jeden Idioten mit Groll und einem Hashtag.«

Mrs Barley trat vor und fixierte die Modernisierer mit einem Blick, der so ruhig war, dass er die Luft aus dem Raum sog. »Wenn der Ewige Entwurf alles neu schreibt, wird es kein Publikum mehr geben, an das man verkaufen kann.«

Aurelia schürzte die Lippen, ihre Augen verengten sich. »Sie glauben, das ist existenziell für uns? Süße, das Einzige, was uns je bedroht hat, war Irrelevanz.«

Ren, die immer noch mit der App spielte, meldete sich zu Wort: »Ihr wollt Legitimität. Das ist eure Chance. Rettet die Welt und selbst der Rat muss euch ernst nehmen.«

Cass horchte auf und rechnete die Zahlen in seinem Kopf durch wie eine Ratte in einem Kokain-Labyrinth. »Die PR wäre der Wahnsinn. Hashtag: Vampir-Apokalypse-Kommando. Wir könnten Tickets für den Widerstand verkaufen.«

Nyx summte leise vor sich hin und sagte dann: »Die Stadt wurde schon immer von Lügnern geschrieben. Man kann sich genauso gut für eine Seite entscheiden.«

Aurelias Lächeln kehrte zurück, diesmal mit echter Wärme dahinter. »Gut, Lupo. Sie wollen die Modernisierer? Sie haben uns. Unter einer Bedingung – Sichtbarkeit. Wir werden nicht wieder in die Fußnoten verbannt, nachdem Sie den Tag gerettet haben, so wie nach Carmine.«

Vincent stöhnte und kniff den Nasenrücken zusammen. »In Ordnung. Aber wenn irgendjemand das hier in ein Meme verwandelt, bin ich weg.«

Zaras Stimme, trocken wie die Londoner Luft um vier Uhr morgens, sickerte von oben herab. »Zu spät. Haben sie schon.«

Cass' Handy, wie durch ein Wunder unversehrt, begann mit

neuen Benachrichtigungen zu pingen. #VampirApokalypseKommando war in den Trends.

Vincent sah Ren an, die mit der müden Resignation einer Frau zurückblickte, die jede Form von Idiotie gesehen hatte, die die Stadt zu bieten hatte, und sich immer noch genug darum scherte, sie beim Namen zu nennen.

»Dann mal los«, sagte er und sah zu, wie sich die Modernisierer, die Geister und Reste seiner eigenen Geduld auf den Krieg einstellten.

SIEBEN

Vincent hatte schon so einige Mausoleen gesehen, aber das Stadthaus in Mayfair schoss den Vogel ab, was die posthume Hingabe an ein Farbschema anging. Vom Bürgersteig bis zum Giebel strahlte das Gebäude ein gelbsüchtiges Leuchten aus, sein Portland-Stein hatte jetzt den Farbton eines Nikotinpflasters. Nur das Messingschild neben der Tür, bis zum religiösen Wahn poliert, machte dem jetzigen Jahrhundert ein Zugeständnis.

Er hielt am Eingang inne und beäugte die kunstvollen Eisenarbeiten und den Türklopfer, der verdächtig wie ein in Bronze gegossener menschlicher Oberschenkelknochen aussah. »Subtil«, murmelte er. »Nichts sagt so sehr ,Aufgeschlossenheit' wie eine Tür, die gleichzeitig als Warnung dient.«

Ren kicherte neben ihm, die Hände tief in ihrem Kapuzenpulli vergraben – das Einzige, was sie davor bewahrte, im Wind zu erfrieren. »Vielleicht stehen sie einfach auf Paläo-Ästhetik«, sagte sie. »Hast du jemals so viele weiße Säulen an einem Ort gesehen?«

Mrs Barley, immun gegen Sarkasmus und Kälte, drückte mit einem behandschuhten Finger auf die Klingel. Das Läuten war eher eine Anklage als ein Willkommensgruß und hallte durch das

Vestibül und eine Treppe hinauf, die breit genug war, um die gesamte Besetzung einer edwardianischen Sitcom aufzunehmen.

Ein Butler öffnete die Tür, sein Anzug so präzise gestärkt, dass er Blut zu ziehen drohte. Er musterte Vincent und die anderen mit der höflichen Verachtung eines Mannes, der einst echte gekrönte Häupter bedient hatte und nun als Bedingung für seine Weiterbeschäftigung gespenstische Anhängsel und Unruhestifter des Rates einlassen musste.

»Hier entlang, bitte«, intonierte er mit der Gewissheit von jemandem, der Eindringlinge den zuständigen Behörden melden konnte und würde – wenn nicht der Polizei, dann dem National Trust.

Der dahinterliegende Korridor war ein Autounfall in Zeitlupe aus den schlimmsten Einrichtungsentscheidungen jedes Jahrhunderts: Die Vertäfelung war dunkel, der Teppichläufer nur im Kontrast dazu heller, und die Wände bogen sich unter dem Gewicht von Ahnenporträts in vergoldeten Rahmen von der Größe einer Familienkutsche. Jedes Gesicht starrte mit einer Mischung aus Wahnsinn, schlechten Zähnen und einer offensichtlichen Blutrache gegen jeden herab, der nicht »Mortimer« oder »Honoria« hieß.

Vincent ließ die Hand über den Handlauf gleiten und bereute es sofort – der Lack klebte noch von der letzten Restaurierung. »Man sollte meinen, bei all dem Geld, das sie ausgeben, könnten sie sich einen Luftentfeuchter leisten«, flüsterte er Ren zu.

Sie warf ihm einen Seitenblick zu. »Manche Leute zahlen extra für ›Atmosphäre‹.«

Mrs Barley brachte sie mit einem Blick zum Schweigen, und die Gruppe betrat den Hauptsalon. Wenn der Korridor der Warnschuss gewesen war, dann war das Wohnzimmer die Artillerie.

Es war ein Würfel aus Sepia, jede Oberfläche beflockt, tapeziert oder anderweitig mit etwas bezogen, das mindestens siebzig Jahre veraltet war. Ein Kronleuchter baumelte wie eine Drohung von der Decke, die Kerzen waren echt und ließen bereits Wachs auf den Teppich tropfen. An der gegenüberliegenden Wand loderte ein Feuer in einem riesigen Kamin, dessen Flammen mehr zur Schau als zur Wärme dienten.

Um den Kamin herum saßen drei Älteste der Traditionalisten, jeder ein Exemplar einer ganz besonderen Gattung untoter Aristokratie. Sie trugen ihre Abstammung wie ein Abzeichen – Gehröcke, Krawattentücher, auf Hochglanz polierte Schuhe, kein Haar oder Schnurrbart war deplatziert. Es fehlte nur noch ein viktorianischer Bestatter, um die Stunde zu verkünden.

Der Erste, ein Mann mit schweren Brauen in einem taubengrauen Gehrock und seidenem Halstuch, erhob sich, als sie eintraten. Er umklammerte einen Stock mit einem silbernen Wolfskopf als Griff und musterte Vincent, als erwarte er, dass dieser stubenrein sei. »Die Auftragnehmer des Rates treffen endlich ein«, dehnte er das Wort. »Pünktlichkeit, wie ich sehe, bleibt eher ein Bestreben als eine Gewohnheit.«

Vincent versuchte zu lächeln, aber es geriet mehr zu einer Demonstration seiner Zahngesundheit. »Wir mussten für einen Imbiss anhalten. Einige von uns ernähren sich nicht von Flüssignahrung.«

Ren unterdrückte ein Lachen, was ihr einen Blick von der dritten Ältesten einbrachte – einer herrischen Frau mit einem Hals, lang genug, um die Eifersucht einer Giraffe zu rechtfertigen, alles in einen hochgeschlossenen Spitzenkragen und eine Kamee-Brosche geschnürt. Sie saß steif in ihrem Stuhl, die behandschuhten Hände über einem Schoßhund gefaltet, der die Neuankömmlinge mit blankem Abscheu betrachtete.

Der zweite Mann, kleiner und drahtiger, trug eine Weste von einem derart wilden Gelb, dass Vincents Sicht an den Rändern verschwamm. Er zog eine Taschenuhr hervor, klappte sie mit einem Geräusch wie ein Pistolenschuss zu und sagte: »Sie werden verstehen, dass wir uns nur unter Protest zusammenfinden.

Unsere Sitten erlauben keine Koalition mit ... mit ...« Er suchte nach einem Wort, fand nur ein Hohngrinsen, »... Parasiten in Pailletten.«

Mrs Barley biss nicht an. Stattdessen nahm sie mit der Ruhe einer Frau Platz, die einst einen tollwütigen Hund nur mit einem missbilligenden Blick ruhiggestellt hatte. »Die Lage ist dringend. Lord Ashcroft—«

Die Lippen der Frau wurden schmal. »... war zweimal Gast in diesem Haus und hat sich beide Male wie ein Gentleman benommen. Im Gegensatz zu manchen respektiert er die Tradition. Wenn Sie hier sind, um seinen Namen zu verleumden, werde ich Sie bitten, Ihre Vorgehensweise zu überdenken.«

Ren, die den Kronleuchter angestarrt hatte, sagte: »Er hat einen Ältesten des Rates im Livestream getötet. Ist das traditionell? Oder ist das eine neue Innovation?«

Die Ältesten rückten auf ihren Plätzen hin und her, Unbehagen durchzog das Gewebe ihrer kollektiven Würde. Der erste Mann klopfte mit seinem Stock auf den Kaminsims. »Das Duellrecht ist eindeutig. Der Rat wurde ausreichend gewarnt, und die Herausforderung wurde in Übereinstimmung mit jedem Artikel überbracht. Blackthorns Ableben war, obwohl ... bedauerlich, vollkommen nach Vorschrift.«

»Klar«, sagte Vincent, »denn Mord ist immer in Ordnung, wenn man vorher den richtigen Papierkram erledigt.«

Der Mann in der gelben Weste starrte ihn wütend an. »Das würden Sie nicht verstehen. Sie haben keine Geschichte.«

Vincent grinste und zeigte sie auf einmal in ihrer Gänze. »Ich bin siebenhundert Jahre alt. Ich habe mehr Geschichte als du warme Mahlzeiten.«

Der Raum kühlte ab, oder vielleicht fand der Wind einen neuen Weg durch die Ritzen. In der Stille schwoll das Ticken einer Standuhr an der Tür an und füllte den Raum, zählte die Sekunden bis zur nächsten höflichen Empörung herunter.

Mrs Barley holte eine Mappe aus ihrer Aktentasche. »Der Rat bittet um Ihre Unterstützung bei der Eindämmung des aktuellen Ausbruchs. Wenn Ashcroft Erfolg hat, wird er nicht nur den Rat destabilisieren, sondern jede Erbfolge und jedes Privileg, auf dem Ihre Position beruht.«

Die Frau streichelte den Schoßhund, der Vincent die Zähne fletschte. »Wir sind keine Kinder. Wir kennen den Einsatz. Aber die Modernisierer« – sie spuckte das Wort wie einen Fluch aus – »sind unzuverlässig. Sie würden die Stadt für Schlagzeilen im Wert eines Monats verkaufen.«

Vincent zuckte mit den Schultern. »Besser, als sie für einen Platz an einem Tisch zu verkaufen, der bereits in Flammen steht.«

Die Ältesten sträubten sich. Sogar der Schoßhund sah skandalisiert aus.

Ren, dadurch ermutigt, fügte hinzu: »Seien wir ehrlich, die Welt geht unter. Vielleicht ist es Zeit, etwas Neues auszuprobieren.«

Der Stock klopfte erneut, langsam und bedächtig. »Junge Dame, die Welt endet und beginnt mit jeder Generation. Der einzige Unterschied ist, wer den Nachruf schreiben darf.«

Vincent verdrehte die Augen und beugte sich zu Ren, wobei er seine Stimme leise, aber nicht zu leise hielt. »Perfekt. Die Titanic sinkt, und sie streiten immer noch über die Anordnung der Liegestühle.«

Daraufhin fiel dem Ältesten in der gelben Weste tatsächlich das Monokel aus dem Auge und landete mit einem feinen Klirren auf dem Tablett neben ihm. Er hob es mit der Präzision eines Mannes auf, für den Entrüstung eine Lebensart war.

Die Frau warf Vincent einen Blick zu, der so kalt war, dass er die Themse hätte wieder zufrieren lassen können. »Wenn Sie nichts weiter vorzuschlagen haben, Mr. Lupo, werden wir unser Glück mit den alten Wegen versuchen.«

»Mir soll's recht sein«, sagte Vincent und erhob sich von

seinem Stuhl. »Aber wenn Ashcroft die Stadt in einen Groschenroman umschreibt, erwarten Sie nicht, dass wir anderen uns an Ihr Drehbuch halten.«

»Wenn ich darf, meine Damen und Herren«, hielt Mrs Barley an der Tür an. »Es gibt einen Präzedenzfall. Darf ich vorschlagen, dass wir das bei einem Brandy besprechen?«

»Schön.« Lady Malady antwortete für die Gruppe. »Aber sollten wir nicht überzeugt sein, werden Sie von hier vertrieben wie die Vagabunden, die Sie sind.«

Der Salon war noch kühler als das Esszimmer, als hätten die Ahnenporträts aus Protest die Heizung heruntergedreht. Die drei Ältesten ließen sich in ihre Lieblingssessel fallen und bedeuteten den Besuchern widerwillig, sich zu ihnen zu gesellen.

Vincent und Ren nahmen auf dem Sofa Platz, das für maximales Unbehagen entworfen worden war. Mrs Barley stand an einem Sideboard, ihre behandschuhten Finger strichen über die Karaffen, als würde sie überlegen, welche sie als Waffe einsetzen könnte. Der Schoßhund bellte unaufhörlich.

Mrs Malady brachte den Schoßhund mit einem brüchigen »Still, Cerberus« zum Schweigen und fixierte Mrs Barley dann mit einem Blick, der Tapeten hätte abziehen können. »Wir haben die Bitte des Rates geprüft«, sagte sie, »und finden sie sowohl an Höflichkeit als auch an Präzedenz mangelhaft.«

Der Älteste in der gelben Weste griff den Faden auf: »Sie berufen sich auf das Notstandsgesetz, doch die Definition von ›Notstand‹ unterlag schon immer der Zustimmung der Erbgerichte. Dies zu umgehen, ist nicht nur unregelmäßig – es ist Subversion.«

Vincent hob eine Braue. »Sie würden lieber warten, bis die Welt untergeht, und dann abstimmen?«

»Es ist der einzig zivilisierte Weg«, beharrte der Mann.

Das Streitgespräch geriet, wie vorhergesagt, zu einem Schauspiel der Kleinlichkeit. Ren zählte mindestens vier Abschweifungen in obskure Rituale, zwei Aufzählungen genealogischer Überlegenheit und eine laufende Nebendebatte darüber, ob das Duellgesetz formelle Waffenstillstände erlaube. Vincent gab sich nicht einmal die Mühe, sein Gähnen zu verbergen.

Mrs Barley wartete unterdessen.

Sie wartete die erste Salve der Einwände ab, die zweite und die gesamte Abschweifung über die Zeit, als ein Vorfahre durch kreative Auslegung der feudalen Gerichtsbarkeit kurz den ungarischen Thron an sich gerissen hatte. Erst als der Mann in der gelben Weste (jetzt definitiv in Trauerkleidung, die Vincent als »Putsch-Lässig« zu bezeichnen beschloss) sich vorbeugte, um ihr die eigenen Vorschriften des Rates vorzuhalten, handelte Mrs Barley.

Sie klappte die Aktentasche auf.

Das Geräusch war so schneidend, dass sogar der Schoßhund zusammenzuckte. Aus der Tasche zog sie einen Stapel Dokumente, jedes mit rotem Band gebunden und mit einer Reihe von Siegeln versehen, die jedem Notar eine kleine Aneurysma bereitet hätten.

»Wenn ich darf«, sagte sie und breitete die Dokumente mit einer Eleganz aus, die Ren die Kinnlade herunterklappen ließ. »Ratsverordnung 473, Absatz drei: ›Im Falle narrativer Instabilität und bei Androhung einer existenziellen Bresche sind alle Häuser verpflichtet, einer Notstandskoalition Folge zu leisten—‹«

»Nur wenn ratifiziert durch —« begann der Mann mit der gelben Weste, aber Mrs Barley schnitt ihm mit einem Umblättern der Seite das Wort ab.

»Anhang B, Unterklausel neun, geändert 1871 und bestätigt durch den Schopenhauer-Kompromiss von 1962: ›Der Ratifizierungsprozess gilt als hinfällig, wenn zwei oder mehr der folgenden Bedingungen erfüllt sind: Verlust der Beschlussfähigkeit, Manifestation einer narrativen Gefahr der Klasse Drei oder direkte Anrufung des Ewigen Entwurfs durch ein Ratsmitglied.‹«

Sie deutete auf die entsprechende Zeile, blickte dann auf, ihre Stimme nun einen Ton schärfer: »Alle drei sind eingetreten, meine Herren. Und meine Dame.«

Der Stock fiel mit einem dumpfen Geräusch auf den Teppich. Die Stille im Raum war von der tödlichsten Sorte.

Mrs Barley fuhr fort: »Die Weigerung, an einem solchen Notfall teilzunehmen, ist nach Präzedenzfall nicht nur eine Pflichtverletzung, sondern –« hier machte sie eine Pause, um die Wirkung zu verstärken – »Grund für eine Anklage wegen Hochverrats gegen den Rat und, im weiteren Sinne, die Stadt.«

Das Monokel fiel diesmal nicht einfach nur. Es prallte vom Beistelltisch ab und landete mit einem so lauten Platschen in einem Glas Brandy, dass selbst Vincent den Drang verspürte, zu applaudieren.

Lady Malady atmete ein, als wolle sie protestieren, aber Mrs Barley zog den Trumpf aus dem Ärmel: einen zerfledderten, in Leder gebundenen Band mit Duell-Präzedenzfällen, dessen Rücken durch mehrere Generationen getrockneten Blutes verstärkt war.

»Duell-Präzedenzfall 1212, das Mortlake-Protokoll«, las Mrs Barley vor, »legt fest, dass bei jeder Herausforderung, die zum Tod eines amtierenden Ältesten führt, alle Streitigkeiten über die Legitimität bis zur Lösung der existenziellen Bedrohung ausgesetzt werden müssen. Mit anderen Worten: Wenn Ashcroft gewinnt, entscheidet er, was als Nächstes kommt. Nicht Sie.«

Der Stock klapperte im Griff des Ältesten. »Aber ... aber er ist ein Verräter—«

»Genau deshalb müssen Sie sich ihm widersetzen«, sagte Mrs Barley. »Andernfalls ist er nach dem eigenen Gesetz des Rates die einzig verbleibende legitime Autorität.«

Vincent grinste erfreut. Er blickte zu Ren, deren Augen weit aufgerissen waren, dann zurück zu den Ältesten. »Seht ihr? Die

Welt wird nicht durch Fangzähne und Umhänge gerettet. Sie wird durch Papierkram gerettet.«

Die Stille dehnte sich aus, bis die Uhr die volle Stunde schlug. Dann nickte der Mann mit der gelben Weste, weiß wie Pergament, mit der ganzen Feierlichkeit eines Mannes, der seiner eigenen Beerdigung beiwohnte. »Wenn die Welt gerettet werden muss«, sagte er, »dann soll es wenigstens ordentlich geschehen.«

Die anderen, einschließlich Lady Malady, neigten kurz den Kopf. Der Schoßhund, der vielleicht den Wachwechsel spürte, schlich schmollend unter den Tisch.

Mrs Barley sammelte die Dokumente ein und klappte die Aktentasche mit einer Endgültigkeit zu, die fast selbstgefällig war. »Wir sehen Sie dann am Sammelpunkt«, sagte sie.

Vincent und Ren folgten ihr hinaus, Zaras Geist schloss sich ihnen im Korridor an, blauleuchtend und lebhafter, als Vincent sie seit Wochen gesehen hatte.

»Das war ...«, brachte Ren hervor und suchte nach dem richtigen Wort.

»Brutal«, sagte Vincent. »Exquisit.«

Mrs Barley zuckte kaum merklich mit den Schultern. »Ich habe früher ein Anwesen in Wiltshire verwaltet. Das hier ist nichts im Vergleich zur jährlichen Hauptversammlung.«

Zara schimmerte vor Freude. »Ich glaube, du hast sie so gründlich gebrochen, dass sie sich den Modernisierern anschließen müssen, nur um ihr Gefühl der Gekränktheit wiederherzustellen.«

Vincent lachte, hell und scharf. »Heil der neuen Allianz – verbunden durch gegenseitigen Hass und Rats-Unterklauseln.«

Sie traten in die Nacht hinaus, das Mayfair-Haus hinter ihnen versiegelte bereits wieder seine Geheimnisse, seine Ahnen drehten sich vielleicht in ihren Rahmen um.

»Glaubst du, sie werden auftauchen?«, fragte Ren.

Vincent überlegte, dann nickte er. »Sie müssen. Ihre eigenen Regeln sind jetzt ein Abschiedsbrief.«

Mrs Barley schaute auf ihre Uhr, dann lächelte sie. »Noch reichlich Zeit also. Sollen wir?«

Sie gingen weiter, die Lichter der Stadt vor ihnen, Zaras Geist flackerte mit jedem Schritt heller. Hinter ihnen wankte die alte Welt, nur gestützt durch das Gewicht ihrer eigenen Vorschriften – und, wie Vincent vermutete, durch ein wachsendes Gefühl existenzieller Angst.

Aber das war das Problem eines anderen.

Heute tagte die Gegenwart, und sie hatten einen Krieg zu gewinnen.

ACHT

Die Notkammer des Rates war an den Meistbietenden vermietet worden, was angesichts der gegenwärtigen Liquiditätskrise des Rates bedeutete, dass es sich um einen überbeleuchteten, unzureichend geputzten Veranstaltungsraum im hinteren Teil des Museums für juristische Kuriositäten handelte. Das einzige Zugeständnis an die Vampir-Ästhetik war der Eisenholztisch – dreimal zu lang, bis zu einem kohlenschwarzen Glanz poliert und an Stellen vernarbt, an denen Generationen von Regierenden die Zugfestigkeit von Holz und Entschlossenheit falsch eingeschätzt hatten.

Heute Abend diente er als Schauplatz für ein Koalitionstreffen, das nur unter Umständen maximaler Verzweiflung hätte einberufen werden können. Auf der linken Seite saßen die Modernisierer in Lanyards und Marken-Kapuzenpullis, jede Haltung auf maximale Provokation ausgelegt. Gegenüber saßen die Traditionalisten: gestärkt, gepudert, von Manschetten und Krägen herabblickend, die mehr kosteten als die meisten kleineren Erbschaften. In der Mitte saß die »neutrale Partei«: Vincent, Ren, Mrs. Barley und die geisterhafte Zara, die in Deckenhöhe schwebte und die

Energie eines Geistes ausstrahlte, der einen Autounfall in Zeitlupe beobachtete.

Die beiden Fraktionen beäugten einander, als warteten sie darauf, dass der andere zuerst blinzelte oder starb, je nachdem, was zuerst eintrat.

Vincent musterte den Raum und wog jede anwesende Belastung ab. Die Modernisierer hatten ihren Kern geschickt: Aurelia Voss – Königin der Instagrammortalen, die bereits live von ihrem Handy streamte und deren Nägel im Neonlicht wie Messer blitzten; Cass Roe, der Startup-Degenerierte, der aussah, als sei er seit einer Woche wach und hätte ausschließlich von neuartigen Energydrinks und illegalen Nahrungsergänzungsmitteln überlebt; und Nyx Calder, die am anderen Ende kauerte und tröpfchenweise den Ton aus dem Raum in ein DJ-Pult einspeiste, um gelegentlich die Luft mit einem zufälligen Sample zu unterbrechen.

Die Traditionalisten hatten auf Spektakel gesetzt: mindestens drei Älteste, von denen jeder so von Eitelkeit einbalsamiert war, dass er wirklich einbalsamiert aussah, plus eine Schar geringerer Mitläufer, die alle in absteigender Reihenfolge ihrer Bedeutung aufgereiht waren. Der Anführer war ein weißhaariger Mann, der für eine schlecht restaurierte Marmorbüste hätte durchgehen können, komplett mit einer Kinnpartie, die durch Jahrhunderte der Nichtbenutzung geschärft war, und einem Siegelring, der groß genug war, um ein mittelgroßes Schaf zu erschlagen. Er hatte einen Stock und sorgte dafür, dass es jeder bemerkte, indem er ihn jedes Mal auf den Tisch klopfte, wenn er Aufmerksamkeit wollte, was ständig der Fall war.

Vincent lehnte sich zurück, suchte nach Ausgängen und fragte sich, wie die Wetten für mindestens zwei Morde vor Ablauf der Stunde standen.

Mrs Barley hingegen hatte sich zur Sekretärin der Veranstaltung ernannt: der Notizblock geöffnet, der Stift gezückt, die Lippen zum internationalen Symbol für »Wir gehen hier nicht weg, bis wir eine Einigung haben« geschürzt. Ren lümmelte auf ihrem Stuhl mit der gelassenen Haltung von jemandem, der sein ganzes Leben lang jede Form von offiziellem Protokoll ignoriert hatte. Ab und zu starrte sie erst auf ihr Handy, dann in den Raum, als würde sie die Schrecklichkeit beider vergleichen und wäre mit dem Ergebnis nicht zufrieden.

Zaras Geist nahm einen Platz über der Mitte ein, wo die Akustik des Raumes am schlechtesten war. Sie war heute Nacht fester, ihre blaue Aura loderte bei jedem Anstieg der Spannung im Raum auf, was oft geschah. Gelegentlich bewegten sich ihre Lippen in einem laufenden Kommentar, den nur Vincent hören konnte, und er ärgerte sich darüber, dass sie das Schauspiel so sehr genoss.

Die ersten fünf Minuten waren ein stilles Wettrüsten in Sachen Selbstdarstellung. Die Modernisierer schalteten ihre Ringleuchten ein und begannen mit synchronisierten »Gruppen-Selfie«-Routinen, wobei sie die Traditionalisten völlig ignorierten. Die Traditionalisten reagierten, indem sie so taten, als gäbe es die Modernisierer nicht, und stattdessen flüsternd debattierten, welcher Vorfahre diese Situation am schändlichsten gefunden hätte.

Vincent beobachtete, wie Aurelia ein gefiltertes, schmollendes Foto des gesamten Tisches schoss, den Hashtag #FutureFangs hinzufügte und dann ihr Handy auf Aufnahme stellte.

Der Anführer der Traditionalisten tat schließlich so, als würde er auf seine Taschenuhr schauen, eine Geste, so spitz, dass sie auch mit Fußnoten hätte versehen sein können. Er stieß mit seinem Stock auf und verkündete: »Lasst uns fortfahren. Einige von uns messen die Zeit noch mit anderen Mitteln als dem elektronischen Ticken der Ablenkung.« Sein Ton war ein Ausbund an reinrassiger Verachtung, dazu bestimmt zu verletzen.

Aurelia klimperte mit den Wimpern. »Wenn Sie es vorziehen, kann ich meine Assistentin das Protokoll schicken lassen. Oder ich fasse es einfach zusammen – ›Alte Männer jammern, neue Welt gewinnt, gewöhnt euch dran.‹«

Der Stock schlug erneut auf. »Wir beginnen mit der Angelegenheit der Sitzordnung. Das Gesetz des Rates ist eindeutig: Abstammungslinien haben Vorrang vor Neuheiten.«

Cass, der bereits mitten am Tisch einen Gruppenchat gestartet hatte, schnaubte. »Kumpel, die einzige Blutlinie, die du noch hast, steckt in deinem Steak Tartare. Komm mal klar.«

Auf der anderen Seite des Ganges brach ein geringerer Traditionalist aus. »Genau deshalb besteht die alte Ordnung! Ohne Respekt vor den Formen verkommen wir zu Pöbel!«

»Pöbel macht auf Partys Spaß«, sagte Nyx mit flacher, gelangweilter Stimme. »Warst du jemals auf einer?«

Das erntete ein Lachen von den Modernisierern, die sich mit der synchronisierten Koordination eines professionellen E-Sports-Teams abklatschten.

Mrs Barley kritzelte eine Notiz und hob dann eine Hand. »Wenn wir zur Tagesordnung zurückkehren dürften –?«

Der weißhaarige Ältere ignorierte sie und hielt stattdessen eine Rede über die Bedeutung der Hierarchie, die Heiligkeit der Befehlskette und die Gefahren, »ungezügelten Ehrgeiz« in Machtpositionen zu lassen. Es war die Art von Rhetorik, die in einem anderen Leben vielleicht einen kleinen Krieg oder zumindest eine katastrophale Dinnerparty angekündigt hätte.

Aurelia fing seinen Blick auf und setzte zum Todesstoß an. »Wissen Sie, was mehr Vampire tötet als Sonnenlicht, Liebling? Langeweile. Vielleicht mal LSF 50 fürs Ego versuchen, hm?«

Der Ältere wollte gerade erwidern, aber Cass hatte sein Handy bereits so positioniert, dass er das Gezänk einfangen konnte, die Finger bereit für den besten Screenshot. Im nächsten Augenblick schoss eine Hand vor und riss Cass das Handy aus der Hand.

Mrs Barley hielt nun, in einer Bewegung so schnell, dass sie die Sinne täuschte, das Handy in der einen und eine Sicherheitstasche des Rates in der anderen Hand. Sie legte beides mit der Würde eines Erzbischofs, der den Messwein abstellt, auf den Tisch.

»Keine Aufnahmen«, sagte sie im selben Ton, den sie für »Keine Schuhe auf dem Teppich« verwendet haben mochte. »Protokoll des Rates. Die Angelegenheit ist vertraulich.«

Cass starrte sie an, für einen Moment sprachlos, dann suchte er bei Aurelia nach Unterstützung. Sie zuckte beeindruckt mit den Schultern. »Sie ist gut.«

Auf der anderen Seite des Tisches rückten die Traditionalisten ihre Westen zurecht, richteten ihre Manschettenknöpfe und murmelten etwas von »Neureich-Vampiren« und »Barbarei«. Alle paar Sekunden versuchte einer von ihnen, den anderen mit einem Naserümpfen zu übertreffen, was eine Symphonie aus winzigen, unterdrückten Schnaubern hervorbrachte.

Vincents Geduld, die nie sonderlich robust war, begann zu reißen. Er ging hinter seinem Stuhl auf und ab, die Sohlen seiner Stiefel klickten auf dem Stein, sein Kiefer spannte sich mit jeder Runde fester an.

Aurelia nahm ihr Handy wieder zur Hand (jetzt nur im Kameramodus) und bat ihre Assistentin um eine Ringleuchten-Nachfüllung, die im Vorzimmer mit jener Art von existenzieller Resignation gewartet hatte, die von jahrelanger Sklaverei im Dunstkreis von Influencern zeugte.

»Wissen Sie«, verkündete sie, »wenn wir halb so viel Energie auf das eigentliche Problem verwenden würden wie auf Ahnen-Cosplay, würden wir vielleicht tatsächlich etwas erledigt bekommen.«

Der weißhaarige Ältere wich zurück, als käme ihm ein übler Geruch entgegen. »Junge Dame, das Problem ist, dass Sie glauben, Hashtags seien ein Ersatz für Geschichte.«

Ren, die die meiste Zeit geschwiegen hatte, grunzte. »Die

Geschichte ist der Grund, warum wir alle in diesem Raum sind, Kumpel. Und sie funktioniert nicht.«

Aurelia, dadurch ermutigt, beugte sich vor. »Ich schlage vor – nein, ich bestehe darauf –, dass wir eine richtige Marke für diese Koalition aufbauen. Eine mit einer gemeinsamen Ästhetik. Hashtag: #EinheitOderTod. Einfach, effektiv, sehr zeitgemäß.«

Ein kleinerer Traditionalist stotterte. »Man kann keinen Krieg mit einem Hashtag versehen!«

Cass erwiderte erfreut: »Nicht mit der Einstellung.«

Der Raum explodierte in drei gleichzeitige Auseinandersetzungen: eine über Nomenklatur und Abstammung, eine über Hashtag-Etikette und eine über die relativen Vorzüge von Zeitungen im Vergleich zur »algorithmischen Agora«. Jedes Mal, wenn Mrs Barley versuchte, sich einzuschalten, wurde es nur lauter, die Stimmen prallten vom Eisenholz ab und mit doppelter Wucht zurück.

Vincent riss schließlich der Geduldsfaden. Er stemmte beide Handflächen auf den Tisch, hart genug, um das Porzellan klirren und mindestens einen Manschettenknopf über die Oberfläche schlittern zu lassen.

»Wenn ihr Kinder nicht aufhört«, sagte er, die Reißzähne halb ausgefahren und die Augen schwarz geworden, »werde ich euch alle pfählen und Ashcroft die Mühe ersparen.«

Es funktionierte. Für mindestens drei Sekunden herrschte Totenstille im Raum.

Dann, unvermeidlich, kicherte Aurelia. »Ist das der Teil, wo du uns den Hintern versohlst und ohne Abendessen ins Bett schickst? Denn ich kenne ein paar Follower, die für diesen Inhalt bezahlen würden.«

Vincent starrte sie an, dann den Rest des Raumes. »Ihr müsst euch nicht mögen. Tatsächlich könnt ihr euch so sehr verabscheuen, wie ihr wollt. Aber wenn ihr euren Scheiß nicht für zehn Minuten zusammenhalten könnt, wird Ashcroft jeden von euch zu einer Schauergeschichte umschreiben. Verstanden?«

Es folgte ein kurzes, kollektives Schmollen, während die Traditionalisten ihre Jacken glatt strichen und die Modernisierer unter dem Tisch Gruppen-DMs austauschten. Nyx spielte ein Sample ein – »Papi ist wütend« –, und Ren grinste sich hinter ihrem Ärmel eins.

Über ihnen klatschte Zara lautlos, ihre Hände glitten mit einem leisen, kalten Funkeln durcheinander. »Nicht schlecht«, sagte sie in dem Echo, das nur Vincent hören konnte. »Du solltest als Nächstes damit drohen, ihre Handys zu essen.«

Mrs Barley, die nun im Besitz von Cass' Zweitgerät war (das während des Aufruhrs beschlagnahmt worden war), räusperte sich. »Wenn ich dürfte«, sagte sie, wieder mit ihrer »Direktorin vor einem Raum voller Brandstifter«-Stimme. »Dem Ewigen Entwurf ist unsere Politik egal. Wenn Ashcroft gewinnt, werden all eure kleinen Hierarchien und jeder einzelne Follower in blauem Rauch aufgehen. Also – sollen wir es noch einmal versuchen?«

Für genau eine halbe Minute hing Vincents Drohung in der Luft wie der Nachgeschmack eines schlechten Wortwitzes: beißend, anhaltend, unmöglich zu ignorieren. Aber wie bei allen Versuchen erzwungener Höflichkeit brach die kurze Stille bald unter der Last des gegenseitigen Hasses zusammen.

Der weißhaarige Ältere stieß mit seinem Stock auf und verkündete: »Zu meiner Zeit wurden Drohungen mit körperlicher Gewalt in privaten Gemächern ausgesprochen und nicht über den Tisch des Volkes geschrien.« Seine Kumpane, dadurch ermutigt, begannen zu debattieren, ob Vincents Kommentar für die Nachwelt festgehalten oder einfach einem Disziplinarausschuss vorgelegt werden sollte.

Innerhalb von Sekunden war der Krieg der Worte – und jetzt auch der belanglosen Gegenstände – wieder im Gange. Eine Büroklammer flog im Bogen über die Länge des Tisches, gefolgt von einem Vergeltungshagel aus Zuckerwürfeln. Ein Modernisierer schleuderte einen Stift mit solcher Wucht, dass er sich in die getäfelte Wand am anderen Ende bohrte. Die Traditionalisten übertrafen dies, indem sie den Deckel von einer Flasche jahrhundertealten Portweins schraubten und ihn langsam ins feindliche Gebiet rollen ließen, wo er einen sich ausbreitenden, duftenden Fleck hinterließ.

Stifte klapperten gegen Notizblöcke, Stühle scharrten und zitterten, Stimmen eskalierten in einer Fuge aus Angeberei und Wut.

Ren, die dieses Wettrüsten mit der Geduld einer zum Tode Verurteilten, die bei der Beschwerdeabteilung in der Warteschleife hängt, beobachtet hatte, erreichte einen Bruchpunkt. Ohne Vorwarnung schlug sie beide Fäuste auf den Tisch – hart genug, um den Raum zum Schweigen zu bringen, und noch härter, sodass ein hauchdünner Riss wie ein Spinnennetz über den Lack lief.

Als sie sprach, war es kein Schrei, aber ihre Stimme schnitt mit chirurgischer Präzision durch den Lärm. »Ihr wollt eine echte Geschichte? Hier ist eine.«

Sie krempelte ihren Ärmel hoch und zum ersten Mal, seit das Mal sie gezeichnet hatte, stellte sie es offen zur Schau: Vom Handgelenk bis zum Ellbogen brannte das Siegel nicht im matten Rot einer alten Narbe, sondern in einem weiß-blauen Glühen, so intensiv, dass es die Adern unter ihrer Haut erleuchtete. Es beleuchtete die Unterseite ihres Kiefers, loderte über ihre Wangenknochen und warf fraktale, wandernde Schatten bis in die

Gewölbe über ihnen. Für einen Moment zeichnete es sie als eine Buntglas-Märtyrerin – ikonisch und absolut wütend.

Sie ließ ihren Arm auf dem Tisch liegen und ließ die Stille sich wie eine verschüttete Chemikalie ausbreiten. Das Licht des Mals traf das geschliffene Glas des Kronleuchters und brach es, wodurch zornige Sternenbilder an die Wand und auf die Gesichter der Versammelten verstreut wurden.

»Das hier«, sagte Ren, ihre Stimme trotz des sichtbaren Zitterns in ihren Muskeln fest, »bedeutet, dass ich die Erste sein werde, die stirbt, wenn ihr alle weiter rumalbert.«

Sie hielt den Blick jedes Ältesten, jedes Influencers, jedes Mitläufers, der es wagte, hinzusehen. »Ihr wollt über Hashtags und Sitzordnungen streiten? Schön. Aber mit jeder Sekunde, die ihr verschwendet, kommt das Ding auf der anderen Seite dieses Mals näher. Ich werde zuerst ausgelöscht. Danach ist die Jagdsaison auf alle anderen im Raum eröffnet.«

Niemand sprach. Nicht einmal Aurelia, die einen halbfertigen Witz parat hatte, ihn aber beim Anblick von Rens Arm, der wie ein stromführendes Kabel funkelte, vergaß.

Ren sah die Modernisierer an. »Ihr wolltet eine Kampagne? Sorgt dafür, dass sie zählt. Denn wenn Ashcroft gewinnt, sind alle eure Follower weg. Nicht nur entfolgt. Sondern als hätten sie nie existiert.«

Dann zu den Traditionalisten: »Und ihr Leute – denkt ihr, eure Vorfahren interessiert es, wenn ihr die Letzten eures Namens seid? Denn das werdet ihr sein. Ein Grabstein. Für eine Blutlinie, die sich nicht anpassen konnte.«

Sie lehnte sich wieder zurück, aber das Mal pulsierte immer noch, hell wie eine Fackel. »Also. Entscheidet euch. Denn ich habe es satt, der Kanarienvogel in eurem Kohlenbergwerk zu sein.«

Wieder kehrte Stille ein, diesmal länger, roher. Die Traditionalisten tauschten Blicke aus, die nicht mehr ganz so selbstgefällig waren; die Modernisierer senkten ihre Handys, einige sahen sogar leicht beschämt aus. Am anderen Ende hörte Nyx auf, die Aufnahme in einer Schleife abzuspielen, und ließ das letzte Echo von Rens Worten ungetrübt verklingen.

Oben kreiste Zaras Geist einmal und setzte sich dann kopfüber auf eine Leuchte. »Erstaunlich«, bemerkte sie zu niemandem im Besonderen. »Die Gefahr der globalen Vernichtung? Nichts. Eine wütende Teenagerin mit einem Tattoo? Furchteinflößend.«

Vincent, der die gesamte Vorstellung damit verbracht hatte, Ren mit einer Mischung aus Furcht und etwas, das fast wie Stolz war, zu beobachten, sagte nichts. Aber seine Augen, als sie ihre trafen, waren weicher als sonst – ein Zugeständnis, das er niemals laut zugeben würde.

Mrs Barley ihrerseits zog eine saubere Linie durch die Mitte der Tagesordnung. »Tagesordnungspunkt: Erstellung eines Plans. Alle dafür?«

Diesmal war die Abstimmung einstimmig. Sogar die Geister hoben ihre Hände.

NEUN

In der unzeitgemäßen Stunde zwischen dem letzten und dem ersten Zug glich St Pancras International weniger einem Verkehrsknotenpunkt als vielmehr dem Schauplatz eines sehr gesitteten Spuks. Vincent stand mit seinem Gefolge unter dem Uhrenturm und versuchte, das Gefühl zu ignorieren, dass die Geschichte im Begriff war, aus den Fugen zu geraten. Wenn die Notstandskammer des Rates ein Käfig gewesen war, dann war der Bahnhof ihr Exerzierplatz – jeder Bogen und jede Säule für maximale Dramatik in Gaslicht und LED getaucht, altes Mauerwerk von unten beleuchtet wie der Kieferknochen einer paläolithischen Bestie.

Ren hockte auf einem Gepäckwagen, ließ die Stiefel baumeln und blickte zur Abfahrtstafel, als hoffte sie, die Situation würde sich von selbst klären, wenn sie nur lange genug wegsah. Mrs Barley hakte mit der unerschütterlichen Präzision einer Feldmarschallin, die einen Kuchenbasar überwacht, Punkte auf ihrem Klemmbrett ab, während Zaras Geist in den Deckenbalken schwebte und mit der blau-weißen Gereiztheit einer Leuchtstoffröhre flackerte, die kurz davor war, den Geist aufzugeben.

Vincent sah auf seine Uhr und dann noch einmal, als könnte er das Unvermeidliche allein durch Willenskraft aufhalten. »Erinnert mich mal«, sagte er, hauptsächlich zu sich selbst, »warum wir den dysfunktionalsten Eurovision aller Zeiten in einem Gebäude veranstalten, das von jemandem mit einem Zugfetisch und null Selbstachtung entworfen wurde.«

Ren gähnte unbeeindruckt. »Weil er zentral und neutral ist und niemand riskieren will, von den Belgiern filetiert zu werden.«

Zaras Stimme drang von oben herab, geisterhaft und knochentrocken: »Du warst noch nie an einem Samstagabend in Brüssel. Ein absolutes Gemetzel.«

Mrs Barley schürzte die Lippen, als überlegte sie, ob sie sich das für die Zukunft notieren sollte, und sagte dann: »Fünf Minuten bis zur Ankunft. Ich vertraue darauf, dass jeder die Unterlagen gelesen hat?«

Vincent beäugte ihr Klemmbrett. »Sofern Sie den Versailler Vertrag nicht mit einem Flussdiagramm versehen haben, bin ich nicht davon überzeugt, dass irgendetwas in dieser Mappe helfen wird.«

Mrs Barley schenkte ihm die Art von Lächeln, die normalerweise verlorenen Kindern und widerspenstigen Premierministern vorbehalten ist. »Man muss vorbereitet sein. Internationale Zwischenfälle erfordern eine ruhige Hand.«

Als wäre er durch diese Worte heraufbeschworen worden, ratterte der Eurostar zum Bahnsteig, und das deutsche Kontingent materialisierte sich aus der Nordhalle wie der erste Vorstoß eines mechanisierten Infanterieangriffs. An ihrer Spitze: Baron Falkenhayn. Er war gebaut wie ein alter Panzerkommandant – breit, aufrecht, der Schnurrbart auf einen vorschriftsmäßigen Vektor gestutzt, jeder Zentimeter seiner dunklen Uniform so steif, dass man sich daran hätte schneiden können. Hinter ihm marschierten drei Leutnants im Gleichschritt, ihre Stiefel trafen mit solcher Wucht auf die Steinplatten, dass ein Schaudern durch die Architektur ging. Jede Uniform war mit einer schillernden Ansammlung von Medaillen, Ordensbändern und der Art von metallischen Insignien geschmückt, die man normalerweise auf den Armaturenbrettern sehr teurer Autos findet.

Sie hielten in exakt dreißig Schritten Entfernung an, und der Baron deutete eine Verbeugung an, die so kalkuliert war, dass sie sowohl Ehrerbietung als auch das Versprechen unmittelbarer Gewalt vermittelte.

»Vertreter des Rates«, intonierte Falkenhayn mit einer Stimme wie ein Dieselmotor, der in einer Kathedrale im Leerlauf läuft. »Sie haben meinen Dank. Und auch mein Beileid. Ich vertraue darauf, dass die Vorkehrungen sicher sind?«

Vincent öffnete den Mund, doch der Blick des Barons wanderte zu Mrs Barley, die den Kopf neigte und mit ihrem Stift klickte. »Alle Eventualitäten wurden berücksichtigt, Baron. Bitte bleiben Sie auf dem ausgewiesenen Bahnsteig, bis der Rest Ihrer Gruppe eintrifft.«

Falkenhayn zog dies in Erwägung, dann nickte er mit unbewegtem Gesicht. »Effizienz. Ausgezeichnet.«

Vincent hätte beinahe gelächelt, aber die Luft veränderte sich; irgendwo hinter den Ticketschranken ging der Ankunft der französischen Delegation ein Hauch von Parfüm und Panik voraus.

Wenn die Deutschen eine Marschordnung waren, waren die Franzosen eine Regieanweisung. Sie traten als Block auf – zehn, vielleicht zwölf Mann stark – wie eine Kompanie gelangweilter Balletttänzer auf Bewährung. In ihrer Mitte rauschte Marquis Deveraux herein, sein Umhang eine samtene Gewitterwolke, sein Stock eher eine Geste als eine Stütze. Der Mann war blendend blass, sein Gesicht ein sorgfältiges Kunstwerk aus Puder und Schatten, das Haar zurückgekämmt und an den Schläfen versilbert, um die Schurkenhaftigkeit zu maximieren. Sein Gefolge tat es seiner Arroganz Schritt für Schritt gleich, jeder trug eine

Abwandlung von Seide, Spitze und jahrhundertealtem Missmut zur Schau.

Sie machten in sicherer Entfernung zu den Deutschen halt. Einen Herzschlag lang gab es nur Blicke und Grinsen, während die beiden Seiten einander musterten, als würden sie abwägen, wer geröstet wohl besser schmecken würde. Deveraux zog theatralisch seine Handschuhe aus, einen Finger nach dem anderen, und sprach dann mit der trägen Bedrohlichkeit von jemandem, dem noch nie ›Nein‹ gesagt worden war und der nicht die Absicht hatte, jetzt damit anzufangen.

»*Mes amis*«, säuselte er, »wie rührend zu sehen, dass die alte Welt immer noch Wert auf Pünktlichkeit legt. Baron, es ist – was ist das Wort? – eine Epoche her.«

Falkenhayns Lippen bewegten sich gerade genug, um die Möglichkeit von Zähnen anzudeuten. »Marquis. Ich sehe, Sie haben Ihren Schneider nicht gewechselt.«

»Noch meine Ansprüche«, erwiderte Deveraux. »Wenn ich eine Uniform gewünscht hätte, hätte ich bei Sedan kapituliert.«

Vincent spürte, wie sich die Spannung zum Zerreißen spannte. »Gibt es Extrapunkte, wenn jemand einen Handschuh wirft, oder zählt das als Sudden Death?«

Ren, die nie subtil war, sagte: »Wäre lustiger, wenn sie es pantomimisch machen würden.«

Das französische Kontingent fächerte sich auf, die hintere Reihe spannte Sonnenschirme auf und zückte Seidentaschentücher, als wappneten sie sich für einen Gasangriff. Die Deutschen reagierten, indem sie ihre Stiefel ausrichteten und die Manschetten zurechtrückten. Einer von Falkenhayns Leutnants – dessen Medaillen die Scheinwerfer des Eurostars zu fangen drohten – räusperte sich und sprach den Raum dann in Lehrbuch-Englisch an.

»Das Protokoll verlangt, dass wir uns erkundigen: Ist der Rat bereit, die Sicherheit aller Parteien zu garantieren?«

Mrs Barley machte sich nicht die Mühe zu lächeln. »Wenn Sie Seite vier Ihrer Unterlagen konsultieren würden, würden Sie sehen, dass St Pancras auf alle bekannten Gefahren, biologische oder andere, überprüft wurde. Die einzigen Gefahren, die hier anwesend sind, stehen auf diesem Bahnsteig.«

Deveraux lachte, ein sprödes, klingelndes Geräusch. »Sie hat Zähne, die Dame. Sie gefällt mir.«

Zaras Geist schwebte tiefer und trieb zwischen den beiden Lagern umher, ihre Anwesenheit zog ein paar misstrauische Blicke der abergläubischeren Anwesenden auf sich. Sie veranstaltete eine langsame, sarkastische Runde Applaus, die nur Vincent und Ren zu bemerken schienen.

Falkenhayn schnippte mit den Fingern; sein Gefolge spannte sich an und entspannte sich dann wie ein Mann. »Wir sind bereit für die Direktive des Rates.«

Vincent trat vor, flankiert von Mrs Barley und Ren. »Also gut. Willkommen in London. Sie werden zusammenarbeiten – ja, zusammen –, um den vollständigen narrativen Zusammenbruch der westlichen Zivilisation zu verhindern. Wenn Sie einen offiziellen Empfang erwarten, werden Sie enttäuscht sein. Wenn Sie erwarten, alte Rechnungen zu begleichen, legen Sie das bitte auf einen Zeitpunkt nach der Hauptveranstaltung.«

Falkenhayn und Deveraux warfen sich einen Blick zu, der Glas hätte schneiden können.

Der Marquis schnippte imaginären Staub von seinem Ärmel. »Wir sollen also Koalition spielen. Wie neuartig.«

»Nicht so neuartig«, sagte der Baron. »Ihre Art ist schon immer einem starken Anführer gefolgt. Wenn es Ihnen an einem mangelt, stehe ich zur Verfügung.«

Deveraux' Lächeln war reiner Zahnschmelz. »Ihr Sinn für Humor hat sich verbessert, seit die Hohenzollern in Mode waren.«

Vincent massierte sich die Schläfen. »Fantastisch. Wir haben versehentlich das Halbfinale des Eurovision gebucht.«

Ren beäugte die französische Delegation, die nun begonnen hatte, die Deutschen ostentativ zu ignorieren und sich stattdessen miteinander zu unterhalten. »Glaubst du, die Franzosen haben wirklich irgendwelche Kräfte, oder ist das nur mit Flirten geführter Krieg?«

Vincent wog dies ab. »Das steht noch nicht fest.«

Die Gruppen verharrten in ihrer Pattsituation, jede zog die Grenze näher, jede versuchte, einen Anspruch auf den leeren Bahnsteig zu erheben. Mrs Barley, die einen Gipfel der Vereinten Nationen nur mit einem Hauptbuch und einer Flasche Sherry hätte leiten können, begann, farbkodierte Mappen zu verteilen und die Besucher zu ihren ausgewiesenen Wartebereichen zu geleiten.

Sie rief: »Sie werden zu den Ratskammern eskortiert, sobald die Route frei ist. Bitte unterlassen Sie bis dahin Auseinandersetzungen zwischen den Delegationen. Irgendwelche Fragen?«

Eine Hand erhob sich aus den hinteren Reihen der Franzosen – zierlich, behandschuht, unvernünftig elegant. »Gibt es eine Raucherlounge, Madame?«

Mrs Barley zuckte nicht mit der Wimper. »Bahnsteig C, dritte Nische links. Keine offenen Flammen.«

Deveraux nickte mit dem Ernst eines Mannes, der ein religiöses Ritual beobachtet.

Falkenhayns Stellvertreter meldete sich zu Wort: »Und die Waffenstillstandslinien – werden sie strikt durchgesetzt?«

Ren grinste. »Nur, wenn du Angst hast.«

Der Deutsche fuhr auf, aber der Baron schnitt ihm das Wort ab. »Wir werden die Grenzen einhalten, vorausgesetzt, die Franzosen verletzen sie nicht.«

Deveraux' Augen funkelten, als hätte er bereits mehrere Pläne für eine solche Verletzung ausgearbeitet und sie in alphabetischer Reihenfolge auswendig gelernt.

Vincent fing Mrs Barleys Blick auf. »Glauben Sie, dass sie es zu den Kammern schaffen, ohne sich gegenseitig umzubringen?«

Mrs Barley überprüfte ihr Klemmbrett, ungerührt. »Das Risiko ist minimal. Alle tödlichen Gerätschaften wurden deklariert und gekennzeichnet.«

Vincents Glaube an die Bürokratie war zum ersten Mal fast wiederhergestellt.

Die Stunde zog sich hin. Die Deutschen kreisten wie Haie, denen man eine Beute verwehrt hatte, während die Franzosen einen improvisierten Salon veranstalteten, komplett mit Absinthflasche und etwas, das sich verdächtig nach einer Cembalo-App auf jemandes Handy anhörte. Alle fünf Minuten brach eine neue Runde von Sticheleien aus: Die Deutschen beschuldigten die Franzosen der Perfidie und Feigheit bei Waterloo; die Franzosen antworteten mit kunstvollen Seufzern und bissigen Anspielungen auf die minderwertige Schneiderei preußischer Uniformen.

Nach dem dritten derartigen Schlagabtausch sank Vincent neben Ren auf die Bank. »Was würde ich für nur ein einziges kompetentes internationales Desaster geben.«

Sie zuckte mit den Schultern. »Man bekommt, wofür man bezahlt.«

Zara, die auf der Kante einer Abflugtafel hockte, beugte sich zu Vincents Ohr und flüsterte: »Vielleicht lassen wir sie beim nächsten Mal einfach ihren Krieg führen. Könnte uns einiges an Papierkram ersparen.«

Dem konnte Vincent nicht widersprechen.

Schließlich hob Mrs Barley ihren Stift und rief: »Alle Delegationen: Bitte begeben Sie sich in die Haupthalle. Der Rat ist bereit für Sie.«

Falkenhayn versammelte seine Gruppe mit einem schroffen Befehl; die Franzosen antworteten mit einem Chor ironischen Applauses. Die beiden Gruppen machten sich Seite an Seite auf den Weg, ihre Schritte aufeinander abgestimmt mit der gezwungenen Höflichkeit von Paaren auf dem Weg zum Scheidungsgericht.

Als die Teams hinausströmten, wurde es auf dem Bahnsteig plötzlich himmlisch still. Vincent sah ihnen nach und wandte sich dann seinen eigenen Leuten zu: Ren, die Kaugummi kaute und auf ihr Handy schielte, Mrs Barley, die bereits die nächste Phase des Plans entwarf, und Zara, die immer noch die Eurovision-Titelmelodie summte.

»Wir sind die erwachsene Aufsicht«, murmelte er, hauptsächlich zu sich selbst.

Ren hörte es und schnaubte. »Die sind aber alle älter als du.«

»Heißt nicht, dass sie erwachsen geworden sind.«

Sie sammelten ihre eigenen Akten zusammen und schlossen sich dem Strom des Dramas an, der zu den Ratskammern zog, wobei das Schicksal der Stadt (und mit etwas Glück auch ihr Vorrat an anständigem Wein) davon abhing, ob es ihnen gelang, die kleinlichsten Monster der Welt davon abzuhalten, sich gegenseitig vor dem Frühstück aufzufressen.

Wenn das kein Heldentum war, dachte Vincent, dann wusste er auch nicht, was es war.

Der Rat hatte in seiner langen und desaströsen Geschichte eine Unmenge an internationalen Konferenzen, Waffenstillständen und Interventionen ausgerichtet. Nichts davon hatte ihn auf die Ankunft von vier vollzähligen Delegationen vorbereitet, deren einzige Gemeinsamkeit darin bestand, Demütigung als primäre Kommunikationsform zu instrumentalisieren.

Der Saal, einst ein Bollwerk alter Gesetze und entfeuchteter Tradition, war nun ein Flickenteppich aus altertümlichen Insignien und der Art von audiovisueller Ausrüstung, die von Teenagern und totalitären Staaten bevorzugt wird. Die Banner der Traditionalisten – steif vor Alter und wahrscheinlich auch vor Stärke – ragten über ihrer Ecke des Raumes auf, während die Seite der Modernisierer vor Ringlichtern, Steckdosenleisten und dem hektischen Leuchten Dutzender Bildschirme strotzte. Die Deutschen stellten sich entlang der Nordwand auf und bildeten mit ihren Körpern und Aktenkoffern eine improvisierte Maginot-Linie. Die Franzosen nahmen natürlich die besten Plätze am Fenster ein, aufgereiht, als warteten sie auf den Beginn der nächsten Revolution.

Vincent glitt in den Raum dazwischen und beobachtete, wie sich die Luft mit gegenseitiger Verachtung auflud. Auf der anderen Seite hatten sich die Traditionalisten um eine einzige Karaffe Portwein versammelt, nahmen langsame, bedächtige Schlucke und beäugten jede andere Gruppe, als erwarteten sie, dass diese jeden Moment in Flammen aufgehen würde. Gegenüber waren die Modernisierer bereits mitten in einem Livestream, und ihre Follower reichten »Hot Takes« zur internationalen Diplomatie in einer Geschwindigkeit ein, die die meisten automatisierten Spam-Bots übertraf.

Die Deutschen packten innerhalb von zwei Minuten einen kompletten Satz Akten und Referenzmaterialien aus, stellten sich dann stramm hinter ihre Stühle, die Hände gefaltet und mit Mienen, die selbst dem schlimmsten kontinentalen Geplänkel standhalten sollten. Die Franzosen hatten nichts als ihre Egos und, in Deveraux' Fall, einen Spazierstock mitgebracht, der so verziert war, dass er einen eigenen Pass benötigte.

Mrs Barley trat mit der Gelassenheit einer Schuldirektorin ein, die eine besonders gut finanzierte Essensschlacht auflöst. Sie klatschte in die Hände, um Aufmerksamkeit zu heischen, was auf die Versammelten die Wirkung einer Blendgranate hatte. »Alle Parteien, bitte nehmen Sie Ihre zugewiesenen Plätze ein. Ich werde die Unterlagen verteilen und den Zeitplan erläutern. Für

Kreuzverhöre und Beleidigungen wird nach den Formalitäten Zeit sein.«

Aurelia Voss, unbeeindruckt, schoss ein Selfie mit der deutschen Delegation im Hintergrund, zeigte ein Peace-Zeichen und ein Paar Reißzähne, die mit ziemlicher Sicherheit noch nie frisches Menschenblut direkt von der Quelle gekostet hatten. Baron Falkenhayn zuckte zusammen, als ihr Ringlicht ihn voll ins Gesicht traf, und für einen Moment sah es so aus, als würde er über den Gang springen und das Problem mit altmodischer Gewalt lösen wollen.

»Ist es notwendig«, knurrte er, »jeden Moment dieses Verfahrens aufzuzeichnen?«

Aurelia ließ sich nicht aus der Ruhe bringen. »Nur die besten, Liebling. Meine Follower erwarten Authentizität.«

Deveraux schnaubte. »Wenn sie Authentizität wünschten, würden sie die Pariser Presse abonnieren. Oder die deutsche, um mal gut zu lachen.«

Falkenhayns Kiefermuskeln spannten sich an. »Sie scherzen jetzt, Marquis, aber Ihresgleichen ist schneller aus Paris geflohen als Menschen vor Vampiren.«

Deveraux breitete seine Hände in gespielter Entschuldigung aus. »Man nennt das *Savoir-faire*. Anders als manche feiern wir eine Niederlage nicht mit Gedenkbriefmarken.«

Cass, dadurch ermutigt, versuchte sich einzumischen. »Eigentlich, Baron, haben wir eine neue App in der Entwicklung, die Ihre ganze Logistiksache weit weniger tragisch machen würde. Wollen Sie sie als Betatester ausprobieren?«

Der Baron starrte ihn verständnislos an. Cass reichte ihm eine Visitenkarte und eine zweite, als die erste nicht sofort vernichtet wurde.

Auf der anderen Seite des Raumes hielten die Traditionalisten ein leises Symposium darüber ab, ob die Franzosen oder die

Modernisierer die größere existenzielle Bedrohung darstellten. Das Abstimmungsergebnis war unentschieden.

Ren und Vincent nahmen an der Ostwand des Saales Aufstellung und lehnten sich in den Schatten einer Büste von Lord Blackthorn, die man als eine Geste der Güte gegenüber den Toten so gedreht hatte, dass sie vom Geschehen abgewandt war. Ren beobachtete, wie die Deutschen und Franzosen das zwanzigste Jahrhundert in sechzig Sekunden wieder aufwärmten, und murmelte dann: »Meinst du, wir könnten sie dazu bringen, eine Musicalnummer aufzuführen? So wie in der West Side Story, aber mit mehr Reißzähnen?«

Vincent verzog das Gesicht. »Nur, wenn du willst, dass der Raum in Flammen aufgeht.«

Zaras Geist schwebte nahe der Decke, für die meisten unsichtbar, aber nicht immun gegen das Drama. Sie driftete in langsamen Schleifen und streckte gelegentlich der Gruppe die Zunge heraus, die gerade den Streit zu verlieren schien. Hin und wieder hielt sie inne, um bei einer besonders geschmacklosen Bemerkung ein übertriebenes »Wow« zu formen.

Mrs Barley schritt unbeirrt mit ihrem Rollwagen voller Informationsmappen von Tisch zu Tisch. »Traditionalisten, dies sind Ihre farbkodierten Tagesordnungen. Den Sitzplan finden Sie auf der Rückseite. Bitte respektieren Sie die Grenzen.« Sie ließ einen Stapel vor dem ältesten Ältesten fallen, der zurückwich, als könnte die Plastikhülle beißen.

»Modernisierer. Eure Unterlagen sind auf einem USB-Stick und auch in der Cloud. Das WLAN-Passwort lautet ›EwigerEntwurf123‹, das E und das E großgeschrieben. Nutzen Sie es verantwortungsvoll.«

Als Nächstes waren die Deutschen an der Reihe, denen sie eine Mappe übergab, die so dick war, dass sie als Körperpanzerung hätte dienen können. »Sie sind für die Protokollführung zuständig.

Wir werden einen Übersetzer für die Redewendungen bereitstellen.«

Die Franzosen erhielten als Letzte einen schmalen Ordner – aus Leder, mit Monogramm und einer stilisierten Fleur-de-Lis auf der Vorderseite. Mrs Barley lächelte den Marquis an, der es mit einem süffisanten Grinsen erwiderte. »Sie finden darin den Gesellschaftskalender sowie die diätetischen Einschränkungen. Wir sind uns Ihrer Empfindlichkeiten bewusst.«

Deveraux fuhr mit einer behandschuhten Hand über den Rücken des Ordners. »Ah, aber haben Sie auch die Weinkarte?«

»Anhang C«, sagte Mrs Barley.

Vincent beobachtete, wie die Fraktionen sich einrichteten, oder es zumindest versuchten. Aurelia hatte sich in der Mitte positioniert, und ihr Ringlicht beleuchtete sie wie die Freiheitsstatue, falls diese jemals für die Vogue posiert hätte. Sie war mitten in einem Monolog, als ein junger deutscher Vampir versuchte, ihr Foto zu sprengen; sie packte ihn am Revers, wirbelte ihn ins Bild und hielt ihn dort fest, bis ihr Telefon einen erfolgreichen Post zwitscherte.

Am Tisch der Modernisierer hatte Cass ein Gespräch mit ein paar französischen Vampiren angefangen, die darauf reagierten, indem sie so taten, als sprächen sie kein Englisch. Nyx Calder, die Augenlider gesenkt, remixte den andauernden Streit zu einem leisen, pulsierenden Beat, der den gesamten Saal untermalte.

Die Franzosen und Deutschen setzten ihre Sticheleien fort, die Traditionalisten versuchten (und scheiterten), die Kontrolle wiederzuerlangen, und die Modernisierer setzten ihre Social-Media-Offensive fort, was einen Traditionalisten zu der Äußerung veranlasste: »Sie vermehren sich wie Fruchtfliegen, diese Influencer.«

Ren und Vincent schauten zu, ohne sich die Mühe zu machen, ihre Langeweile zu verbergen. »Weißt du«, sagte Ren, »bis jetzt läuft's gut.«

Vincent hob eine Augenbraue. »Wir haben die Vampirwelt vereint, das stimmt. Vereint in ihrem Hass aufeinander.«

Mrs Barley kehrte an ihre Seite zurück und sah so zufrieden aus, wie es nur eine Frau mit einer Excel-Tabelle voller fremder Probleme sein konnte. »Wir sind bereit zu beginnen«, sagte sie.

»Sind wir das?«, fragte Vincent.

Mrs Barley nickte. »Ich habe eine Sitzordnung, eine überarbeitete Tagesordnung und einen Zeitplan für beaufsichtigte Toilettenpausen. Ich werde keinen weiteren Warschau-Vorfall unter meiner Aufsicht dulden.«

Im Saal wurde es still, als Mrs Barley zur Ordnung rief. Sie klopfte einmal auf den Tisch – gerade laut genug, um das Murmeln und das ferne Summen von Nyx' Soundboard zu durchdringen.

»Alle Parteien sind anwesend. Die Sitzung ist eröffnet.«

Aurelia begann sofort, live zu twittern.

Falkenhayn erhob sich, das volle Gewicht preußischer Würde hinter seinen Worten. »Wir sind in gutem Glauben hier. Es sei zu Protokoll gegeben, dass jeder Verstoß gegen den Anstand mit gleicher Münze heimgezahlt wird.«

Deveraux wedelte mit einer Hand. »Wie immer, Baron, sind wir Ihre demütigen Partner. Bis sich die nächste Gelegenheit ergibt.«

Der Älteste der Traditionalisten, der nicht übertroffen werden wollte, stand ebenfalls auf. »Der Rat beobachtet, protokolliert und setzt durch. Lassen Sie uns fortfahren, und möge die beste Tradition überleben.«

Vincent atmete aus und lehnte sich an die Wand, während er beobachtete, wie vier Jahrhunderte voller Groll, Kleinlichkeit und Angeberei sich über einem Konferenztisch gegenüberstanden. »Weißt du was?«, sagte er zu Ren, »Vielleicht sollten wir sie einfach hier einsperren und in hundert Jahren wiederkommen.«

Ren grinste. »Wir würden sie wahrscheinlich immer noch streitend vorfinden.«

Über ihnen wurde Zaras Geist sichtbar, schwebte einen Moment lang über der Mitte des Saales und flüsterte: »Machen Sie Ihre Wetten, meine Herren. Machen Sie Ihre Wetten.«

Wenn es jemals eine Hoffnung auf eine globale Einheit der Vampire gegeben hatte, so wurde sie nun in Minuten gemessen. Aber zumindest, dachte Vincent, lief für sie alle die Zeit ab.

Und genau in diesem Moment erhielten sie die Nachricht, dass in Covent Garden die Hölle losgebrochen war.

ZEHN

Selbst für Covent Garden war die Nacht aus dem Ruder gelaufen. Der Vorplatz des Royal Opera House, normalerweise ein gesittetes Gedränge aus Karteninhabern, Straßenmusikern und Taschendieben der mittleren Preisklasse, strotzte nun vor einer weitaus unüberschaubareren Menschenmenge. Vincents Team strömte aus der Seitenstraße, halb Modernisten, halb Traditionalisten, und funktionierte im Grunde als eine wandelnde Personalrechtsverletzung. Oben auf den Stufen stand Lady Euphemia Clore in voller viktorianischer Trauerkleidung und befehligte einen Regen aus Kristallflöten und giftigem Gekicher.

Die Luft stank nach Angst, Kordit und was auch immer für einen höllischen Cocktail man in der Pause serviert hatte. Die Menge war nicht nur in Panik; sie war dabei, sich selbst zu zerlegen, Körper kollabierten in Krämpfen auf dem Marmor, Gliedmaßen zuckten in opernhaften Gesten, während die vom Champagner ausgelöste Qual neue Ausdrucksformen fand. Was nicht als immersives Theater konzipiert worden war, wurde rapide dazu, während Touristen mit ihren Handys filmten, überzeugt, sie hätten sich Plätze in der ersten Reihe für die nächste große virale Sensation gesichert.

Vincent hielt inne und musterte die Stufen. Der alte Raubtierinstinkt – Fluchtwege auskundschaften, Flugbahnen berechnen, schwache Glieder identifizieren – lief auf Hochtouren. Die Traditionalisten, gehüllt in Fräcke und mottenzerfressene Verachtung, hatten sofort eine Verteidigungsphalanx um die wichtigeren Mitglieder ihrer Kohorte gebildet. Sie bewegten sich, als wären sie allergisch gegen Fortschritt und Polyester zugleich. Die Modernisten waren, wie zu erwarten, außer Rand und Band geraten. Handys gezückt, die einen übertrugen das Massaker live mit fröhlichen Kommentaren, die anderen schnitten das Gemetzel bereits zu dreißigsekündigen Highlight-Videos zusammen.

Ein Lakai in etwas, das einst eine maßgeschneiderte Livree gewesen sein musste, aber jetzt nur noch als „tragisches Cosplay" durchging, torkelte die Stufen hinunter, die Hände an den Hals gepresst. Blut spritzte im Takt der Musik, die immer noch aus dem Auditorium drang, zwischen seinen Fingern hervor. Er stolperte über einen am Boden liegenden Influencer und landete mit dem Gesicht voran zu Vincents Stiefeln.

Vincent beugte sich hinunter, packte den Mann am Kinn und legte die Wunde frei: zwei saubere Einstiche, umgeben von blauen Flecken und dem leisesten Hauch von Puderzucker. Lady Clores Werk also – sie verließ einen Schauplatz eben nie gern ohne eine charakteristische Garnitur.

Der sterbende Mann zischte ein letztes Wort hervor – es klang wie „Cannelloni", hätte aber auch „rufen Sie einen Krankenwagen" sein können – und verstarb mit heraushängender Zunge. Vincent richtete sich auf, wischte sich die Hand am Rücken des Kapuzenpullis eines Modernisten ab und rief: »Hat jemand die Quelle im Blick?«

Aurelia Voss, die wie ein Gargoyle aus der *Vanity Fair* auf der Balustrade hockte, hob die Hand und zeigte. »Große Treppe.

Drama pur, und das rund um die Uhr.« Ihr Ringlicht warf einen Heiligenschein über ihr platinblondes Haar und fing jeden Bluttropfen in perfekter Detailtreue für den Feed ein.

Vincent nickte und sprach dann in dem Ton eines Mannes, der einen Kindergarten in die richtige Handhabung von Granaten einweist, zu seiner Truppe. »Traditionalisten: linke Flanke hoch, bleibt dicht beisammen. Modernisten: Ihr kommt mit mir. Handys runter, Zähne raus. Wenn es twittert, beißt es.«

Cass Roe johlte, aber der Rest brauchte keine Ermutigung. Das Team stürmte die Stufen hinauf, Vincent an der Spitze des Keils. Kristallflöten pfiffen wie Eisdolche herab, einige zersplitterten auf dem Stein, andere spritzten vergifteten Champagner in die Münder der frisch Verstorbenen. Hin und wieder bog eine Flöte ab, gelenkt von unsichtbaren Händen, und landete einen Volltreffer in der Augenhöhle oder am ungeschützten Hals eines unglücklichen Besuchers.

Eine flaschenblonde Frau in einem Abendkleid schrie auf, als sie eine Flöte am Haaransatz abbekam, und stürzte dann rückwärts, wobei sie drei weitere Personen mit sich riss. Ein Modernist nahm den gesamten Sturz auf Video auf und versah ihn, ohne mit der Wimper zu zucken, mit dem Hashtag #BrutaleBlasen, bevor er über die Leichen sprang.

Auf halbem Weg rutschte Vincents Fuß auf einer Lache aus etwas Zähflüssigem aus. Er fand sein Gleichgewicht wieder, nur um im nächsten Moment eine Champagnerflöte in der Schulter seines Jackets stecken zu haben, die die Haut um einen Bruchteil verfehlte, der jeden Phlebologen beeindruckt hätte. Er zog sie heraus, schnüffelte daran und verzog das Gesicht. »Clore hat den Weinkeller angezapft. Sie zielt mehr auf Spektakel als auf Effizienz.«

Aurelia lächelte neben ihm anerkennend. »Drama ist das Markenzeichen, Liebling. Je mehr Unbeteiligte, desto besser.«

Vincent grunzte. »Dann wollen wir sie mal nicht enttäuschen.«

Sie erreichten den Treppenabsatz und verteilten sich, die Modernisten wanden sich bereits hinter Ziersäulen in Position, die Traditionalisten stolperten mit der Entschlossenheit von Männern vorwärts, die lieber sterben würden, als beim Laufen erwischt zu werden. Auf der anderen Seite des oberen Foyers wartete Lady Clore, ihre Silhouette von den Kronleuchtern hinterleuchtet, die Spitze ihres Kleides so dunkel wie arterielles Blut.

Sie überblickte das Gemetzel mit der Gelassenheit eines Raubtiers und hob dann ihr Glas. »Vincent Lupo. Ich dachte schon, der Rat wäre vegan geworden.«

Vincent fletschte die Zähne zu einer Parodie einer Verbeugung. »Ich würde sagen, Ihr seht gut aus, Euphemia, aber als ich das Kleid das letzte Mal sah, trug es eine Leiche.«

Clores Lachen war ein Peitschenknall, der das panische Geplapper unter ihnen durchbrach. »Ihr wart schon immer charmant. Habt Ihr Euer eigenes Publikum mitgebracht oder ist das der neueste Versuch des Rates, relevant zu bleiben?«

Aurelia antwortete für ihn und drehte ihren Handybildschirm mit einem strahlenden Lächeln zu Clore. »Wir sind tatsächlich in den Trends. Du solltest dir die Zahlen ansehen.«

Clore betrachtete sie mit der Geduld einer Spinne, die den Lebenslauf einer Fliege prüft. »Die Welt verändert sich, aber Ihr nicht, Vincent. Versteckt Euch immer noch hinter lauteren Mündern.«

Vincent trat vor und ließ seine Hände kreisen. »Ich sehe das lieber als strategische Delegation. Ihr hingegen habt Euer Taktikbuch seit dem Krimkrieg nicht mehr aktualisiert.«

Clores Augen verengten sich. Sie schnippte mit dem Handgelenk, und drei weitere Flöten wirbelten von dem Silbertablett an ihrer Seite. Eine verfehlte ihr Ziel völlig und prallte von der Balustrade ab; die zweite traf einen Modernisten in den Oberschenkel, der aufjaulte, im Kreis humpelte und dann weiterfilmte; die dritte flog direkt auf Vincents Gesicht zu.

Er schnappte sie aus der Luft, betrachtete die goldene Flüssigkeit und – da die Alternative gewesen wäre, Angst zu zeigen – leerte den Inhalt in einem einzigen Zug. Für eine Sekunde geschah nichts. Dann wurde ihm eiskalt in den Adern, und er krümmte sich und würgte Champagner und Galle auf den Treppenabsatz.

Clore krähte. »Immer noch derselbe Idiot.«

Vincent spuckte aus, wischte sich den Mund ab und grinste. »Jedes Mal, wenn ich denke, ich habe den Tiefpunkt erreicht, reicht mir das neunzehnte Jahrhundert eine Schaufel.«

Hinter ihm machten die Trupps Fortschritte. Die Modernisten hatten die obere Ebene kartiert und posteten »Live«-Updates an ein Netzwerk von Followern, die erstaunlicherweise jede Sekunde glaubten. Die Traditionalisten hatten den Seitenkorridor verbarrikadiert, ihr Anführer – irgendein Viscount, dessen Namen Vincent immer vergaß – schwang nun ein zerbrochenes Geländerteil, als wäre es eine heilige Reliquie.

Cass und Ren flankierten Clore und hielten sie auf dem oberen Treppenabsatz fest. Sie beobachtete sie mit Verachtung, ihre Finger streichelten den Kristallkaraffe an ihrem Ellbogen.

»So eine Schande, Vincent. Ihr hättet diese Stadt beherrschen können. Stattdessen seid Ihr ein glorifizierter Eventplaner, der nach größeren Schweinereien aufräumt als Ihr selbst eine seid.«

Vincent spürte, wie das Gift nachließ und durch einen Anflug von verbohrter Energie ersetzt wurde. »Ihr wisst ja, was man sagt: Wer kann, der tut. Wer nicht kann, der moderiert.«

Er gab den Modernisten ein Zeichen, die ein Trommelfeuer aus Blitzlicht und blendenden Handy-LEDs starteten. Clore wich zurück, hob einen Arm, um ihre Augen zu schützen, und Vincent stürzte vor. Er packte sie am Handgelenk, drehte es und versuchte, ihr die Karaffe aus der Hand zu reißen.

Sie war stärker, als sie aussah. Die beiden rangen miteinander, das Glas klirrte zwischen ihnen, ihre Fingernägel gruben sich tief in Vincents Hand. Er spürte, wie das Gift wirkte, zwang aber seine Muskeln zum Gehorchen.

»Lasst los, Euphemia«, knurrte er.

Sie lächelte, ein weißer Strich in der Dunkelheit. »Zwingt mich dazu.«

Vincent verpasste ihr einen Kopfstoß, einmal, hart. Knochen traf auf Knochen. Einen Moment lang bewegte sich keiner von beiden; dann taumelte Clore zurück und verlor den Griff um die Karaffe. Sie zersplitterte, und die Luft füllte sich mit der erstickenden Süße eines alten Todes.

Clore wich zurück und umklammerte ihr zerschundenes Gesicht. »Ihr seid nicht einmal mehr im Rat. Warum kümmert es Euch?«

Vincent wischte sich die Stirn und deutete dann auf das Gemetzel unter ihnen. »Weil diese Stadt meine war, bevor sie Eure wurde, und ich lasse nicht zu, dass Ihr das Ende neu schreibt.«

Sie höhnte und sprang dann auf den Balkon, ihre Röcke bauschten sich. Vincent stürzte ihr nach, griff aber nur in die Luft und in einen Wirbel aus schwarzer Spitze. Clore landete hart auf einem Tisch unter ihnen und verstreute Glas und Gliedmaßen in alle Richtungen.

Die Modernisten brachen in Applaus aus; einige warfen sogar Konfetti. Vincent funkelte sie an und befahl dem Team dann, die Verfolgung aufzunehmen.

Er folgte ihr, nahm drei Stufen auf einmal, seine Stiefel waren schlüpfrig von den Resten verschütteten Champagners und Bluts. Als er unten ankam, war Clore bereits am anderen Ausgang und hinterließ eine Spur aus sich windenden Körpern.

Vincent hielt keuchend inne und blickte dann zurück auf seine angeschlagene, aber intakte Truppe. »Die Show ist noch nicht vorbei«, rief er. »Wenn jemand was trinken will, ist jetzt die Gelegenheit.«

Aurelia grinste, blutig, aber strahlend. »Du weißt wirklich, wie man eine Party schmeißt.«

Vincent lächelte zurück und führte dann die Verfolgung in die Nacht an, während das Royal Opera House hinter ihnen mit den Schreien der Vergifteten, dem Klicken der Kameras und, ganz leise, den letzten Noten einer sterbenden Arie widerhallte.

Die Gasse nahe der Old Compton Street war die Art von Hinterhof, wie sie Soho am besten konnte: zwei Mülltonnen pro Quadratmeter, eine Pfütze für jeden Schritt und das anhaltende Aroma von zehntausend fragwürdigen Nächten. Ren platschte durch die erste Pfütze, ihre Stiefel bereits mit Dreck verkrustet, und dachte: Wenigstens regnet es kein Blut.

Noch nicht.

Am Ende der Gasse pulsierte ein blau-weißes Leuchten im Takt einer Stimme, die so scheußlich war, dass das Neonlicht daneben geschmackvoll wirkte. Die Menge hatte sich in klassischer Londoner Manier gebildet – sie strömte aus den nächstgelegenen Bars, die Handys halb erhoben, einige nahmen offen auf, andere taten so, als würden sie es nicht tun. Jedes Gesicht war zu der Fratze erstarrt, die sagte: „Ich sollte nicht hier sein, werde es aber morgen definitiv weitererzählen.“

Inmitten des Ganzen, auf einer alten Milchkiste thronend, saß Algernon Bleak: der Wiedergänger-Poet, die fleischgewordene Verkörperung jedes Klischees des viktorianischen Grotesken. Sein Anzug hatte die Farbe der Kapitulation, sein Hemd war ein Garten aus Stockflecken. Das Gesicht bestand nur aus Wangenknochen und wildem Haar, seine Augen funkelten voller Schadenfreude eines Mannes, der neue Wege entdeckt hatte, einen Abend zu ruinieren.

Bleak deklamierte in die Nacht hinein, und jede Zeile seiner verzerrten Verse sandte eine Druckwelle aus, die die Menge unwillkürlich und synchron zusammenzucken ließ. Immer wieder brach ein Zuhörer zu Boden, umklammerte stöhnend seinen Kopf, nur um von einem anderen ersetzt zu werden, den der Lärm angezogen hatte.

Ren stemmte sich gegen eine Mauer, jeder Muskel schrie auf, als das Mal auf ihrem Arm im Takt von Bleaks Silben aufleuchtete. Sie knirschte mit den Zähnen und zischte Mrs Barley an: »Bist du sicher, dass du den Anfang machen willst? Ich kann mir den Mistkerl vornehmen.«

Mrs Barley machte sich nicht die Mühe, sich umzudrehen. »Das ist keine Frage des Wollens, meine Liebe. Sondern darum, dass wir keine Zeit zu verlieren haben.«

Die nächste Salve Poesie schlug ein – ein verhunztes Sonett, voller billiger Reime und rohen Schmerzes – und die halbe Menge krümmte sich. Ren spürte es in ihren Zähnen, in ihrer Wirbelsäule, im Mark ihrer Seele. Das Mal pochte so heftig, dass sie dachte, es könnte ihr geradewegs von der Haut platzen.

Bleak sah sie und sein Lächeln wurde breiter. »Ah, das Publikum trifft ein!«, brüllte er, und seine Stimme hallte über die versammelten Verdammten hinweg. »Die ganze Welt ist eine Bühne, und heute Nacht bluten die Darsteller!«

»Heilige Scheiße«, murmelte Ren. »Jetzt legt er auch noch seine Theaterstimme auf.«

Mrs Barley marschierte unerschütterlich geradewegs auf die Milchkiste zu und musterte Bleak von den Schuhspitzen bis zum Haaransatz. »Mr Bleak«, sagte sie mit ruhiger, trockener Stimme, »dies ist nicht Ihr Veranstaltungsort. Sie dringen unbefugt in einen Ort von historischer Bedeutung ein und verursachen eine erhebliche Störung.«

Bleaks Lachen war ein Husten, geschärft von lebenslangem Bedauern. »Madame, ich *bin* die Störung!«

Er hob einen Arm und der Schmerz der Menge schoss in die Höhe. Rens eigene Sicht verschwamm, dann verdoppelte sie sich: Jede Nervenfaser, jede Erinnerung spaltete und stotterte, als wäre die Gasse selbst ein schlechtes Signal. Einen irren Augenblick lang sah sie sich selbst auf dem Boden liegen, die Finger blutig, weil sie sich an den eigenen Ohren gekratzt hatte, und wusste, dass es nur noch Sekunden dauern würde, bis sie sich ihnen anschloss.

Mrs Barley zuckte nicht mit der Wimper. Sie umrundete Bleak, ihre Augen auf seinen Händen, dann auf seinen Schuhen, dann auf der Innentasche seines ruinierten Mantels. »Sie verwenden alte Muster«, sagte sie. »Ungeschickt, aber effektiv. Hat Ashcroft Ihnen das beigebracht oder haben Sie das vor dem Sanatorium aufgeschnappt?«

Bleak plusterte sich auf. »Ich habe alle meine Lehrer überlebt.«

»Nicht Ihre Kritiker«, sagte Mrs Barley und stieß ihm ihr Klemmbrett in den Magen.

Bleak krümmte sich, die Luft war ihm aus den Lungen geschlagen worden. Die Poesie brach mitten im Zweizeiler ab; die Menge erbebte und sank, als hätte jemand einen Schalter umgelegt, zu Boden oder schlurfte einfach davon, plötzlich mehr an Kebab oder Instagram interessiert als an der Apokalypse.

Ren richtete sich wieder auf, jedes Gelenk sprühte noch vor restlichem Schmerz. »Heilige Scheiße. Hast du ihm gerade ... eine verpasst?«

Mrs Barley richtete ihren Kragen. »Unterschätzen Sie niemals die Macht der korrekten Form.«

Bleak stöhnte und versuchte, durch seine zerstörten Lungen nach Luft zu schnappen. »Den nächsten Vers können Sie nicht aufhalten«, krächzte er. »Er ist bereits geschrieben.«

Mrs Barley kniete nieder, klappte ihr Klemmbrett zusammen und ließ es zurück in ihre Tasche gleiten. »Unglücklicherweise für Sie bin ich die zuständige Instanz für standortspezifische Gefahren.« Sie griff in Bleaks Mantel, fischte ein Bündel fleckigen Pergaments hervor und riss es in der Mitte durch.

Bleak schrie auf, ein Laut, der weitaus menschlicher war als jedes seiner Gedichte.

Mrs Barley erhob sich, staubte sich die Hände ab und nickte Bleak höflich zu. »Betrachten Sie sich als redigiert.«

Ren stieß sich von der Wand ab und schüttelte die Arme aus. Das Mal verblasste und wurde wieder zu einem dumpfen Schmerz. »Ist er erledigt?«

»Fürs Erste«, sagte Mrs Barley. »Aber die Erzählung wird eskalieren.«

Ren blickte auf die Leichen, die in der Gasse verstreut lagen, dann auf Bleak, der wimmerte wie ein Kind, dem man Süßigkeiten verweigert hatte. »Soll ich ihm den Rest geben?«

Mrs Barley schüttelte den Kopf. »Nicht nötig. Er ist sein eigenes schlimmstes Publikum.«

Ren lachte, obwohl es wehtat. »Dann sind wir wohl dran?«

»Wir sind dran«, sagte Mrs Barley und ging bereits weg.

Die Gasse kehrte zur Normalität zurück: Nur der Müllgestank und der klebrige Gehweg blieben zurück. Ren blickte noch einmal zurück, nur um sicherzugehen, dass Bleak nichts versuchte, aber er saß nur da, wiegte seine zerrissenen Papiere in den Armen und murmelte Gedichtfragmente in die gleichgültige Dunkelheit.

»Auf zum Nächsten«, sagte Ren und folgte Mrs Barley hinaus in die feuchte Nacht von Soho.

Whitechapel, nie ein Ort für Subtilität, hatte sich vollends der Apokalypse hingegeben. Die Hauptstraße war menschenleer, die üblichen Curry-Buden der Spätschicht verrammelt, aber in der Gosse zwischen zwei Mini-Märkten war ein Krieg im Gange. Baron Falkenhayns Kontingent war zuerst eingetroffen und bildete eine menschliche Barrikade entlang des Bordsteins. Jeder seiner Soldaten stand stramm, die Uniform selbst inmitten von Blut und Glasscherben tadellos, der Gesichtsausdruck auf »kalte Wut« eingestellt. Ihnen gegenüber stürzte sich ein Mob von Wiedergängern in zerfetzter edwardianischer Abendgarderobe, nur aus Zähnen und Bosheit bestehend, mit antiken Gehstöcken, schlagringbewehrten Handschuhen und gelegentlich einer zersplitterten Flasche auf die Verteidigungslinie.

Die Franzosen, die sich nie einen großen Auftritt entgehen ließen, fielen vom nördlichen Ende her ein, angeführt vom Marquis Deveraux. Seine Klinge fing das Licht der Straßenlaternen und jeden Neonschimmer des nahen Dönerladens ein, sodass jeder Ausfall ein kurzes Nachbild hinterließ – ein Duell im Negativ, Gewalt, die für einen Augenblick schön gemacht wurde, bevor die Gischt aus arteriellem Schwarz die Realität wiederherstellte.

Das Herzstück der Schlacht war ein umgekipptes Uber, dessen Fahrer noch drinnen saß und in sein Telefon schrie, während ein Ring von Wiedergängern in Abendgarderobe auf die Türen einschlug. »Hilfe! Hilfe! Die fressen sich gegenseitig!«, schrie er, als hätte der Kundendienst ein Protokoll für übernatürliche Drive-bys.

Falkenhayn brüllte und seine Linie schwoll an. Die Deutschen rückten in perfektem Gleichschritt vor, Gehstöcke prallten von den verschränkten Armen ab und schlugen dann mit der Wucht stahlbeschlagener Rammböcke zurück. Der erste Wiedergänger, der die Linie durchbrach, ging unter drei Stiefeln und einem Säbelstoß zu

Boden. Die nächsten beiden hielten länger durch, doch das Ergebnis war unausweichlich: Innerhalb von dreißig Sekunden war der Bordstein glitschig von Ichor und die Windschutzscheibe des Ubers von der Wucht der dagegen geschleuderten Körper übersät mit Sprüngen.

Deveraux' Truppe kämpfte nicht so sehr, als dass sie auftrat. Sie tanzten durch das Chaos, jeder Hieb und jede Parade untermalt von einer schnippischen Bemerkung oder einem Lachanfall. Einer seiner Leutnants köpfte einen Wiedergänger mit einem Säbelhieb und prostete der Leiche dann sofort mit einem Flachmann aus seiner Brusttasche zu. »Auf den Fortschritt!«, rief er, und der Rest der Truppe stimmte in den Jubel ein, selbst als das Gemetzel zunahm.

Falkenhayn und Deveraux sahen sich über dem Haufen der Toten an und für eine Sekunde überstrahlte der alte Hass die gemeinsame Bedrohung. »Das ist Ihre Schuld«, zischte Falkenhayn und stach mit einem behandschuhten Finger in Richtung des Franzosen.

»Sie wünschten, Sie hätten ein solches Flair, *mon cher*«, erwiderte Deveraux, schlug einem Wiedergänger die Hand sauber ab und trat den Rest in den Weg eines entgegenkommenden Rollers. Der Roller kippte um, sein Fahrer sprang rechtzeitig ab und der Kopf des Wiedergängers zerplatzte unter dem Hinterrad mit einem Geräusch wie eine fallengelassene Melone.

Eine neue Welle viktorianischer Albträume strömte aus einer Seitenstraße, jeder mit einer immer absurderen Antiquität bewaffnet. Einer schwang ein Florett, ein anderer schwenkte einen zeremoniellen Streitkolben, ein Dritter führte eine ganze Standuhr mit sich und benutzte das schwingende Pendel als Keule. Das Zifferblatt zerschellte am Hinterkopf eines deutschen Helms, dessen Träger die Trümmer achselzuckend abschüttelte und seinem Angreifer durchs Auge stach.

Deveraux hob seinen Stock und parierte den Streitkolben mit

müheloser Verachtung. »Sehen Sie, Baron? Die haben mehr Fantasie im kleinen Finger als Ihre ganze Armee.«

Falkenhayn grunzte und fegte seine Gegner mit einer disziplinierten Effizienz beiseite, die schon fast kunstlos wirkte. »Fantasie ist nicht das Gleiche wie Sieg, Marquis. Daran sollten Sie sich vielleicht erinnern.«

Jetzt bewegten sie sich gemeinsam, jede Truppe kämpfte Rücken an Rücken, die alten Rivalitäten wurden durch die Notwendigkeit, nicht von den untoten Überresten des Empires in Stücke gerissen zu werden, auf Eis gelegt. Ringsum wurde der übrig gebliebene Abfall der Stadt sowohl zur Waffe als auch zum Terrain: umgestoßene Roller dienten als Stolperdrähte, Mülltonnen wurden als Wurfgeschosse eingesetzt, Werbeplakate flatterten bei jedem Stoß verdrängter Luft.

Jemand – möglicherweise ein Wiedergänger, möglicherweise ein gelangweilter Zuschauer – schleuderte ein »Kommen Sie sicher nach Hause«-Schild wie einen Diskus. Es traf Deveraux quer über die Brust und schleuderte ihn gegen einen Laternenpfahl. Er federte zurück, nutzte den Schwung, um seinen Säbel durch den Brustkorb des nächsten Feindes zu treiben, und richtete sich lächelnd wieder auf. »Ah, der öffentliche Dienst dieser Stadt ist unübertroffen.«

Der letzte Wiedergänger, ein skelettartiges Ding in einem blutgetränkten Halstuch, versuchte, zum Uber durchzubrechen, vielleicht in der Absicht, dem Fahrer den Rest zu geben. Falkenhayn bellte einen Befehl und zwei Deutsche warfen das Ding zu Boden, hielten es dort fest, während ein Dritter auf seinen Schädel stampfte, bis er mit einem hohlen Knacken aufbrach.

Stille, zum ersten Mal in dieser Nacht. Die einzigen Geräusche waren das Wimmern des Uber-Fahrers und das Zischen der Gaslaternen, die den letzten Anschein von Anstand der Stadt verbrannten.

Deveraux richtete sich auf, staubte seinen ruinierten Gehrock ab und beäugte Falkenhayn. »Ein Vergnügen, wie immer.«

Der Baron nickte mit erhobenem Kinn. »Möge der beste Feind gewinnen, Marquis.«

Sie schüttelten sich die Hände – kurz, brutal und sofort wieder vergessen. Ihre Truppen traten hinter ihnen an, jeder zerschunden und blutig, aber aufrecht.

Hinter ihnen zuckte der Haufen der Wiedergängerleichen ein- oder zweimal und blieb dann still liegen.

Falkenhayn wandte sich an seine Männer, seine Stimme klang wie eine Totenglocke. »Wir rücken ab. Die nächste Front wird nicht so einfach sein.«

Deveraux wischte seine Klinge an einem Taschentuch ab und zog dann ein weiteres für Falkenhayn hervor, der es mit einem verächtlichen Schnauben annahm. »Für den Fall, dass Sie weinen, Baron.«

»Niemals«, sagte Falkenhayn, doch die Schärfe war aus seiner Stimme gewichen.

Die beiden Trupps verschwanden an entgegengesetzten Enden der Straße, ihre Uniformen nun nicht mehr von der Dunkelheit der Stadt zu unterscheiden. Der Uber-Fahrer sah ihnen nach, öffnete dann die Tür und kroch aus dem Wrack.

ELF

Nach Whitechapel wirkte Rens Wohnung weniger wie ein Hauptquartier und mehr wie ein Unfallort mit besseren Snacks. Ren hockte am ramponierten Küchentisch, der unter der Last von Blutbeuteln (halb geleert, aus manchen ragten höflich Strohhalme), benutzten Verbänden und einem Slalom aus Instantnudelbechern stöhnte, die mit den Überresten längst verpasster Abgabetermine verkrustet waren. Jede Oberfläche, die nicht bereits von dringendem Papierkram oder der medizinischen Triage beansprucht wurde, war von Zaras Messi-Museum des Arkanen bevölkert worden: ungleiche Tassen gefüllt mit okkultem Zubehör, Gedenkaschenbecher von Vampirkongressen, ein Glas Weihwasser (beschriftet mit »nur für Notfälle«) neben einer Schachtel Paracetamol.

Vincent lümmelte am Kühlschrank, eine genähte Wunde zog sich von seinem Schlüsselbein bis in die linke Armbeuge. Er presste einen Kühlbeutel mit der grimmigen Entschlossenheit eines Mannes auf die Wunde, der lieber verbluten würde, als Unbehagen zuzugeben. Eine zu zwei Dritteln geleerte Flasche

Whisky stand neben ihm, als böte sie dem Verletzten Rechtsbeistand.

Mrs Barley, selbst unblutig, aber mit Haarsträhnen, die sich strategisch lösten, kümmerte sich um die schlimmsten der Verletzten. Sie hatte die Verwundeten wie Schachfiguren in der Küche aufgereiht: Ren im Zentrum, Vincent ein Feld entfernt und der Rest ihrer geschundenen Mannschaft entlang des Umkreises, jeder mit seiner eigenen Auswahl an Wunden, Schmerzmitteln und existenzieller Reue. Gelegentlich murmelte Mrs Barley Beobachtungen in ihr allgegenwärtiges Notizbuch und kritzelte sie in einer Kurzschrift nieder, die keine lebende Seele würde entziffern können.

Ren hielt ihren linken Ärmel hochgekrempelt. Das Mal war in einer missmutigen Stimmung – es pochte blau und weiß und pulsierte manchmal so stark, dass es ihre Zähne aufeinanderknirschen ließ. Sie hatte den Abend stark begonnen und die Modernisierer für ihre »Selfie-Kultur nach dem Kampf« verspottet, doch nun zitterte ihr Arm auf eine Weise, die nichts mit Adrenalin zu tun hatte.

Vincent musterte sie vom anderen Ende des Raumes aus, sein Gesichtsausdruck schwankte irgendwo zwischen Besorgnis und *»Lieber würde ich Glas fressen«.* »Das Ding hat mehr Persönlichkeit als der halbe Rat«, sagte er und nickte zu ihrem Unterarm.

Ren schnaubte und zuckte dann sofort zusammen. »Hör auf damit. Es fühlt sich an, als wolle es sich aus meiner Haut herausboxen.«

»Sorgen wir dafür, dass das Mal im Zimmer bleibt und nicht an den Wänden«, riet Mrs Barley mit einer Stimme, so trocken wie ein Sherry-Trifle. Ihr Blick wanderte über die anderen. »Halten sich alle anderen auf den Beinen?«

Ein paar gemurmelte Bestätigungen, aber hauptsächlich war da nur das dumpfe Geräusch von aufgeschnürten Stiefeln, abgetasteten Wunden und einem Modernisierer in der Ecke, der versuchte, seine Follower auf dem Laufenden zu halten, während er vorgab, nicht zu weinen.

Das Mal wählte genau diesen Moment zur Eskalation. Es erstrahlte in einem so reinen Weißblau, dass es bewegte Schatten an die Küchendecke warf, und schickte dann einen frischen Schmerzblitz von Rens Handgelenk zu ihrer Schulter. Die Oberfläche ihrer Haut bebte, dann durchzogen sie die ersten Spuren von tintenschwarzen Rissen, die sich ausbreiteten wie eine Stadt im Zeitraffer, die in Senkgruben versinkt.

Ren keuchte und umklammerte ihren Arm. Die Welt verengte sich wie durch ein Teleskop und schnellte dann wieder in den Fokus: der Verkehrslärm draußen, das metallische Klacken von Mrs Barleys Stift, Vincents Stimme, die ihren Namen rief.

Sie konnte ihre Hand nicht bewegen. Die Risse breiteten sich aus, dünn wie Spinnenseide, doch in alle Richtungen verästelt. Sie waren nicht nur an der Oberfläche – sie gruben sich tiefer, in den Knochen, und trugen die kalte Gewissheit von etwas Unumkehrbarem mit sich.

»Scheiße«, sagte sie, was die Lage ziemlich gut zusammenfasste.

Vincent war neben ihr, bevor sie die Bewegung überhaupt registriert hatte. Er packte sie an den Schultern und stützte sie, als ihre Sicht verschwamm und ihr der Atem im Hals stecken blieb. »He! Ren. Sieh mich an.«

Sie versuchte es. Es war, als würde sie versuchen, durch Milchglas zu blicken, alles war an den Rändern verschwommen. In ihrem Kopf waren Stimmen – kein Flüstern, nicht einmal richtige Worte, nur Fragmente und Befehle, Halbsätze, die sich gegenseitig um Platz anrempelten. Sie biss die Zähne zusammen, und eine Blutlinie erschien zwischen ihren Lippen.

»Bleib bei mir, Kleine«, bellte Vincent. »Wage es ja nicht, dich von einem verdammten Entwurf überschreiben zu lassen.«

Das Mal pulsierte erneut, stärker. Sie wäre beinahe

ohnmächtig geworden. Irgendwo im Nebel hörte sie Mrs Barley murmeln: »Räumt den Tisch frei«, und binnen Sekunden war das Durcheinander auf den Boden gefegt, Blutbeutel, Papierkram und alles, während Mrs Barley Platz für was auch immer als Nächstes kam schuf.

Vincent hob Ren halb hoch, halb zerrte er sie auf den Tisch. Er beugte sich vor, Nase an Nase, die eigenen Verletzungen vergessen, und tätschelte ihre Wange mit zitternder Hand. »Reiß dich zusammen, Ren. Du bist keine Prophezeiung. Du bist ein sturer kleiner Dickkopf, und du stirbst verdammt noch mal nicht vor mir, verstanden?«

Sie wollte etwas Bissiges erwidern, etwas, das ihn zum Lachen oder zumindest zum Augenrollen bringen würde. Stattdessen klapperten ihre Zähne, und das Mal leuchtete so heftig auf, dass es Nachbilder an den Wänden hinterließ. Die Risse schlängelten sich bis zu ihrem Ellbogen und dann wieder hinab und ritzten scharfe schwarze Pfade unter die Haut. Es war eine Qual und irgendwie auch nicht – jede Nervenendigung feuerte, aber der Schmerz wurde von der Flut an Empfindungen, die ihren Kopf überschwemmte, verschluckt.

Dann kamen die Stimmen: Dutzende, vielleicht Hunderte, alle sprachen auf einmal, ein Chor der Verrückten und der Verdammten. Sie fühlte sich zerreißen, wie ein Buch, bei dem jede Seite herausgerissen und an eine Wand geklebt wurde. Namen, Daten, Fragmente von Prophezeiungen – so viele Details, dass sie die Tinte schmecken konnte.

Sie krümmte sich, keuchte, und für eine Sekunde sah Vincent wirklich verängstigt aus.

»Mrs Barley, sie ...«, setzte er an.

»Halte sie ruhig«, schnappte Mrs Barley, die bereits etwas aus ihrer Tasche zog – einen Stoffstreifen, eine Handvoll Riechsalz, einen Füllfederhalter.

Ren versuchte zu sprechen, aber ihr Kiefer gehorchte nicht.

Stattdessen schrieb ihr Arm seine eigene Botschaft auf den Tisch, die schwarzen Linien sammelten sich an ihrem Handgelenk und formten ein neues Siegel im Holz: eine Spirale, dann eine Reihe von Runen, dann ein Kreuzmuster aus winzigen, perfekten Quadraten. Die Oberfläche qualmte für einen Augenblick, und die ganze Küche füllte sich mit dem Geruch von verbranntem Zucker und Ozon.

Mrs Barley hielt das Salz unter Rens Nase; die Welt wurde kurzzeitig klarer, und sie schaffte es zu krächzen: »Ist das ... normal?«

Mrs Barley zuckte mit den Schultern. »Du bist der erste Fall, den ich gesehen habe, meine Liebe. Aber ich muss sagen, du legst die Messlatte hoch.«

Vincent ließ sie sanft zurück auf den Tisch sinken, seine Arme immer noch um sie geschlungen. »Atme. Dir geht es gut.«

Sie wollte ihm glauben, aber das Mal pochte erneut, und sie wusste – absolut, in dem Teil ihres Gehirns, der schon immer die Risiken jeder Krise durchgerechnet hatte –, dass es ihr nicht gut ging. Die Risse würden nicht verschwinden. Sie hatten sich festgesetzt, wie Tintenflecken auf billigem Papier. Sie konnte jetzt den Sog spüren, wie der Ewige Entwurf nach ihr griff und sie wie einen Docht in einer Zeitbombe benutzte.

Sie traf Vincents Blick und sah zum ersten Mal Angst darin – nicht um sich selbst, sondern um sie.

»Tut mir leid«, sagte sie mit einem Lächeln, das sich anfühlte, als gehöre es jemand anderem. »Ich schätze, ich bin immer noch der Kanarienvogel.«

Er zog sie dicht an sich, für einmal still. Die ganze Wohnung wurde ruhig, als hielten selbst die Geister den Atem an.

Das Mal pulsierte noch einmal – ein Nachbeben, nicht so hell wie zuvor, aber tiefer, endgültiger. Es hinterließ ihren Arm mit schwarzen Sprenkeln, das Siegel nun dauerhaft in die Haut geätzt, eine Warnung und ein Fluch zugleich.

Mrs Barley legte das Notizbuch beiseite, ihre Finger zitterten nur ein ganz klein wenig. »Wir werden bald handeln müssen«, sagte sie, zu niemandem im Besonderen. »Nächstes Mal kommt sie vielleicht nicht zurück.«

Ren schloss die Augen und ließ sich von Vincent halten, der Geruch von Whisky und Blut seltsam tröstlich. Sie lauschte ihrem eigenen Puls, der Stille in der Wohnung und dem nicht ganz so fernen Geräusch von etwas, das am Rande ihres Verstandes kratzte und auf den nächsten Riss wartete.

Das Einzige, was beängstigender war, als sich an die Geschichte zu verlieren, war das Wissen, dass es vielleicht schon geschehen war.

Sie hoffte, jemand führte Protokoll.

Nach der Krise wurde Rens Welt sehr klein: ein Horizont aus Tischplatte, Vincents Arm, der ihren Kopf stützte, und das Mal – ein brennendes Brandzeichen, das nur verblasste, als sie völlig regungslos dalag. Der Rest des Raumes schwebte hinein und wieder hinaus, zuerst als ein Dunst aus Panik, dann als ein Raster besorgter Gesichter, von denen jedes sie umkreiste wie Monde einen sterbenden Planeten.

Es dauerte eine ganze Minute, bis sie Zaras Geist bemerkte.

Wo Zara zuvor blau und unscharf geschwebt hatte, erschien sie diesmal mit der Intensität einer Neonreklame, die am hell-lichten Tag eingeschaltet wird. Jede Kontur war hyperreal: Wangenknochen aus mattiertem Glas, Haar, das wie unter Wasser schwebte und sich wieder legte, der schmale Strich ihres Mundes einmal zu etwas anderem als Belustigung geformt. Sie schwebte nicht neben dem Tisch, sondern darüber, Zentimeter über Rens Arm verharrend. Die Luft, wo sie vorbeizog, fühlte sich kälter an, wie im Inneren eines Kühlhauses beim Metzger, und jedes Mal, wenn sie sich bewegte, brutzelte ihre Kontur gegen die bereits überlastete Beleuchtung des Zimmers.

Ren spürte das Gewicht der Aufmerksamkeit und versuchte ihren Arm zu heben, aber er gehorchte nicht. Sie spürte, wie Zaras Blick die Risse nachzeichnete, jede zackige Gabelung und Ader kartierte. Es tat nicht weh – noch nicht. Aber sie wusste mit einer niederschmetternden, dokumentarischen Gewissheit, dass es das tun würde.

Zara sagte lange nichts. Sie beobachtete nur das Mal, die Lippen zu einer Berechnung zusammengepresst, die Hände hinter dem Rücken verschränkt wie ein Detektiv an einem Tatort.

Mrs Barley brach die Stille. »Diagnose?« Ihre Stimme war immer noch knapp, aber jetzt lag ein Zittern darin, wie bei einer zu straff gespannten Geigensaite.

Zara atmete aus – eine Leistung für eine Tote – und beugte sich näher, ihre geisterhaften Hände schwebten knapp über der zerstörten Haut. »Es spinnt nicht nur rum«, sagte sie. »Der Ewige Entwurf speist sich durch sie. Er ist an das Mal gekoppelt – sie ist die stromführende Leitung.«

Vincent sträubte sich, seine Hände umklammerten die Tischkante. »Kannst du es abschneiden? Das Mal nehmen oder blockieren?«

Zaras Gesicht verzog sich nicht, aber ihre Stimme tat es: hart, brüchig. »So funktioniert das nicht. Jedes Mal, wenn Ashcroft einen seiner Wiedergänger auferweckt, zieht es mehr Macht durch sie. Wie bei Carmines Prophezeiung benutzt er sie als Relais – jeder Zauber, jede Neufassung wird dadurch eingespeist.« Sie nickte zu Rens Arm, der nun ein Netzwerk aus schwarzen Fäden war.

»Also«, drängte Mrs Barley, die bereits Notizen machte. »Unsere Optionen?«

Zara zögerte, und das war neu. Normalerweise hatte sie eine

Liste von Lösungen – unwahrscheinlich, geschmacklos, gelegentlich illegal, aber immer zur Hand. Diesmal schwebte sie nur da, murmelte stumme Berechnungen vor sich hin, bis sie schließlich sagte: »Entweder ihr haltet Ashcroft auf, oder ihr durchtrennt die Kette. Einen dritten Weg gibt es nicht.«

Vincents Kiefer spannte sich so sehr an, dass die Stoppeln an den Rändern weiß wurden. »Und wenn wir es nicht tun?«

Zara sah ihm in die Augen, ihre eigenen hohl und gnadenlos. »Sie wird überschrieben. Ausgelöscht. Kein Leben nach dem Tod, kein Vermächtnis, einfach ... weg. Die letzte Korrektur des Entwurfs.«

Ren spürte, wie sich alle Blicke auf sie richteten. Sie ließ ihnen die Stille und zwang sich dann zu einem Grinsen. »Tja, das macht mich dann wohl zum unpraktischsten Lesezeichen der Welt.«

Zara lächelte beinahe, aber es war sofort wieder verschwunden. »Eher wie die erste Zeile in einem Kettenbrief. Wenn du das weiterlaufen lässt, wirst du jeden anstecken, der dir je etwas bedeutet hat.«

Ren wollte etwas zurückschnappen, aber die Bemerkung blieb ihr im Halse stecken, ausgetrocknet von Angst. Sie sah zu Vincent, hoffte auf einen Witz, ein spöttisches Grinsen, irgendeinen Fetzen des alten, unzerstörbaren Mistkerls. Stattdessen sah er gebrochen aus, seine Augen weit und dunkel, jede Ader um die Iris deutlich und schwarz wie Kalligrafie. Sein Griff um ihr Handgelenk wurde fester, sanft, aber endgültig, als könnte er sie verankern, nur indem er sich weigerte loszulassen.

Mrs Barley tippte mit dem Stift, dann klickte sie ihn zu. »Wir brauchen einen Plan«, sagte sie. »Jetzt.«

Für einen Moment antwortete niemand. Selbst die Modernisierer – einer mit einem blutbefleckten Kapuzenpulli über den Augen, der andere vorgab zu dösen – hatten den Anstand, still zu sein.

Draußen drangen Verkehrsgeräusche durch das alte Glas, eine

Flut aus Hupen, Rufen und der fernen Bedrohung einer weiteren Sirene. Die Welt ging weiter, als könnte nichts in dieser Wohnung von Bedeutung sein. Ren spürte, wie sich die Kälte ihren Arm hinauf ausbreitete, wie sich die Risse festsetzten, und wusste, was die Stille bedeutete.

Sie war bereits halb fort.

Vincent streckte die Hand aus und strich ihr das Haar aus dem Gesicht. »Wir werden dich nicht verlieren«, sagte er, seine Stimme so leise wie ein Begräbnis. »Nicht an ihn. An keinen von ihnen.«

Sie glaubte ihm – wollte es zumindest. Aber das Mal pulsierte erneut, und für eine Sekunde schmeckte sie Tinte und den trockenen Beigeschmack unvollendeter Sätze. Sie schauderte.

Zara zog sich zurück, ihre Konturen flackerten an den Rändern. »Ich werde es von der anderen Seite aus überwachen«, sagte sie. »Wenn es eskaliert, werde ich es wissen.«

Mrs Barley stand auf und entwarf bereits Befehle. »Wir schlagen gegen Ashcroft los, bevor er noch mehr herüberbringen kann.« Sie musterte Vincent. »Wir brauchen den besten Feldagenten der Stadt. Und ein Wunder.«

Vincent lachte heiser und gebrochen. »Das eine besorge ich euch, aber das Wunder liegt bei dir.«

Ren schloss die Augen, lauschte dem Summen der Stadt und des Geistes gleichermaßen, und erlaubte sich für einen Moment zu glauben, dass sie es schaffen konnten. Oder zumindest gemeinsam untergehen, was dem, was Familie ausmachte, so nahekam, wie es nur ging.

Das Mal, immer noch warm, bebte noch einmal. Sie öffnete die Augen, starrte auf die schwarze Landkarte auf ihrer Haut und wartete darauf, dass die Geschichte eine Wendung nahm.

ZWÖLF

Vincent saß zusammengesunken in dem erträglichsten Sessel, den Rens Wohnung zu bieten hatte. Er war mit einem ölverschmierten Gobelinstoff bezogen, dessen Muster nur noch dort zu erkennen war, wo es nicht von Jahrzehnten polierter Hosenböden abgewetzt worden war. Das Zimmer stank nach Tod und Desinfektionsmittel. Außerdem: nach Mikrowellen-Ramen, Druckertoner und, ganz schwach, nach dem Brandgeruch von Ozon, den ein Londoner Sonnenaufgang mit sich brachte, wenn er die Frechheit besaß, hereinzudringen.

Dünnes Tageslicht schlängelte sich an den Rändern des Vorhangs vorbei und teilte die Wohnung in umkämpfte Zonen aus blauen Schatten und fahlem Gold. Vincents Kopf sank zur Seite, gerade weit genug, dass ein verirrter Sonnenstrahl seinen Handrücken streifte. Es begann als rosige Rötung, dann bildete sich eine runzlige weiße Blase in der Form einer Katzenpfote. Er zischte, riss die Hand zurück und starrte das Fenster an, als hätte es seine Mutter beleidigt.

Ren, die sich auf dem Sofa gegenüber zu einem Ball zusammengerollt hatte, bekam die Bewegung mit. Ihre Augen, blutunterlaufen und ein wenig wild, schnellten von der Blase zu Vincents Gesicht und zurück. »Du weißt schon, dass du die Vorhänge auch einfach richtig zuziehen könntest«, sagte sie.

Er sah wieder zum Fenster. Ein Lichtstrahl hatte sich bewegt und kroch über die Dielen auf seinen Knöchel zu. Er überlegte, den Fuß wegzuziehen, beschloss dann aber abzuwarten, ob das Licht zuerst blinzeln würde.

Die Wohnung war ein Paradies für Messies. Jedes verfügbare Regal, Fensterbrett und Fleckchen Wand war vollgestapelt mit okkulten Wälzern, Relikten aus Zaras Jahren als Archivarin und der Art von Krimskrams, den man sonst nur auf Trödelmärkten oder in den Nachlässen von Mord- und Selbstmordfällen sah. Ein Trio ausgestopfter Eulen starrte von oberhalb des Fernsehers, eine Handvoll antiker Spritzen steckte in einem Bierglas neben dem Spülbecken und unter dem Tisch war ein Salzkreis von unachtsamen Füßen durchbrochen worden. Er funktionierte wahrscheinlich sowieso nicht, aber Vincent fand seine langsame Zerstörung beruhigend.

Im Flur gab es einen Tumult. Mrs Barley, ihr Haar in einem Zustand permanenter Einsatzbereitschaft aufgerollt, trat mit einer fest umklammerten Plastiktüte in beiden Händen ein. Sie legte sie mit der sanften Ehrfurcht von jemandem, der ein Spenderorgan überreicht, auf den Tisch.

»Frühstück«, sagte sie und zog die Plastikfolie zurück, um einen Blutbeutel von der Sorte, die man aus dem Krankenhaus kannte, mit der Kennzeichnung o-negativ zu enthüllen. Ein klebriger roter Streifen war bereits in das Etikett gesickert und hatte den Namen des Spenders unleserlich gemacht.

Vincents Kehle schnürte sich um nichts zu. Er versuchte einen Witz über die Verpflegung zu machen, aber der Hunger blendete alles andere aus. Er schnappte sich den Beutel, riss ihn mit den Zähnen auf und schlang den Inhalt in drei verzweifelten Schlucken hinunter. Es schmeckte nach Kupfermünzen und Krankenhausfluren. Er schaffte es, den Beutel nicht ganz leer zu saugen, aber der Schaden war angerichtet; Blut lief ihm über das Kinn, sprenkelte die Vorderseite seines Hemdes und hinterließ seine Hände klebrig und in einem chirurgischen Rot.

Ren starrte ihn an, ihr Gesichtsausdruck eine Lektion in Zweideutigkeit – irgendwo zwischen Sorge und Abscheu, mit einer Beilage von »eigentlich-bin-ich-nicht-überrascht«. Sie zog ihren Ärmel über ihr Mal, aber nicht bevor Vincent das schwache, blauweiße Pulsieren unter der Haut bemerkte.

Er leckte sich die Lippen, wischte sich mit dem Handrücken das Kinn ab und stellte fest, dass er zitterte. Er unterdrückte das Beben, den Kiefer starr. »Was?«

Sie wandte den Blick so betont ab, dass es wehtat. »Nichts.«

»Sieh mich nicht so an. Du verstehst das nicht.«

Rens Blick schnellte zurück. »Glaubst du, du bist der Einzige, der die Kontrolle verliert? Mein Arm verwandelt sich in einen verdammten Virus – steckt sich das Gebäude an, wenn ich niese?«

Mrs Barley räusperte sich, laut und trocken wie Pergament. »Falls einer von euch den Drang verspürt, den anderen zu ermorden, dann erledigt das in der Badewanne. Ich habe gerade die Teppiche saubergemacht.«

Vincent schnaubte. Ren machte ein Geräusch, als könnte sie lachen, tat es dann aber nicht.

Ein Luftzug – real oder metaphorisch – kräuselte sich durch die Wohnung. Er erfasste den Vorhang und hob ihn gerade so weit an, dass ein Sonnenstrahl Vincents Gesicht in ein krankhaftes Gelb tauchte. Diesmal zuckte er nicht, sondern starrte ihn nur an und wartete darauf, dass seine Haut Blasen warf. Das tat sie, langsam, als sich winzige Wasserperlen auf seinem Wangenknochen sammelten.

Er schloss die Augen, zählte bis zehn, und als er sie wieder öffnete, schwebte Zaras Geist über der anderen Seite der Küche. Bei Tageslicht war sie kaum greifbar – nur eine Andeutung von

Wangenknochen und wildem Haar, ihre Züge verschwommen wie ein halb entwickeltes Foto. Sie sagte nichts, aber ihr Blick ruhte auf Vincents Händen, dann auf Rens Arm und dann wieder zurück.

Er wischte sich den Mund ab. »Gefällt dir die Vorstellung?«

Zaras Gestalt verschwamm an den Rändern. »Ihr beide zerfallt schneller als der Rat. Die haben es wenigstens bis zum Ende des Jahrhunderts geschafft, bevor sie implodiert sind.«

Mrs Barley machte sich mit einem Wischmopp und einem Eimer zu schaffen, als ob Hygiene irgendetwas von alldem wieder in Ordnung bringen könnte. »Das ist nur vorübergehend«, sagte sie, aber selbst sie klang nicht überzeugt.

Vincent stemmte sich hoch, der Stuhl schrillte über den Boden. Er torkelte zum Spülbecken, fand ein Glas und füllte es mit Wasser, das nach uralten Rohrleitungen schmeckte. Er nippte, spülte den Mund und spuckte Rot ins Becken.

Er sah monströs aus. Fühlte sich auch so. Er fragte sich, ob das der Sinn der Sache war.

Hinter ihm zog Ren die Knie an die Brust und drückte ihren Ärmel fester über ihr Mal. Ein Glückskeks auf der Küchentheke, unberührt von der Essensbestellung von irgendjemandem, schien mit perversem Optimismus zu schimmern.

Vincent stellte das Glas ab und drehte sich um. Sein Blick traf den von Mrs Barley, als sie den Tisch vom Blut befreite. Ihr Gesicht war unergründlich, aber ihr angespannter Kiefer verriet ihm alles. Sie war bereit, ihm den Kopf abzuschlagen, wenn es darauf ankäme. Er fragte sich, ob sie es sanft tun würde.

Die Stille kehrte zurück, doch diesmal fühlte sie sich an wie die Ruhe vor einer Lawine.

Vincent sah Ren an. »Wir müssen das beenden«, sagte er, und seine Stimme klang seltsam – als hätte er sie sich von jemandem geliehen, der sich seiner Sache weniger sicher war.

Ren nickte, nur einmal. »Bevor es uns beendet«, sagte sie.

Zaras Geist schwebte näher, ihre Gestalt wurde im flickenhaften Licht etwas klarer. »Ihr solltet euch vielleicht beeilen«, sagte sie. »Ashcroft ist nicht gerade der geduldige Typ.«

Vincent starrte zum Fenster, auf den Sonnenstreifen, der sich immer noch näher an seinen Fuß heranschob. Er ließ ihn sich berühren, nur für eine Sekunde, spürte das Zischen, die drohende Auslöschung. Dann trat er zurück in den Schatten.

Er hatte das unangenehme Gefühl, dass ihm die Verstecke ausgingen.

Das Mal auf Rens Arm pulsierte einmal, hell genug, um neue Schatten an die Decke zu werfen. Vincent fragte sich für einen Moment, ob es nach ihm rief oder nur den Spielstand festhielt.

So oder so, die Wohnung fühlte sich von Sekunde zu Sekunde kleiner an.

Die Stadt hielt nach Mitternacht nie die Klappe, aber sie wurde auf seltsame Weise spezifisch. Hier draußen klebte die Luft mit einem feuchten, sauren Geruch am Pflaster, als wären alle gescheiterten Nächte der Woche ausgewrungen und zum Gären zurückgelassen worden. Die Straßenlaternen flackerten im Takt mit dem maroden Transformator zwei Häuserblocks entfernt, und jedes vorbeifahrende Auto schien eine frische Spur von Sperrstundengetränken und zerbrochenem Glas hinter sich her zu ziehen.

Vincent ging voran, die Hände tief in seiner Jacke vergraben, die Schultern hochgezogen. Sein ganzer Körper juckte vor dem Drang, irgendwo, irgendwo anders zu sein. Ren folgte ein paar Schritte hinter ihm, die Kapuze hochgezogen, die Augen wachsam, aber glasig – der Blick von jemandem, der schwere Matheaufgaben löst, nur um auf den Beinen zu bleiben. Zara schwebte an der Rinnsteinkante entlang, kaum sichtbar, es sei denn, man erhaschte sie im Scheinwerferlicht eines vorbeirasenden Taxis.

Ihre Mission war einfach: auf den Straßen patrouillieren, nach allem Ausschau halten, was wie eine Geschichte aussah, die versuchte, sich in das Gewebe von London einzuschreiben. Die Trupps der Modernisierer und Traditionalisten davon abhalten, sich vor dem nächsten Ratsgipfel gegenseitig auszulöschen. Dabei versuchen, nicht zu sterben.

Vincent gab nicht viel auf die Chancen.

Sie schlugen einen Weg durch die Seitenstraßen zum Fluss ein und mieden die Hauptstraßen, wo sich die Touristen noch tummelten. In der Ferne heulte eine Sirene auf, die sich ihren Weg durch Vauxhall bahnte und dann verklang. Zaras Stimme, ruhig und silbrig, drang aus der Dunkelheit: »Jemand hat am Albert Embankment einen Wiedergänger erweckt. Signatur eines Modernisierers – wahrscheinlich ein Streich.«

Vincent grunzte, ohne langsamer zu werden. »Sollen die ihren eigenen Mist aufräumen. Wir sind keine Babysitter.«

Ren sagte nichts, hielt nur Schritt, ihre Schritte leicht auf dem kaputten Pflaster. Nach einer Weile murmelte sie: »Was bringen diese Patrouillen überhaupt? Ashcroft wird nicht mit ein paar Teenagern auf Ketamin das Ende der Welt einläuten.«

Vincent drehte sich halb um, die Lippen zu einem Grinsen verzogen. »Es ist nicht Ashcroft, worüber ich mir Sorgen mache. Die Welt endet mit einer schlechten Entscheidung nach der anderen.«

Sie kamen an einem Dönerladen vorbei, der noch geöffnet hatte. Der gelangweilte Typ hinter dem Tresen schaute hinter dickem Glas fern. Ein Betrunkener in einem England-Trikot torkelte vorbei, eine Flasche Fanta umklammernd und etwas über Arsenal murmelnd. Das Mal auf Rens Arm schimmerte und leuchtete ab und zu heller auf, wenn das Neonlicht der Stadt es genau richtig traf.

Sie bogen in die Lambeth Road ein. Irgendwo vor ihnen zerriss das scharfe Geräusch von zerbrechendem Glas die Luft, gefolgt von dem animalischen Gebrüll einer wild gewordenen Menge. Vincent spürte die Vibration, bevor er die Worte hörte: eine Kneipenschlägerei, groß und unübersichtlich, die auf den Bürgersteig übergriff.

Zara schwebte voraus und materialisierte sich unter dem Schild des The Anchor and Crown. Sie nickte in Richtung des Chaos: »Zehn auf der Straße, zwei schon am Boden. Einer hat ein Messer. Die Polizei ist eine Minute entfernt.«

Vincent fluchte. »Wenn wir reingehen, werden wir gefilmt. Willst du schon wieder viral gehen?«

Rens Gesicht war schwer zu lesen, aber sie ballte ihre Hand, die Fingerknöchel wurden weiß. »Wenn wir es nicht tun, stirbt wirklich jemand. Ist das nicht der Teil, der uns wichtig sein sollte?«

Vincent hasste es, dass sie recht hatte. Er hasste es noch mehr, als sie die Straße überquerten und ihm der Geruch entgegenschlug: frisches, sterbliches Blut, heiß und wild, das jeden anderen Sinn ertränkte. Die Welt wurde plötzlich gestochen scharf, jeder Herzschlag im Umkreis von fünfzig Metern telegraphierte sich durch seinen Schädel. Er konnte das metallische Klappern des Messers hören, die schweren, keuchenden Atemzüge der Verwundeten, das schmatzende Flüstern von Blut auf Fliesen.

Seine Reißzähne fuhren aus, bevor er es wusste. Er vergrub die Hände in seinen Taschen und presste die Fäuste so fest zusammen, dass sich die Nägel ins Fleisch bohrten.

Ren bemerkte es. »Alles in Ordnung bei dir?«

»Bestens«, knurrte er, aber seine Stimme klang eine Oktave zu tief, zu kehlig. Er spürte den Hunger aufsteigen, der sich wie ein Knäuel aus Stacheldraht in ihm zusammenrollte.

Er versuchte, sich zu fassen, aber die Menge wogte, ein Körper schlug hart auf dem Bordstein auf und verblutete, und der Geruch verdreifachte sich in seiner Intensität. Vincent schwankte, hielt sich am Geländer fest und riss es beinahe aus der Wand. Wie im Nebel sah er die Schläger, wie sie schubsten, spuckten und lachten, selbst als der Mann im billigen Anzug in der Gosse verblutete.

Er konnte nicht atmen. Er wollte es nicht. Er wollte sich nähren.

Er riss sich vom Geländer los und stolperte in eine Seitengasse, während sich die Welt drehte und jeder Instinkt schrie, sich umzudrehen und zuzubeißen, Kehlen herauszureißen und im Sprühnebel der Arterien zu baden. Sein Blickfeld verengte sich zu einem Nadelöhr, die Ränder zerfranst und schwarz. Er schlug seinen Kopf einmal, zweimal, dreimal gegen die Wand, in der Hoffnung, der Schmerz würde kurzschließen, was auch immer in ihm vorging.

Das tat er nicht.

Er sank an den Ziegeln zusammen, die Hände zitterten, der Geschmack von Blut – fremdem, seinem eigenen, er konnte es nicht sagen – überflutete seinen Mund.

Ren folgte ihm, ihre leisen Schritte hallten in dem engen Raum wider. Sie blieb knapp außerhalb seiner Reichweite stehen, die Arme verschränkt, das Mal auf ihrem Unterarm glühte schwach im Schein der Straßenlaterne. Sie sagte lange Zeit nichts.

Vincent versuchte zu lachen, aber es kam nur als heiseres Husten heraus. »Na los. Sag mir, dass ich ein Versager bin.«

Rens Stimme war leise. »Du verlierst den Halt. So zu tun, als ob das nicht so wäre, wird niemanden retten.«

Er starrte sie wütend an, aber sein Blick wollte nicht scharf stellen. »Willst du wissen, wie es ist? Es ist wie Ertrinken, nur dass du es willst. Jede Zelle in deinem Körper will es. Du glaubst, ich habe Angst vor Ashcroft? Ich habe Angst vor mir.«

Sie starrte auf den Boden. »Willkommen im Klub.«

Vincent presste seine Stirn gegen die Ziegelsteine; die Kälte tat nichts, um seinen Kopf frei zu bekommen. Er kratzte mit den

Fingernägeln an der Wand und schälte die Farbe ab. Er spürte, wie seine Kontrolle ihm entglitt, und er wollte sie nicht zurückholen.

Er sagte: »Du solltest rennen.«

Ren trat näher, gerade so weit, dass das Licht ihr Gesicht erfasste. Sie sah müde aus, alt auf eine Weise, die Vincent wiedererkannte. »Wenn ich renne, lande ich nur wieder hier.«

Zara schwebte in die Gasse, ihr Leuchten erhellte kaum die Müllsäcke und weggeworfenen Spritzen. »Für jemanden, der es hasst, ein Vampir zu sein«, sagte sie, »gibst du eine ausgezeichnete Imitation davon ab.«

Vincent ignorierte sie. Er schlug seine Faust gegen die Ziegel, so fest, dass die Haut aufplatzte und Blut über sein Handgelenk sickerte. Der Schmerz war erdend, gerade genug, um ihm zu erlauben, wieder zu Atem zu kommen.

Er blickte auf seine Hand, auf das Blut, das aus den Knöcheln sickerte. Es war nicht genug.

Das Mal auf Rens Arm pulsierte im Takt seines Herzschlags, das blaue Leuchten loderte mit jedem Pochen heller auf. Sie beobachtete ihn, und er beobachtete sie, und für einen Moment dachte Vincent, er sähe sich selbst in ihren Augen gespiegelt – nicht das Monster, sondern den Mann, der so lange versucht hatte, etwas anderes vorzutäuschen.

Er sackte in sich zusammen, der Atem stockte. »Ich will nicht komplett wie Ashcroft werden. Nicht jetzt.«

Ren ließ ihren Arm an ihre Seite fallen. »Dann lass es.«

Er ballte seine Hand, bis das Blut aufhörte zu fließen. Die Luft in der Gasse wurde still, die Geräusche von der Straße verblassten zu einer Erinnerung.

Zara schwebte über dem Mülleimer, ihr Gesichtsausdruck unleserlich. »Du kannst dem Ende nicht davonlaufen, Vincent. Du kannst es nur umschreiben.«

Er fletschte die Zähne, nicht gegen sie, nicht gegen irgendjemanden, einfach nur gegen die Welt im Allgemeinen. »Leicht für dich. Du bist schon tot.«

Ren zuckte mit den Schultern. »Das sind wir alle. Du bekommst nur mehr Gelegenheiten, es zu vermasseln.«

Er versuchte zu lächeln, aber es gelang ihm nicht.

Die Stadt machte weiter. Ein Polizeiauto raste vorbei, seine Lichter tauchten die Gasse in kurze, grelle Blitze. Irgendwo begann ein anderer Kampf, oder vielleicht war es derselbe, der wie eine schlechte Angewohnheit durch die Nacht hallte.

Vincent starrte auf seine blutige Hand, deren Haut sich bereits wieder zusammenzog, und fragte sich, wie oft er sich noch selbst verletzen musste, bevor er aufhörte, es zu wollen.

Das Mal auf Rens Arm verblasste zu einem schwachen, stetigen Leuchten. Sie sagte nichts, schaute nur zu und wartete darauf, dass er fertig war.

Er beugte und streckte seine Hand, wischte sie an seiner Jeans ab und richtete sich auf. »Gehen wir«, sagte er.

Ren trat schweigend neben ihn. Zara schimmerte und verschwand dann.

Sie verließen die Gasse und gingen zurück in das Chaos der Stadt, nicht besser dran als zuvor, aber im Moment noch in Bewegung.

DREIZEHN

Niemand hatte dem Parlamentsgebäude gesagt, dass die Welt unterging, also brannten die Lichter am Fluss noch immer und das Zifferblatt von Big Ben starrte mit der ganzen passiv-aggressiven Beharren eines Wirts, der die letzte Runde ausrief, herab. Die Westminster Bridge, nie ein sicherer Ort für existenzielle Betrachtungen, war zu genau dem Punkt geworden, an dem jeder dunkle und verzweifelte Teil Londons zusammenlief, wie ein schlecht gestimmtes Orchester, das dennoch fest entschlossen war, die Apokalypse zu übertönen.

Vincent führte die Koalition durch den eiskalten Nebel, den Kopf gegen den Wind gesenkt, die Arme vor der Brust verschränkt, in einer Haltung, die zu einem Drittel aus Lässigkeit und zu zwei Dritteln aus dem Versuch bestand, das Gefühl zu unterdrücken, seine Rippen würden sich gleich voneinander lösen. Ihm folgten in keiner erkennbaren Reihenfolge die übrigen Besten der Stadt: Ren, deren Gesicht von jener Art von Sturheit gezeichnet war, die man nur aus terminaler Verleugnung gewinnt; Mrs Barley, die ihren Schirm mit der schneidigen Effizienz eines Feldwebels bei einer Parade erhoben hatte; und die zerlumpte

Abordnung von Verbündeten, die sich über die blutrünstigste WhatsApp-Gruppe der Welt versammelt hatte.

Hinter ihnen marschierten die Modernisierer in einer Keilformation: Aurelia Voss an der Spitze, in der einen Hand ein Ringlicht, in der anderen ihr Handy, der Glanz ihres platinblonden Haares warf Schlaglichter auf die vom Stadtrat bereitgestellten Ponchos ihrer Anhänger. Cass Roe, der sie flankierte, trug zwei Handys und eine GoPro, während Nyx Calder etwas hinter ihnen trottete, ein Sounddeck auf die Brust geschnallt und mit den Fingern unaufhörlich an unsichtbaren Crossfades hantierte.

Auf der gegenüberliegenden Seite marschierten die Traditionalisten, angeführt von einem Ältesten in einem Gehrock, der drei Monarchen überlebt hatte und aussah wie aus dem Katalog eines Leichenbestatters. Jeder seiner Stellvertreter trug eine gepuderte Perücke, was lächerlich ausgesehen hätte, wären ihre Gesichter nicht jedes Anflugs von Humor oder Hoffnung beraubt gewesen. Ihre Anwesenheit zog eine klare Linie durch die Mitte der Koalition, die niemand übertrat, außer um zu spucken, zu starren oder in einem denkwürdigen Fall zu versuchen, einem Modernisierer mit einem Spazierstock ein Bein zu stellen.

Die deutschen und französischen Delegationen bildeten die Nachhut; erstere in straffer, gebügelter Formation, ihre Stiefel hoben und senkten sich im Gleichschritt, jedes Gesicht auf den Ausdruck »Ich würde lieber sterben, als zuzugeben, dass das würdelos ist« fixiert. Die Franzosen hatten sich für den gegenteiligen Ansatz entschieden, rauchten, zankten sich und schlugen sich gelegentlich wegen eingebildeter Kränkungen mit Handschuhen. Falls irgendjemand in der Menge das letzte Jahrhundert internationaler Politik vergessen haben sollte, waren diese beiden Kontingente hier, um sicherzustellen, dass die Erinnerungen an der Oberfläche blieben, pulsierend und bitter.

Vincent hegte keine Liebe für die Stadt oder insbesondere für das Parlament, doch als sie die Sicherheitsabsperrung passierten –

die nun auf einen einzigen, granatengeschockten Special Constable reduziert war, der sie durchwinkte in der Annahme, dass jeder, der zu dieser Stunde nach Westminster unterwegs war, wahrscheinlich einen besseren Grund hatte, als es seine Gehaltsklasse zuließ –, verspürte er einen Stich. Keine Nostalgie. Nicht einmal Bedauern. Nur die kalte Gewissheit, dass Monster, wenn man ihnen einen Platz am Tisch anbot, die Stühle, die Tischdecke und womöglich den Tisch selbst fraßen.

Sie erreichten die schweren, dreifach verriegelten Türen des Palastes, und Mrs Barley warf dem Team einen Blick zu, der keinen Widerspruch duldete. »Wir verfahren wie geplant«, sagte sie, ihre Stimme wie ein Peitschenknall in einer Leichenhalle. »Keine Improvisation. Kein Heldentum. Wir gelangen zur Kammer, sichern das Ziel und neutralisieren Ashcroft und seinesgleichen mit minimalem erzählerischem Kollateralschaden. Ist das klar?«

Vincent schnaubte. »Glasklar. Außer, irgendjemand erwartet einen Plot-Twist.«

Cass, der bereits live twitterte, hob eine Hand. »Plot-Twists sind gerade im Trend. Ich sag's ja nur.«

Mrs Barley ignorierte ihn, brachte ihren Schirm in Position und führte den Ansturm die Stufen hinauf an. Die Türen, entweder absichtlich unverschlossen oder von einer früheren, weniger subtilen Gruppe aufgebrochen, schwangen mit einem Stöhnen nach innen, das bis in die zentrale Lobby hallte.

Die Luft im Inneren war dick vom Geruch brennenden Papiers und verschütteter Tinte und noch etwas anderem – etwas Süßerem, aber mit einem metallischen Unterton, den Vincent sofort als den Geruch der kürzlich Untoten erkannte. Der Korridor war ein Massaker an Tradition und Geschmack: Banner waren heruntergerissen und in irren Winkeln wieder angenagelt, Statuen längst verstorbener Politiker mit Lippenstift und Korrekturflüssigkeit beschmiert, Büsten von Staatsmännern trugen Party-hüte und, in einem Fall, eine schmutzige Windel.

Ren murmelte: »Bilde ich mir das nur ein, oder riecht es hier wie am Set einer besonders schlechten Posse?«

Sie drängten weiter vor. Das einzige Geräusch war das ferne, stakkatohafte Klopfen von etwas – jemandem –, das mit der Wucht eines Autounfalls mit einem Hammer schlug.

Mrs Barley hielt sie an der Schwelle zur Kammer an. Sie zeigte wortlos und ließ das Team die Szene selbst auf sich wirken.

Das Unterhaus, bereits der theatralischste Raum des Landes, war in ein Schlachthaus zeremonieller Würde verwandelt worden. Die grünen Lederbänke waren schwarz von Bluttinte gefärbt, von der ein Teil in den Deckenleuchten noch glänzte. Jeder Sitz war besetzt – nicht mit Abgeordneten, sondern mit Ashcrofts Wiedergängern, von denen jeder auf das Thema zuge-schnitten war: viktorianische Granden in zerfetzter Hofklei-dung, alte Jungfern mit von Spinnweben verschleierten Hauben, ein paar tatsächliche Kinder in Matrosenanzügen, die sich gegenseitig zischten und kratzten wie in Napalm getauchte Kätzchen.

Am anderen Ende war der Stuhl des Sprechers von einem Skelett in Gehrock und Schärpe besetzt, dessen leere Augen-höhlen auf den Boden gerichtet waren, während es mit einem elfenbeinernen Hammer auf das Pult einschlug. Jeder Schlag sandte eine Welle durch die Bänke: Die wiedergängerischen Abgeordneten erhoben sich, schrien ihre »Ayes« oder »Nays« und fielen dann wieder in ihre Sitze zurück, wobei sie manchmal Teile von sich zurückließen.

Auf dem Boden lieferten sich zwei Wiedergänger einen ritua-lisierten Ohrfeigenkampf, beaufsichtigt von einem Wiedergänger in Richterperücke und einem anderen, der eine tatsächliche Sanduhr hielt. Das Debattenthema war unklar, aber nach dem Zustand des »Verlierers« zu urteilen (dem jetzt die halbe Kopfhaut und der größte Teil seines linken Arms fehlten), hatte sich das Haus für Gewalt ausgesprochen.

Vincent hörte die Anträge, bevor er ihre Quelle sehen konnte: ein Chor verzerrter, gespreizter Stimmen, die in halb garem Latein und verstümmeltem Parlamentsjargon aufstiegen und abfielen.

»Mr. Speaker, ich beantrage, dass der nächste Punkt auf der Tagesordnung die öffentliche Geißelung aller Verräter am Entwurf ist!«

»Unterstützt, mit einem Änderungsantrag – die Geißelung soll zur vollen Stunde beginnen und live an jeden Sitz im Land übertragen werden!«

»Einspruch! Der ehrenwerte Abgeordnete von Kensington ist noch nicht ausreichend wiederbelebt, um das Verfahren zu genießen!«

»Zur Geschäftsordnung: Der Abgeordnete ist ein Betrüger und eine Leiche!«

Jedes Wort war eine Parodie auf Regierungsführung, und Vincent spürte, wie die eiskalte Hand der Erinnerung seinen Rücken hinabglitt. Das hatte er schon einmal gesehen – einmal, während des Schwarzen Todes, als die Stadt sich ihrer eigenen Beerdigung ergeben hatte. Einmal, während des Blitzkriegs, als es mehr Luftschutzwarte als Lebende gab. Und nun wieder, als die Stadt ihren eigenen Nachruf in Echtzeit schrieb, einen Witz nach dem anderen.

Die Koalition rückte vor, erst heimlich, dann mit Gewalt. Die Modernisierer trennten sich; Cass und Nyx machten sich auf den Weg zur Pressetribüne, Aurelia führte ihr Kamerateam mit der Haltung eines Laufstegmodels bei einer Totenwache den Gang hinunter. Die Traditionalisten fächerten in einer Zangenbewegung aus, ihr Anführer schwang einen Spazierstock mit Silberknauf und eine Pergamentrolle, die, wenn Vincent raten müsste, wahrscheinlich eine Liste geeigneter Nachfolger war, falls die aktuelle Partie nicht überleben sollte.

Mrs Barley winkte Vincent und Ren zum zentralen Tisch – dem Ort so vieler Fehlentscheidungen in der Geschichte der Stadt, dass es ein Wunder war, dass das Holz nicht vor Scham versteinert war.

Vincent hielt inne, nahm den Wahnsinn in sich auf und nickte Ren dann zu. »Demokratie war schon immer eine Farce«, sagte er. »Jetzt ist sie nur besser gekleidet.«

Sie grinste, das Mal auf ihrem Arm pulsierte vor Erwartung. »Glaubst du, es fällt jemandem auf, wenn wir den Zeremonienstab klauen?«

»Nur, wenn du es twitterst«, sagte er und ging voran.

Während sie vorrückten, scharten sich die deutschen und französischen Kontingente hinter ihnen, beide mit Augen, die mit der hungrigen Faszination von Schaulustigen bei einer Massenkarambolage auf der Autobahn auf das Gemetzel gerichtet waren. Die Deutschen murmelten untereinander, ihre Sprache ein Maschinengewehr aus Verachtung und Präzision, während die französische Delegation das aktuelle Spektakel ungünstig mit »jener unglücklichen Episode in der Nationalversammlung« verglich, obwohl sich niemand einigen konnte, welches Jahr sie meinten.

Zwei der Modernisierer bezogen Stellung in der Nähe des Serjeant at Arms, der nun ein zusammengenähtes Ding mit einer Pike und der klaren Absicht war, sie zu benutzen. Sie übertrugen jeden Moment live, Aurelia kommentierte im Ton einer Lifestyle-Vloggerin, die entdeckt, dass ihre Abo-Box einen abgetrennten Finger enthielt. »Wir sind hier, meine Lieben, im tatsächlichen Sitz der Macht, und lasst mich euch sagen: Es ist ein Erlebnis. Hashtag VampirParlament ist im Trend.«

Cass, der sich nie damit zufriedengab, nur zu folgen, schlängelte sich um die Bänke und tauchte hin und wieder mit neuen, immer bizarreren Selfies auf. Nyx lieferte die musikalische Untermalung, indem er die Schreie und das Stöhnen mit Basslinien unterlegte, die die verbliebenen Fenster zum Klirren brachten.

Am Tisch stand Vincent dem wiedergängerischen Sprecher gegenüber, der den Hammer aufgegeben hatte und nun Handvoll Papier in die Luft warf, jedes Blatt bedeckt mit schwarzen Schriftklecksen und etwas, das wie gelegentliche menschliche Zähne aussah. »Ordnung!«, kreischte es, »Ordnung! Das Haus wird zur Ordnung kommen, oder das Haus wird brennen!«

Ren beugte sich unbeeindruckt über die Brüstung und sagte: »Sollte es nicht die Tagesordnung sein?«

Der Kiefer des Sprechers klapperte, dann fiel er ganz ab und landete mit einem sauberen Klicken auf dem Boden.

Vincent wandte sich an Mrs Barley. »Das ist unser Stichwort.«

Sie nickte, zog den Schirm eng an ihre Brust und gab dem Rest der Koalition ein Zeichen, sich zu sammeln.

Die deutschen und französischen Trupps, die sich gegenseitig nur geringfügig mehr hassten als die Wiedergänger, starteten einen gemeinsamen Angriff den Mittelgang hinunter. Die Deutschen bewegten sich wie eine Mauer, Schilde hoch, Spazierstöcke wie Gummiknüppel geschwungen. Die Franzosen fegten von der Seite herein, die Schwerter gezogen, ihr Anführer schrie »*Pour la République!*«, als er über eine Bank sprang und seine Klinge durch den Leib eines Wiedergängers in voller Livree trieb.

Die Traditionalisten folgten, eine Flottille aus Spitze, Brokat und gepuderter Wut. Jeder schwang etwas Silbernes oder Hölzernes oder, in einem Fall, ein Kruzifix von der Größe eines Rugbyballs.

Die Modernisierer hielten derweil einen laufenden Kommentar aufrecht, die Handys in die Höhe gehalten, die Ringlichter blendend.

Die Kammer versank im Chaos. Wiedergänger sprangen von den Bänken, einige zischten, andere wimmerten, ein paar rezitierten Fragmente alter Parlamentsprotokolle, während sie Tinte auf den Teppich bluteten. Jeder Schlag der Koalition ließ eine Fontäne von etwas aufspritzen – Blut oder Tinte oder den feinen weißen Staub alter Knochen.

Vincent watete hinein, mit Fäusten und Fängen und jeder letzten Reserve an Wut. Er sah, wie Mrs Barley drei Wiedergänger hintereinander erledigte, die Spitze ihres Schirms durchstach Brustbein und Schädel mit chirurgischer Präzision. Er sah Ren, deren Arm vom Mal erleuchtet war, wie sie einem Wiedergänger mit einer einzigen, brutalen Drehung die Kehle herausriss. Er sah die Modernisierer – insbesondere Aurelia – sich durch das Gemetzel ducken und winden, nie eine Aufnahme verpassend, nie aus dem Takt kommend.

Er sah über allem Zaras Geist auf der öffentlichen Tribüne auf- und abflackern, ihr Gesicht angespannt vor Angst, ihre Hände dirigierten die Schlacht, als wäre es ein Orchester, das noch vor dem Zusammenbruch gerettet werden könnte.

Er sah Ashcroft.

Im Zentrum der Kammer, wo das Blut am tiefsten Lachen bildete und der Lärm ein lebendiges Wesen war, wartete Ashcroft, die Hände auf dem Tisch gefaltet, und beobachtete das Spektakel mit einem Lächeln, das andeutete, er sei geboren worden, um über das Ende aller Dinge zu herrschen.

»Mr. Lupo«, rief er, seine Stimme erhob sich über das Gemetzel. »So nett von Ihnen, Gäste mitzubringen. Ich hoffe, es stört Sie nicht, aber wir haben die Tagesordnung umstrukturiert.«

Vincent fletschte die Zähne. »Dir sind die Tricks ausgegangen, Ashcroft. Selbst das hier ist nicht originell.«

Ashcroft breitete spöttisch-bescheiden die Hände aus. »Nichts ist originell, Mr. Lupo. Wir sind alle nur Entwürfe, die darauf warten, von jemand Besserem überarbeitet zu werden. Die einzige Frage ist, wer den Stift führen darf.«

Vincent stürzte sich mit ausgefahrenen Fängen auf ihn, doch Ashcroft war schneller und wich mit einer Anmut aus, die seinen

Tod Lügen strafte. Sie prallten aufeinander, und für einen Moment waren es nur die beiden, umgeben von Wut und Fäulnis, die um den einzig verbliebenen Preis kämpften: wer entscheiden durfte, was als Nächstes geschah.

Um sie herum drängte die Koalition die Wiedergänger zurück, Sitz für Sitz, Bank für Bank. Die Deutschen, angeschlagen, aber ungebrochen, verhakten die Arme ineinander und trieben einen Keil durch die Mitte, ihr Anführer schrie Befehle mit einer Stimme, die selbst die Toten zusammenzucken ließ. Die Franzosen, blutig und lachend, wirbelten ihre Schwerter und hieben alles nieder, was sich bewegte.

Vincent und Ashcroft rangen am Rande des Tisches miteinander, die Hände ineinander verkrallt und die Reißzähne nur Zentimeter von der Kehle des anderen entfernt.

Ashcroft lächelte. »Das ist die Zukunft, Mr. Lupo. Sie können dagegen ankämpfen, aber sie wird Sie verschlingen.«

Vincent beugte sich vor, seine Stimme war leise und heiser. »Nur, wenn ich es zulasse.«

Mit einem plötzlichen Kraftschub riss er sich los, trieb Ashcroft zurück und schleuderte ihn über den Tisch.

Der Stuhl des Sprechers explodierte nicht so sehr, als dass er in seine Einzelteile zerbarst, wobei das obere Drittel mit der Wucht einer Granate in die Luft schoss. Ashcroft landete in einem Gewirr aus antiken Polstern und Hybris auf dem Teppich, und Vincent sprang ihm über den Tisch nach, seine Stiefel schmatzten in einer Pampe aus Blut, Tinte und zerfetzten blauen Büchern. Um sie herum war die Kammer zu einem einzigen, wogenden Handgemenge verkommen: Vampire und Wiedergänger der Koalition, verwickelt in einen Kampf auf Leben und Tod (oder zumindest einen erzählerisch endgültigen), während der eine oder andere Modernisierer unter einer Schlägerei hervorlugte, um ein Selfie zu schießen, bevor er wieder untertauchte.

Vincents Landung war unschön, aber effektiv – er rammte

sein Knie in Ashcrofts Brust und seine Faust in Ashcrofts Gesicht. Letztere erzeugte ein Geräusch irgendwo zwischen einer Kokosnuss und einer Domglocke. Einen süßen Moment lang dachte er, er hätte dem Bastard den Kiefer gebrochen. Stattdessen spuckte Ashcroft ein Stück Zunge aus und grinste dann, während sich vor Vincents Augen ein Chaos aus Blut und Zähnen wieder zusammenfügte.

»Vorhersehbar«, seufzte Ashcroft, als wäre er enttäuscht. Dann drehte er sich, nutzte die Drehung, um Vincent in der Kniekehle zu erwischen und ihn flach auf den Boden zu werfen. Vincent landete hart, seine Arme ruderten nach Halt, aber Ashcroft war bereits wieder auf den Beinen, seine Silhouette hob sich vor einer Kaskade aus Glas ab, als der Hammer des Sprechers über ihren Köpfen hinwegflog und sich in einem Kronleuchter verkeilte.

Ashcroft schwang einen Spazierstock – protzig viktorianisch, ganz aus silbernem Filigran und Arglist. Er machte einen Ausfallschritt und ließ die Spitze in einem pfeifenden Bogen niedersausen, und Vincent rollte sich gerade so zur Seite, dass er nicht ein Ohr verlor. Der Stock spaltete die Steinplatten dort, wo sein Kopf gewesen war, und Splitter flogen umher. Vincent versuchte, ihm die Beine wegzuziehen, doch Ashcroft tanzte außer Reichweite, seine Füße bewegten sich in präzisen Duellschritten – halb Säbel, halb Ballett, ganz Ego.

An anderer Stelle in der Kammer hatten Ren und Mrs Barley ihr eigenes Problem in die Enge getrieben: Lady Euphemia Clore, die giftige Dame von Welt, war ebenfalls anwesend. Sie lümmelte auf der Regierungsbank und wirbelte einen juwelenbesetzten Fächer, dessen jede Bewegung einen feinen Nebel aus schwarzer Flüssigkeit in der Luft versprühte. »Mal ehrlich, Mädels«, säuselte sie, »ich dachte, wir hätten uns auf einen Waffenstillstand für modische Notfälle geeinigt?«

Mrs Barley antwortete mit dem Regenschirm und wirbelte ihn

herum, sodass ein Schuss Schrot die Luft kegelförmig versilberte. Der Fächer absorbierte das meiste davon, doch ein paar Kügelchen streiften Clores Schulter; dort, wo sie trafen, zischte und rauchte die Haut und verströmte einen Duft wie verbrannter Sirup. Clore schmollte. »So unzivilisiert.«

Ren, die von links flankierte, zog ein Küchenmesser und schwang es mit einer Wildheit, die jeden normalen Schädel gespalten hätte. Clore rechnete damit – das tat sie immer, im Leben wie danach – und beugte sich in der Taille nach vorn, sodass die Klinge nur eine Haarsträhne und einen Teil der Einlegearbeit der Bank abschnitt. Sie stürzte sich auf Ren, die Hände wie Klauen ausgestreckt, und diesmal waren ihre Worte der wahre Angriff.

»Kleine Maus!«, spie sie, die Silben heiß und mit übernatürlichem Gift durchtränkt. Sie landeten wie kochendes Wasser auf Rens Wange, und sie schrie auf und wich mit einer Hand im Gesicht zurück.

Clore rückte vor, ihre Stimme wurde lauter: »Du gehörst nicht hierher. Du bist nichts! Weder Rat noch Prophezeiung, nur eine Fußnote –«

Mrs Barley fuhr dazwischen, der Regenschirm schwang, und die beiden lieferten sich ein Patt, Stock gegen Fächer. Der Aufprall erzeugte eine Welle in der Luft, und für einen Moment fiel der Druck in der Kammer ab, als ob der Raum nach Luft schnappte. Ren, halb blind, krabbelte hinter den Tisch des Protokollführers und zog mit einer Hand das Messer aus dem Polster.

Mrs Barley setzte ihren Angriff fort: »Du warst schon immer nur Zierde, Euphemia. Ohne Substanz.«

Clore lachte, und auch dieses Geräusch war Gift. »Wenigstens erinnert man sich an mich«, sagte sie und schickte mit einem Schnippen ihres Fächers einen Giftstrahl auf Mrs Barleys Gesicht. Mrs Barley bekam den Regenschirm hoch, aber ein Teil davon spritzte auf ihr Handgelenk, und sie zischte, als die Haut unter dem Handschuh Blasen warf.

Ren, die Zähne zusammengebissen, das Messer an der Klinge haltend, zielte aus der Deckung des Tisches. »Willst du deinen Gastauftritt, Clore? Lächle.« Sie warf das Messer. Es wirbelte, Klinge über Griff, und traf Clore knapp unter dem Auge, und die Wiedergängerin fiel zu Boden, ihr Körper zuckte in einer Pfütze ihrer eigenen giftigen Absonderungen.

Oben sprintete Aurelia Voss die Pressetribüne entlang, der Heiligenschein ihres Ringlichts malte jeden Tropfen Gewalt in filmreifer Schärfe.

Der Wiedergänger des Richters stürzte sich zähnefletschend auf sie, doch sie wich mit der Geschmeidigkeit einer Katze aus und rammte ihm ihren Selfiestick in den offenen Mund. Der Blitz des Telefons ging aus nächster Nähe los. Der Wiedergänger taumelte heulend und stürzte rückwärts vom Geländer, wobei er auf dem Weg nach unten eine Lampe zerschmetterte. Aurelia staubte sich die Hände ab, richtete ihr Haar und richtete die Kamera auf sich selbst: »Wir geben nun zurück zur Action.«

Cass Roe hatte unterdessen beschlossen, dass die Bänke Parkour-Gelände waren. Er hüpfte von Sitz zu Sitz, wich fliegenden Dolchen und den weniger metaphorischen fliegenden Gliedmaßen der Kämpfer aus. »Das ist monetarisierbar!«, schrie er, seine Stimme erhob sich über das Gemetzel. »Ich werde tagelang Sponsoren haben!« Eine Wahlurne mit rasiermesserscharfen Kanten zischte an seinem Ohr vorbei, streifte die Spitze und zog eine perfekte Blutperle hervor. Cass heulte auf und filmte dann seine eigene Wunde. »Exklusiver Content, ihr Motherfucker!«

Nyx Calder, dessen DJ-Pult nun vollends zur Waffe umfunktioniert war, kauerte hinter dem zerstörten Podium des Sprechers. Seine Hände bewegten sich in unmöglichen Mustern, und mit jeder Bewegung breitete sich eine neue Subbass-Welle aus, die ankommende Wiedergänger von den Füßen riss und sie in das

Handgemenge unter sich stürzen ließ. »Beat-Drop in drei ... zwei ...«, intonierte er, und bei der Zählung entfesselte er einen so tiefen Impuls, dass das gesamte Unterhaus vibrierte. Wiedergänger taumelten mit verdrehten Augen, und mehrere brachen einfach zusammen, als der Klang das verflüssigte, was bei ihnen als Gehirn durchging.

Vincent seinerseits hatte keine Zeit für Spektakel. Ashcroft ging mit einer Flut von Stockschlägen auf ihn los, jeder einzelne eine Lektion darin, wie viel Schmerz mit dem richtigen Hebel und dem völligen Fehlen von Empathie zugefügt werden konnte. Der Stock schlitzte seinen Oberschenkel auf, krachte gegen seine Rippen, und als Vincent mit einem improvisierten Streitkolben aus dem Kieferknochen und der Wirbelsäule des Sprechers parierte, fegte er tief und erwischte seinen Knöchel.

Vincent ging mit einem scharfen Zischen zu Boden, die Luft aus seinen Lungen gepresst. Ashcroft stand über ihm, selbst jetzt noch makellos, der silberne Kopf des Stocks tropfte rot. »Sie hatten nie eine Vision, Lupo«, seufzte er. »Immer an alte Geschichten geklammert, nie mutig genug, Ihre eigenen zu schreiben.«

Vincent starrte ihn wütend an, Blut sammelte sich in seinem Mund. »Sie haben nie ein Wort in Ihrem Leben geschrieben. Sie sind nur eine Fußnote, die größenwahnsinnig geworden ist.«

Ashcroft fletschte die Zähne. »Vielleicht. Aber ich werde die letzte Fußnote sein, die zählt.«

Er schwang den Stock nach Vincents Schläfe, doch Vincent fing den Schaft und biss zu, seine Reißzähne scherten durch das Holz. Er spuckte die Splitter in Ashcrofts Auge und stürzte sich dann mit aufgerissenem Maul nach vorn. Ashcroft konterte, und die beiden verkeilten sich ineinander, ihre Gesichter nur Zentimeter voneinander entfernt, jeder versuchte, den anderen durch das simple Mittel, ihm den Kopf abzubeißen, zur Unterwerfung zu zwingen.

Es war ein Patt im schlimmsten Sinne – keiner konnte den

richtigen Winkel finden, beide verloren Blut, und jede Sekunde, die sie ineinander verkeilt verbrachten, war eine weitere Sekunde, in der das Chaos sie einholen konnte.

Um sie herum erreichte der Kampf seinen Siedepunkt. Die Deutschen, angeschlagen, aber einsatzbereit, hatten einen Keil gebildet, ihr Anführer nun bewaffnet mit einem zerbrochenen Fahnenmast und einer Handvoll geschärfter eiserner Kreuze. Die Franzosen hatten auf den Oppositionsbänken einen dramatischen letzten Widerstand inszeniert, mit Deveraux im Zentrum, der gleichzeitig mit drei Wiedergängern focht, während seine Leutnants Champagnerflaschen als improvisierte Granaten warfen. Hin und wieder explodierte eine Flasche und besprühte einen Wiedergänger mit einem Cocktail aus Kohlensäure und pulverisiertem Silber. Die betroffenen Untoten schrien auf und gingen dann in einer Säule aus blauer Flamme auf.

Traditionalisten und Modernisierer, natürliche Feinde, kämpften nun Seite an Seite: Der eine lenkte ab, der andere blendete und brachte den Feind zu Fall, beide ignorierten fröhlich das böse Blut im Bestreben, nicht bei lebendigem Leibe von der Vergangenheit gefressen zu werden.

An den Rändern des Raumes webte sich Zaras Geist in die Galerie ein und aus, ihre Gestalt flackerte und verzerrte sich, als ob der Kampf sogar die Geisterwelt überlastete. Sie schwebte durch die Wände, die Augen auf das Zentrum gerichtet, und formte mit den Lippen Worte, die Vincent nicht ganz hören konnte.

Ashcroft, jetzt wütend, löste den Griff und trat Vincent mit voller Wucht gegen die Brust. Vincent rutschte rückwärts und landete zwischen den Trümmern der Dispatch Box. Seine Sicht verschwamm; er hörte mehr, als er sah, wie Ashcroft sich näherte.

Ren, die sah, dass Vincent am Boden lag, holte ihr Messer zurück und warf es in Ashcrofts Richtung. Es traf sein Ziel, aber Ashcroft war einfach zu schnell und wich aus. Es schlug ein Loch durch Ashcrofts Schulter und wirbelte ihn halb herum. Er brüllte, nicht vor Schmerz, sondern aus Empörung darüber, unterbrochen worden zu sein.

»Mistkerl!«, heulte Ashcroft, und bevor Ren aus dem Weg gehen konnte, war er über ihr, die Hand um ihr Handgelenk geschlossen. Das Mal an ihrem Arm loderte auf, brannte so heiß, dass die Luft sich entzündete. Ashcroft zuckte zischend zurück, ließ aber nicht los.

Vincent kämpfte sich auf die Beine, jeder Teil von ihm schrie. Er griff nach der nächstbesten Waffe – einem zerbrochenen Fragment des zeremoniellen Streitkolbens, der noch immer von alter Magie summte – und stürmte los.

Er schrie nicht, scherzte nicht, sondern rammte den Kopf des Streitkolbens mit jedem letzten bisschen Gewicht und Schwung, das er noch hatte, in Ashcrofts Hinterkopf.

Der Schlag brachte Ashcroft ins Wanken, aber nicht zu Fall. Stattdessen drehte er sich um, ein Auge schwarz und auslaufend wie Tinte, und lächelte. »Sie sind so vorhersehbar, Vincent. Immer denken Sie, Sie können im Team gewinnen.«

Vincent spuckte Blut und schwang erneut. Diesmal fing Ashcroft den Streitkolben mit einer Hand ab, riss ihn los und holte mit dem Schaft zu einem Aufwärtshaken aus, der Vincent unter dem Kiefer traf und ihm beinahe den Kopf abtrennte. Vincent fiel, blind und taub, die Welt zu einem kalten Schleier reduziert. Er spürte den Stiefel auf seine Brust zukommen, aber er konnte nichts tun.

Er landete nie.

Stattdessen gab es einen Schrei – ein so hoher und wilder Laut, dass er Nachbilder in der Luft hinterließ – und plötzlich war es Ashcroft, der zurückgetrieben wurde, eine schmale schwarze Gestalt klebte an seinem Gesicht. Es war Nyx Calder, der die Plattenspieler zugunsten einer direkteren Intervention verlassen hatte. Er hatte ein Stück Lautsprecherkabel um Ashcrofts Hals geschlungen und zog es mit der ganzen Überzeugung eines Mannes zu, der noch nie in seinem Leben Rundfunkgebühren bezahlt hatte.

Ashcroft zappelte, die Hände krallten sich in Nyx' Arme, aber der Draht schnitt nur tiefer ein. Dann, mit einer letzten Drehung, riss Nyx Ashcroft von den Füßen und ließ ihn durch ein Buntglasfenster krachen, die Scherben regneten ihm glitzernd hinterher.

Vincent, kaum bei Bewusstsein, sah zu, wie Ashcroft in der Nacht verschwand. Er versuchte sich zu bewegen, aber jedes Glied fühlte sich fremd an, wie die versagende Maschinerie eines anderen. Er hörte entfernt den Jubel, als die Koalition erkannte, dass Ashcroft verschwunden war.

Er versuchte zu lächeln, aber die Anstrengung kostete zu viel.

Einen Moment später war Mrs Barley an seiner Seite, stützte ihn auf, ihr eigenes Gesicht war mit Brandwunden und Blut verschmiert. »Wir haben es geschafft«, sagte sie, ihre Stimme flach vor Erschöpfung. »Er ist weg.«

Vincent schüttelte den Kopf, oder bildete es sich zumindest ein. »Nicht weg«, murmelte er. »Nur ... zum nächsten Entwurf übergegangen.«

Ren, das Gesicht halb verbrannt und gerade deshalb wunderschön, humpelte herüber und kniete sich neben ihn. »Alles in Ordnung mit dir?«

Vincent brachte ein »Nie besser« zustande. Dann hustete er, der rote Spritzer fing das Licht ein, und fügte hinzu: »Ich gebe der nächsten Geschichte fünf Minuten, bis sie anfängt.«

Cass Roe, der jetzt an drei verschiedenen Stellen blutete, machte ein Gruppen-Selfie mit den zerschlagenen Überlebenden. »Kann ich ein Zitat für die sozialen Netzwerke haben?«, fragte er mit gezücktem Handy. »Hashtag: die Zukunft?«

Aurelia, die sich nie in den Schatten stellen ließ, sprang ins Bild und zeigte ihr bestes Lächeln. »Hashtag: ›Wir kamen, wir sahen, wir kriegten die Flecken raus.‹ Jetzt in zwölf Ländern im Trend.«

Nyx, verletzt, aber grinsend, sackte neben Vincent zusammen. »War das punkig genug für dich, alter Mann?«

Vincent lachte beinahe, aber das Geräusch blieb ihm auf halbem Weg stecken. »Hätte mehr Bass vertragen können«, sagte er und meinte es ernst.

Die Kammer, zerstört, aber für den Moment sicher, summte im Nachglühen des Überlebens. Die Leichen der Wiedergänger schmolzen zu Pfützen aus erzählerischen Absonderungen, und der schlimmste Schaden verblasste bereits, während das Immunsystem der Stadt seine langsame, unmögliche Arbeit tat.

Oben schwebte Zaras Geist in der zerschmetterten Galerie, ihre Umrisse flackerten mit einer Art Dringlichkeit. Sie gestikulierte, um die Aufmerksamkeit der Überlebenden zu erregen, und als der letzte von ihnen aufblickte, sagte sie:

»Jedes Spektakel nährt den Ewigen Entwurf. Jedes Publikum macht ihn stärker. Macht es euch nicht bequem – das war nur die Generalprobe.«

Vincent, dem der Kopf schwamm, blickte ihr in die Augen. »Was ist die Zugabe?«

Zaras Lächeln war dünn wie eine Messerklinge. »Die nächste schreibt sich von selbst.«

Die Warnung hing in der Luft, kälter als jedes Grab.

Und zum ersten Mal seit Jahrhunderten hoffte Vincent Lupo wie verrückt, dass er nicht da sein würde, um den letzten Akt zu sehen.

VIERZEHN

Der Weg vom Parlament auf die Straße hätte ein Triumphzug sein sollen – mit Fahnen, Konfetti und einem Kuchen, in dessen Glasur Ashcrofts Gesicht geschnitzt war. Stattdessen fühlte es sich an wie das Nachspiel einer besonders grausamen Beerdigung: Stille, unterbrochen von Husten, dem Schlurfen zu vieler Stiefel und dem langsamen Sickern von Blut aus Wunden, die sich nicht schließen wollten.

Die Überlebenden – jene, die noch ihre ursprünglichen Gliedmaßen und genug Ego besaßen, um aufrecht zu gehen – humpelten eine Seitenstraße von Whitehall hinunter, angeführt von Mrs Barleys Regenschirm und der Verheißung eines unbehelligten Abgangs. Die Nacht war kalt und feucht, die Art von Luft, die selbst den frischesten Fang in einen geschmacklosen Brei verwandelte. Ein paar Menschen und Taxifahrer in der Spätschicht hielten inne, um die Prozession anzustarren, und eilten dann weiter, getrieben von der gemeinsamen Ahnung, dass nichts in dieser Gasse das Risiko eines zweiten Blicks wert war.

Vincent trottete nahe dem Ende des Zugs, seine Stiefel schmatzten in etwas, von dem er hoffte, es sei nur Regenwasser, obwohl die Farbe nicht stimmte. Die Modernisierer kauerten da, wischten mit blutbefleckten Daumen über ihre Handys und verfassten bereits Heldengeschichten über minimalen tatsächlichen Schaden. Die Traditionalisten gingen, als wären sie noch in einer Sitzung, mit erhobenem Haupt und die Hände auf die Wunden in ihren Seiten gepresst, als wäre es eine Ehrensache. Hinter ihnen blieben die Deutschen und Franzosen ein oder zwei Schritte zurück, als ob der Kampf noch andauerte und jeder, der dazwischen geriet, wegen Fahnenflucht erschossen werden könnte.

Er zählte die Verluste. Nyx fehlte ein Zahn, doch er trug die Lücke mit Stolz und grinste jedes vorbeifahrende Auto an, als würde er es herausfordern, nachzufragen. Aurelia hatte eine Wunde an der Wange – knapp unter dem Make-up, fast kunstvoll – und nutzte sie, um bei ihren Anhängern Mitleid zu erregen, die pflichtbewusst ihre besten Winkel filmten und die Schwellung ignorierten. Cass hatte seinen Arm mit einem Streifen eines neongelben Schals verbunden, doch das Blut hatte den Stoff bereits durchtränkt und hinterließ eine rote Spur auf dem Pflaster. Die Übrigen waren so zerschlagen, wie es der Stolz zuließ, und jeder von ihnen blickte zu den Houses of Parliament zurück, als fürchteten sie, das Gebäude könnte Beine bekommen und sie jagen.

Vincent wischte sich über den Kiefer, verschmierte Revenant-Ichor in seinen Bartstoppeln und suchte die Gruppe nach Ren ab. Für einen wilden Moment dachte er, sie sei in dem Getümmel ausgelöscht worden, ein Kollateralschaden einer von Ashcrofts Neufassungen. Dann erspähte er sie am Rande der Gruppe, allein stehend, den Blick ins Nichts gerichtet, den Ärmel heruntergezogen, als versuchte sie, ihren Arm vor sich selbst zu verstecken.

Er scherte aus, ignorierte den Seitenblick des Modernisierers mit der Kamera und überbrückte die Lücke mit drei langen Schritten. Das Mal war schon immer ein prahlerischer Bastard gewesen, aber heute Nacht schien es einen Weltrekord aufstellen zu wollen:

Das blau-weiße Leuchten pulsierte durch die fadenscheinige Baumwolle und tauchte Rens Hand in gespenstische Schatten. Ihr Gesicht war blass – nicht nur die übliche Blässe von jemandem, der zu viel Blut und zu viele Auseinandersetzungen verloren hatte, sondern der verwaschene Ton eines Gegenstands, der zu lange in der Sonne gelegen hatte und dessen Farben Sekunde um Sekunde verblassten.

»Hey«, sagte er und blieb knapp außer Reichweite stehen. »Leuchtet das Ding schon für Weihnachten oder hast du Pläne, von denen ich wissen sollte?«

Ren antwortete nicht. Sie blinzelte nicht einmal. Das einzige Zeichen, dass sie ihn überhaupt gehört hatte, war ein winziges Zittern in ihren Fingern, ein Zucken, das bis in die Spitzen lief und die Luft um ihre Hand knistern ließ. Das Mal verbrannte sie, so viel war offensichtlich, aber die Art, wie sie ihren Arm hielt – dicht an die Brust gepresst wie eine Bombe, die kurz vor der Detonation stand –, deutete darauf hin, dass es mehr als nur oberflächlichen Schaden anrichtete.

Er trat näher heran, fing ihren Geruch auf. Er wusste, dass sie Angst hatte. Ihre Lippen teilten sich, doch die Worte blieben ihr im Hals stecken, als hätten sie vergessen, wie man sie anordnet.

Dann knickten ihre Knie ein.

Es war kein anmutiger Zusammenbruch; es war, als hätte jemand ihr die Knochen aus den Beinen gerissen und sie fallen gelassen, leblos wie ein abgebranntes Streichholz. Vincent schoss vor und fing sie an der Taille auf, kurz bevor ihr Schädel auf das Kopfsteinpflaster schlug. Sie wog so gut wie nichts. Weniger als nichts. Der Druck ihres Körpers in seinen Armen war so gering, dass ihm der wahnwitzige Gedanke kam, sie könnte davonschweben, wenn er sie losließe.

»Ren!«, bellte er, seine Stimme zu laut in der leeren Straße. Ihre Augenlider flatterten, nicht ganz offen, nicht ganz geschlossen. Sie zitterte, aber nicht vor Kälte.

Die nächsten Vampire hielten inne, kamen im Kreis näher, ihre Gesichter von den Ereignissen der Nacht wundgescheuert. Keiner wagte es, sich weiter zu nähern. Vincent wiegte Rens Kopf, strich ihr Haar aus dem Gesicht und starrte hilflos zu, wie das Mal heller aufleuchtete, jetzt blendend, und die Knochen ihrer Hand als Negativ nachzeichnete. »Scheiße. Scheiße. Jemand – Mrs Barley! Kommen Sie her!«

Mrs Barley, die gerade einen Waffenstillstand zwischen zwei Traditionalisten und einem Modernisierer ausgehandelt hatte, löste sich aus der Gruppe und eilte herbei. Der Regenschirm war verschwunden; die übliche stahlharte Gelassenheit war etwas gewichen, das ehrlicher Panik näherkam.

Sie kniete sich neben Vincent, ihre Stimme kurz angebunden, aber an den Rändern zitternd. »Legen Sie sie ab. Flach. Ganz sachte jetzt.« Sie nahm Rens Handgelenk, drückte den Daumen auf die Pulsader und runzelte die Stirn über das, was sie fand – oder nicht fand.

Vincent legte Ren auf das Pflaster, so vorsichtig, als würde er eine scharfe Falle platzieren. »Sie ist einfach zusammengebrochen. In der einen Minute war sie da, in der nächsten –« Er brach den Rest ab. Die Wahrheit war, er hatte das schon einmal gesehen, oder etwas Ähnliches, als Zaras Geist während des Showdowns mit Bartholemew und der verhüllten Dame im Orpheum-Theater einen Aussetzer gehabt hatte. Er wollte nicht sehen, was mit einem menschlichen Gehirn passierte, das versuchte, so etwas bei lebendigem Leibe zu verkraften.

Mrs Barley schob den Ärmel zurück und enthüllte das Mal in seiner ganzen Pracht. Das blau-weiße Siegel pochte, die Adern darunter waren nun von schwarzen Netzen überzogen, deren Ranken in panischen Kritzeleien Rens Unterarm hinaufkletterten. Für einen Moment war Vincent sicher, Bewegung unter der Haut zu sehen – winzige, sich verzweigende Linien, die zu ihrer Schulter, ihrem Hals, ihrem Gesicht krochen.

Mrs Barley zischte durch die Zähne, dann blickte sie zu Vincent auf. »Sie wird neugeschrieben«, sagte sie, als könnte das Benennen der Sache sie verlangsamen. »Wenn es gelingt …«

»… ist sie weg«, beendete Vincent den Satz, und Wut machte seine Stimme säuerlich. »Endgültig weg. Kein Geist, kein Leben nach dem Tod. Nichts.«

Mrs Barley nickte, ihr Kiefer war so fest angespannt, dass er das Mahlen ihrer Backenzähne hören konnte.

Das Mal pulsierte erneut. Rens Augen schnellten auf, aber es war nicht sie, die heraussah. Für eine Sekunde leuchtete ihre Iris in demselben kränklichen Blau wie das Siegel, und ihre Lippen bewegten sich synchron mit einer Stimme, die sowohl ihre eigene als auch eine völlig fremde war. Als sie sprach, klang es wie ein Chor, eine Oktave über und eine unter ihrer natürlichen Tonlage, die Worte überlappten sich wie eine verfluchte Mailboxnachricht.

»Das Gefäß leert sich«, flüsterte sie, »die Maske fällt —« Ihr Körper bog sich durch, dann zuckte er einmal, so heftig, dass Mrs Barleys Hand zur Seite geschlagen wurde. »Alle Geschichten enden.«

Dann wurde sie schlaff. Das Licht wich aus ihrem Arm, und das Mal sank zu einem matten, hässlichen Grau herab. Ihre Atmung war flach, kaum wahrnehmbar.

Vincent starrte sie an und fühlte, wie ihm der Boden aus dem Leib gerissen wurde. Er wiegte sie, seine Hände zitterten, Blut verschmierte seine Handflächen und ihre. Für einmal verließ ihn sein Sarkasmus. Alles, was er tun konnte, war, sich festzuhalten und zu hoffen, dass die Geschichte mit ihr noch nicht zu Ende war.

Für eine lange Minute hielt die Gasse den Atem an. Sogar die Handys der Modernisierer verstummten, ihre Feeds mitten im Upload eingefroren, das Publikum – weltweit, soweit Vincent wusste – gefesselt von einer Katastrophe in Zeitlupe. Die einzige Bewegung war das Zucken eines Muskels in Rens Kiefer und die Art, wie das Mal auf ihrem Arm, fraktal und unaufhaltsam, auf ihr Herz zu kroch.

Dann fiel die Temperatur. Nicht die übliche Kälte, bei der man denkt, jemand hätte die Tür zum Eiskeller offen gelassen, sondern eine scharfe, örtlich begrenzte Kälte, die Vincents Kopfhaut spannen und sein Zahnfleisch jucken ließ. Er blickte auf und erwartete eine weitere Horde Revenants oder, schlimmer noch, ein Aufräumkommando des Rats mit mehr Verstand als Skrupeln.

Stattdessen materialisierte Zaras Geist am Rande des Kreises. Sie war weniger substanziell als je zuvor, ihre Umrisse flackerten, als wären die Gesetze der Festigkeit in den Streik getreten. Das Blau-Weiß ihrer geisterhaften Gestalt war matt, fast durchsichtig, die Ränder verschwammen mit dem Smog. Sie bewegte sich mit der langsamen Konzentration einer Taucherin unter Druck, jeder Schritt eine Verhandlung zwischen dieser Welt und der nächsten.

Sie kniete neben Ren nieder, ihre Hände schwebten Zentimeter über dem Mal. »Fassen Sie sie nicht an«, sagte Mrs Barley, aber die Warnung war nur ein Reflex; Zara konnte nichts mehr berühren, nicht einmal die Lebenden.

Zara studierte Rens Arm mit der klinischen Distanz von jemandem, der seine eigene Leiche obduziert hatte. Die Risse hatten sich nun über den Ellbogen hinaus ausgebreitet, die Adern schwärzten sich, während das Siegel das schluckte, was auch immer als Rens Lebenskraft durchging. Mit jedem Puls sickerte die Dunkelheit weiter, die Schulter hinauf, über das Schlüsselbein und entlang der Kieferlinie.

Die Luft war ein Kühlhaus, und Ren war das einzige frische Stück Fleisch. Mit jedem Pulsschlag des Mals verblasste ihre

Farbe – schwarze Netze auf der Haut, blaue Blitze in den Augen, jede Bewegung weniger menschlich, mehr ein Stück düsterer Statue, die sich ihrer Vollendung näherte. Zaras Geist schwebte näher, kauerte sich neben den gebrochenen Körper und studierte ihn mit der Präzision einer Leichenbestatterin, die zu einer verpfuschten Austreibung gerufen wurde.

Sie sagte einen langen Moment lang nichts, starrte nur. Mrs Barley schwebte hinter ihr, die Fäuste so geballt, dass es aussah, als sei sie nur ein schlechtes Ergebnis davon entfernt, dem ganzen Team den Gnadenschuss zu versetzen. Vincent, der seiner Stimme nicht traute, sah zu, wie die Risse Rens Lippen erreichten und sie in eine blutig-rohe Geometrie spalteten.

Es war Zara, die als Erste sprach, ihr Ton so flach wie eine Todesurkunde: »Es brennt sich durch sie hindurch. Der Entwurf benutzt sie nicht nur – er ernährt sich von ihr. Jeder neue Revenant, jede Neufassung, die Ashcroft vorgenommen hat, lief hierdurch.« Sie tippte auf das Mal, oder versuchte es; ihr Finger fuhr geradewegs hindurch und flackerte dabei.

Mrs Barleys Kiefermuskeln spannten sich an. »Kann man es umkehren?«

Zara blickte auf, die Augen glasig. »Nein. Nicht von hier aus.«

Ren schauderte, ihr Atem kam kurz und gepresst. Eine blau-weiße Flamme tanzte an den Adern ihres Halses entlang, loderte auf und erlosch dann. Ihre Hände verkrampften sich, die Finger spreizten sich, und die Risse liefen vom Nagelbett bis zum Ellbogen.

Vincent wurde eiskalt. Er verlagerte Ren sanft und legte ihren Kopf auf sein Knie. Der Geist einer Erinnerung spielte sich in seinem Kopf ab – ein anderes Schlachtfeld, ein anderes Opfer, dieselbe Hilflosigkeit. Er versuchte, an irgendetwas zu denken, das er sagen könnte, aber die Worte waren alle von Jahrhunderten des Scheiterns zu Brei zerkaut worden.

Zaras Gesicht wurde weicher, nur um einen Hauch. »Sie ist

noch nicht weg. Aber wenn der Entwurf nicht von ihr getrennt wird – und zwar jetzt –, wird sie überschrieben. Nicht einmal ein Schatten wird bleiben.«

Vincent blickte auf, die Lippen von den Zähnen zurückgezogen. »Und wenn wir die Verbindung kappen?«

Mrs Barleys Blick war unbewegt, uralt. »Wir verlieren unsere einzige Verbindung zu Ashcroft. Der Entwurf wird völlig autonom, und wir sind blind.«

Zara nickte und kauerte sich dichter heran. »Ihr müsst die Verbindung an der Quelle kappen. Aber das wird sie töten, oder Schlimmeres.«

Ren zuckte krampfartig, ihr Körper bog sich durch. Vincent fing sie auf, die Hände auf ihre Schultern gepresst. Sie war eiskalt, ihr Fleisch wurde dünn wie Pergament. Er versuchte, die richtigen Worte zu finden, aber nichts passte. Alles, was er tun konnte, war, sich festzuhalten.

Dann, ohne Vorwarnung, traf ihn der Geruch.

Er hatte Ren hundertmal gerochen, tausendmal – ihren Schweiß, ihr Haar, den metallischen Hauch ihres Blutes nach einem Kampf. Er hatte es immer ignoriert, sich antrainiert, es auszublenden, oder zumindest so zu tun, als sei der Drang etwas anderes. Aber jetzt, wo ihre Haut durchsichtig wurde, wo die Adern direkt unter seinen Händen pochten, brach der Hunger über ihn herein wie ein Aufruhr, der durch eine Ladenfront kracht.

Seine Fänge waren ausgefahren, bevor er es überhaupt bemerkte. Der Drang war so scharf, so plötzlich, dass er taumelte und sie beinahe fallen ließ. Für eine Sekunde konnte er nur den Puls an ihrem Hals sehen – so schwach, so einfach, so nah. Sein Blick verschwamm, die Welt wurde an den Rändern blass, und er hörte seine eigene Stimme »Nein« sagen, ohne es zu meinen.

Er riss sich los, torkelte zur gegenüberliegenden Wand und presste die Stirn gegen die Ziegelsteine, kämpfte mit allem, was ihm geblieben war, gegen die Anziehungskraft an. Jeder Muskel in seinem Körper wollte umkehren, seine Zähne in sie schlagen, das Verlangen stillen, aber er hielt stand. Kaum.

Hinter ihm klickten Mrs Barleys Stiefel auf dem Kopfsteinpflaster. Sie bewegte sich mit der Haltung einer Richterin bei der Urteilsverkündung, aber es lag keine Genugtuung darin. Nur eine alte, müde Traurigkeit. Sie trat zwischen Vincent und Ren und sah ihn direkt an.

»Sie wissen, was geschehen muss«, sagte sie, ohne eine Regung in ihrer Stimme.

Vincent fletschte die Zähne und schüttelte den Kopf so heftig, dass sein Schädel klapperte. »Nein. Es gibt einen anderen Weg.«

Mrs Barley blinzelte nicht. »Den gibt es nicht. Das Mal ist ein offener Kanal. Wenn Sie es nicht jetzt entfernen, wird der Entwurf sie benutzen, um eine neue Geschichte zu gebären. Sie wissen, was das bedeutet.«

Er krallte sich so fest in die Wand, dass seine Finger Abdrücke hinterließen. »Sie ist keine Batterie. Sie ist ein Mensch. Sie ist –« Er schluckte, hustete. »Sie ist Ren.«

Mrs Barleys Mund verzog sich, das Nächste, was sie seit Monaten an Mitgefühl gezeigt hatte. »Deshalb müssen Sie es sein.«

Er schüttelte erneut den Kopf, aber die Logik war unerbittlich. Nur ein Raubtier konnte so etwas sauber beenden – kein Zauber, kein Ritual, nur Zähne und Blut und eine Gnade, die scharf genug war, um den Entwurf mit seinen eigenen Waffen zu schlagen.

Er rutschte an der Wand herunter und landete als ein Häufchen Elend. Seine Hände zitterten, die Nägel scharrten am Mörtel. »Ich kann nicht.«

Mrs Barley blickte zu Zara, deren Gestalt sich kaum noch zusammenhielt, Teile ihres Gesichts, die mit jedem zweiten Atemzug aufblitzten und wieder verschwanden. »Sie hält nicht mehr lange durch«, sagte sie. »Wenn Sie es nicht tun, wird der Entwurf die Arbeit beenden.«

Vincent starrte auf das Kopfsteinpflaster, auf seine eigenen zerschlissenen Stiefel, auf die Zerbrechlichkeit von Rens ausgestreckter Hand. Er wollte etwas Heldenhaftes sagen, oder Trotzendes, oder auch nur etwas Zusammenhängendes. Alles, was er zustande brachte, war: »Ich werde sie nicht verdammen. Nicht nach allem.«

Mrs Barley kauerte sich nieder, ihre Stimme sanft. »Sie ist bereits verdammt, Vincent. Das ist das Einzige, was noch bleibt. Kommen Sie, es ist jetzt oder nie. Wir bringen sie in die Krypta.«

FÜNFZEHN

Die Krypta unter Westminster war nicht Teil einer öffentlichen Führung, wofür selbst die Toten dankbar waren. Sie hatte als römisches Kellergewölbe begonnen, sich einige normannische Eigenheiten angeeignet und sah nun aus wie das Ergebnis eines tausendjährigen, betrunkenen Streits zwischen Kirche, Staat und mehreren Generationen sehr wütender Steinmetze.

In dieser Nacht beherbergte sie eine Ansammlung von Kreaturen, die man aus jedem Spuk mit einem Funken Selbstachtung hinausgeworfen hätte, weil sie das Niveau senkten.

Kerzenlicht flackerte über Reihen von Steinsäulen, deren Oberflächen von den Graffiti der Jahrhunderte gezeichnet waren: Herzen, Gebete, anatomisch präzise Schwänze. Wachs troff von Wandleuchtern in mutierten Stalaktiten herab und bildete auf dem schmutzigen Boden Pfützen, wo Ratten rücksichtsvoll Fluchtwege für die wirklich Verzweifelten geknabbert hatten. Die Überlebenden der Parlamentskatastrophe hatten die Eingänge mit alten Grabplatten und der Sorte Brandschutztüren verbarrikadiert, die in britischen Kulturstätten erst nach mindestens drei tatsächlichen Bränden eingebaut werden.

Im Herzen der Krypta lag Ren auf etwas, das man wohlwollend interpretiert als Bett bezeichnen konnte: eine Planke, zwei Sandsäcke und Vincents Jacke als behelfsmäßiges Kissen. Der Rest der Koalition – was von ihr übrig war – drängte sich in einem respektvollen, aber besorgten Abstand und tauschte Verletzungen und misstrauische Blicke aus. Niemand war sonderlich erpicht darauf, näher heranzukommen.

Vincent war die Ausnahme. Er kniete neben Rens Schlafstätte, die Arme fest um seine Brust geschlungen, die Schultern gekrümmt, als bereite er sich auf ein Urteil vor, das er bereits auswendig gelernt hatte. Seine Haut, blasser als der Stein hinter ihm, zuckte bei jeder Bewegung auf dem behelfsmäßigen Bett. Er hielt seine Augen auf ihr Gesicht gerichtet und nirgendwo anders hin.

Ren hatte sich seit fast zehn Minuten nicht mehr bewegt. Ihre Atmung, kaum hörbar, war so flach, dass man sie mit dem Seufzen uralter Fäulnis hätte verwechseln können, das die Krypta erfüllte. Das Mal war zurück, größer als je zuvor: Das blau-weiße Siegel hatte die Farbe schlechter Tinte angenommen und seine Fäden schlängelten sich von ihrem Unterarm zu ihrem Hals, hinauf in die Adern unter ihrem Kiefer. Ein schwarzer Fleck zog sich spinnwebartig über ihren Nacken und hin und wieder pulsierten die Adern, als verhandelte ihr Körper mit sich selbst darüber, ob er weitermachen sollte oder nicht.

Mrs Barley stand in der Nähe. Sie trug denselben Anzug wie immer, obwohl er jetzt neue Kampfspuren aufwies – einen Riss an der Schulter, eine Staubschicht von der Decke des Parlaments im Haar. Ihre Augen wanderten von Ren zu Vincent und wieder zurück, die Berechnung deutlich in ihren Kieferzügen zu erkennen.

Über der Szene flackerte Zaras Geist wie eine billige LED auf und verschwand wieder. Ihr Gesicht, nie mehr als zur Hälfte fest, hatte heute Nacht etwas Scharfes – ihre Wangenknochen spitzer, die Sorgenfalten tiefer, ihre Augen von der müden Wut einer Person erleuchtet, die zusieht, wie ihr bestes Werk geschreddert und zu Zeitungspapier zermahlen wird. Hin und wieder schwebte sie tiefer, die Hände über Rens Brust, als könnte sie das Herz allein durch ihre Nähe wieder in Gang bringen.

Rens Augenlider flatterten. Sie stieß ein Geräusch aus: kein Keuchen, kein Stöhnen, nur das trockene, unwillige Husten einer Person, die versuchte, aus zweieinhalb Metern nassem Sand aufzutauchen. Vincent schrak auf und griff instinktiv nach ihrer Hand, hielt aber kurz davor inne, als hätte er Angst, sich anzustecken, welche neue Mutation das Mal auch immer im Sinn hatte.

Ren hustete erneut, und diesmal öffnete sie die Augen. Die Pupillen waren geweitet, fast schwarz. Sie musterte langsam die Krypta, dann fixierte sie Vincent, ohne zu blinzeln.

»Wasser«, krächzte sie. Das Wort klang wie eine Anschuldigung.

Vincent fummelte an dem Flachmann an seinem Gürtel herum, goss eine kleine Menge in einen rissigen Becher und hielt ihn ihr an die Lippen. Sie nippte daran, drehte dann den Kopf weg und starrte an die steinerne Decke.

Vincent beobachtete sie eine lange, stille Minute lang. Dann, kaum mehr als ein Flüstern: »Ich kann nicht. Nicht bei dir. Nicht so.«

Ren beugte ihre Finger, fand seinen Ärmel und zog daran. Für jemanden, der dem Tode so nahe war, hatte ihr Griff die Autorität einer sich schließenden Eisernen Jungfrau.

»Es ist keine Verdammnis«, sagte sie, ihre Stimme nun fester. »Es ist Überleben. Meine Entscheidung. Tu es.«

Vincent schüttelte den Kopf. Auch seine Hände zitterten, obwohl er seine eigenen Knie so fest umklammerte, dass es eine Reihe von blauen Flecken hinterließ.

Mrs Barley trat hinzu, ihre Stimme sachlich, als würde sie aus einem Schulungshandbuch zitieren: »Sie hat ihre Zustimmung gegeben. Damit ist es bindend.«

Zaras Geist schwebte näher heran, ihre Augen huschten von Mrs Barley zu Vincent und zurück. »Wenn du wartest, ist sie weg, bevor die Tinte trocken ist«, sagte sie. Ihre Stimme hatte ihre Ironie verloren; sie war drängend, brüchig und zum ersten Mal ein wenig verängstigt.

Vincent blickte nach unten, dann nach oben, dann weg – überallhin, nur nicht auf Rens Arm, wo die schwarzen Adern nun im Takt eines Herzschlags pulsierten, der den Kampf rapide verlor. Er wischte sich mit dem Handrücken über den Mund und griff dann nach ihrem Handgelenk.

Ren umklammerte seine Hand, ihre Nägel gruben Halbmonde in seine Haut. »Tu es«, sagte sie erneut, und die Worte waren so sanft, wie sie es nur je sein konnte.

Einen Moment lang bewegte sich nichts außer dem Tropfen des Wachses und dem tanzenden Licht an der Wand. Dann fuhren Vincents Zähne, die die meiste Zeit der Nacht verborgen gewesen waren, von selbst aus – ein Reflex, ein Verrat oder vielleicht nur ein Vorschlag.

Vincent zitterte, sein ganzer Körper wurde taub. Er sah Ren an, die jetzt so blass war, dass sie fast durchsichtig wirkte, das Mal verblasste zu einem Schatten auf der Haut, die Risse fügten sich bereits zu neuen, fremdartigen Mustern zusammen.

Er dachte an die Geschichten, an jedes Mal, wenn er es nicht geschafft hatte, das Ende aufzuhalten, an jede Seele, die er von etwas Größerem und Kälterem als dem Schicksal hatte verschlingen sehen. Er dachte an Zara, die halb verschwunden war; an Mrs Barley, stoisch wie immer; an Ren, die nie um irgendetwas davon gebeten hatte und sich wahrscheinlich über das Drama lustig machen würde, selbst wenn es sie auslöschte.

Er blickte auf und traf Mrs Barleys Blick. Sie nickte nur einmal und trat beiseite.

Vincent kroch zu Rens Seite. Er strich ihr das Haar aus dem Gesicht, wischte ihr das Blut von den Lippen. Sie war noch nicht ganz gegangen – ihre Brust hob und senkte sich kaum, ein Atemzug pro Minute, vielleicht weniger. Er presste seine Stirn gegen ihre und flüsterte etwas, an das sich keiner von beiden erinnern würde.

Vincent zögerte, sein Kiefer war angespannt. »Bist du sicher?«, fragte er, der letzte Rettungsanker.

Rens Lachen war nur ein dünnes Ausatmen, der Geist ihrer alten Verachtung. »Ich würde es selbst tun, wenn ich drankäme.«

Vincent nickte einmal und senkte seinen Mund zu ihrem Hals.

Er biss zu.

Die Krypta füllte sich mit dem Geruch von Eisen, Salz und etwas Älterem. Ren bog sich durch, dann erstarrte sie, ihre Finger krallten sich so fest in Vincents Hand, dass er dachte, sie könnten Knochen brechen. Die Schwärze in ihren Adern schoss empor, schien sich dann aber zurückzuziehen und ließ ihre Haut fast durchscheinend zurück.

Vincent saugte, hielt dann inne und wich zurück, als wäre er verbrannt worden. Blut – leuchtender als es hätte sein dürfen – rann Rens Hals hinab, floss dann langsamer und versiegte schließlich ganz. Er wischte sich den Mund ab, sah ihr ins Gesicht und wartete.

Einen langen Moment lang geschah nichts. Dann verdrehten sich Rens Augen, und ihr Körper erschlaffte.

Vincent wiegte sich zurück und stützte ihren Kopf. Er blickte zu Mrs Barley auf, dann zu Zara, dann hinunter auf seine Hände, die nicht mehr zitterten.

»Habe ich ...?«, setzte er an, aber die Worte wurden von einem neuen Pulsieren des Mals übertönt. Die Schwärze wich einem stetigen blau-weißen Leuchten.

Mrs Barley beugte sich vor und drückte zwei Finger an Rens

Hals. Sie wartete, dann nickte sie. »Noch da«, sagte sie, als würde sie einen Stromausfall protokollieren.

Zaras Geist sackte in sich zusammen, ihre Züge von sichtbarer Erleichterung gezeichnet.

Vincent stieß einen Atemzug aus, den er unbemerkt angehalten hatte.

Er strich Ren nur für eine Sekunde das Haar zurück und flüsterte: »Entschuldige.«

Die Krypta, still wie immer, fällte kein Urteil.

Aber zum ersten Mal in dieser Nacht schien das Mal zu ruhen.

Danach war es in der Krypta sehr still. Sogar die Telefone hatten aufgehört aufzuzeichnen.

Für eine lange Zeit – Sekunden, vielleicht Jahre – beobachtete Vincent, wie Ren nicht atmete. Die Welt um sie herum war zu einer Schnellkochtopf-Stille erstickt: die Koalition erstarrt am Rande, die Säulen glänzten im flackernden Kerzenlicht, selbst die Ratten waren verstummt, als warteten sie auf Anweisungen. Vincents Hände, immer noch um Rens Kopf und Handgelenk geschlossen, fanden keinen Puls. Er beugte seine Finger, verzweifelt nach Wärme suchend, und spürte nur die schwache Andeutung von Körperwärme, die in die Steinplatten sickerte.

Es hatte zu viele Leichen in seiner Vergangenheit gegeben, als dass Vincent hätte verkennen können, was als Nächstes kam.

Er hatte den Moment auskosten wollen, oder ihn zumindest mit etwas Ähnlichem wie Respekt begehen, aber der Akt selbst war überstürzt, brutal, unzeremoniell gewesen: ein Biss, der das Gewebe durchstieß, das absolute Minimum an Zurückhaltung. Selbst jetzt brodelte der Hunger unter der Übelkeit, der

Geschmack von Rens Blut – einzigartig, scharf – hatte sich wie Batteriesäure auf seiner Zunge eingeätzt. Sein Körper erinnerte sich daran. Seine Schuld auch.

Er blickte zu Mrs Barley auf, deren Gesicht die gequälte Leere einer Beamtin hatte, die den Nachruf für einen Kollegen las, den sie heimlich verabscheut hatte. »Ist sie ...?«, begann Vincent, aber seine Stimme versagte und gab auf.

Mrs Barley kniete nieder, drückte erneut zwei Finger an Rens Hals und schüttelte dann den Kopf. »Sie ist fort«, sagte sie mit einer Stimme, die sowohl ein Urteil als auch eine Herausforderung war.

Zaras Geist, der darüber flackerte, stieß einen Nicht-Atemzug aus. »Du hast getan, was du tun musstest.«

Vincent wiegte sich auf den Fersen zurück, die Hände immer noch um Rens Kiefer geschmiegt, die Knöchel weiß. Er versuchte loszulassen, aber seine Muskeln gehorchten nicht, also saß er einfach nur da, gekrümmt, die Augen geschlossen, und wartete auf etwas – einen Nachbeben, einen Protest, ein Lebenszeichen.

Nichts.

Dann das Geräusch: ein heiseres, monströses Einatmen, das den Mörtel aus den Wänden zu rütteln schien. Rens Brustkorb hob sich einmal, dann noch einmal, als würde sie Sauerstoff von Grund auf neu lernen. Ihre Augen schossen auf – kein sanftes Verblassen, kein Hollywood-langsamer Aufbau – nur leere Dunkelheit für einen Moment, dann ein Rot, so rein, dass es wie von Mordlust von hinten beleuchtet aussah. Sie heulte auf, ein animalischer Laut, und die ganze Krypta zuckte wie ein Mann zusammen.

Vincent rappelte sich auf, um sie aufzufangen, denn sie schnellte mit der hydraulischen Kraft einer Mausefalle aufrecht, der Kopf schnellte von einer Seite zur anderen, der Mund zu einem vollen, wilden Knurren geöffnet. Die neuen Reißzähne waren größer als Vincents und schärfer, die Spitzen fingen das

Kerzenlicht in einer weißen Linie ein, die in ihrer Absicht fast komisch wirkte.

Ren griff nach seinem Gesicht, packte seinen Kragen und stieß ihn dann mit einer Kraft weg, die seine Wirbelsäule knacken ließ. Sie versuchte aufzustehen, stieß aber mit voller Wucht gegen die niedrige Decke, prallte ab und landete dann auf allen Vieren, die Zähne gefletscht, jeder Muskel zuckte vor dem Drang zu kämpfen, zu fliehen oder zu fressen.

Für eine Sekunde schien sie nicht zu wissen, wo sie war. Sie zischte, die Lippen zurückgezogen, um jeden Zahn zu zeigen, und blinzelte Mrs Barley an, dann Zaras Geist, dann wieder Vincent, der sich bereits beeilte, ihren nächsten Zug abzufangen.

»Ren«, sagte er so ruhig, wie er es vermochte, »ich bin's.«

Sie starrte ihn an, jeder Teil von ihr vibrierte. »Ich weiß«, sagte sie. Ihre Stimme war anders, die Vokale roh zerkaut, die Konsonanten kurz abgehackt. Sie machte einen Satz nach vorne, packte Vincents Ärmel und presste ihr Gesicht an seinen Hals.

Vincent spannte sich an und wartete auf den Biss. Stattdessen atmete Ren nur tief ein, eine wogende Flut des Hungers. Ihr Brustkorb erbebte unter der Anstrengung.

Mrs Barley rückte näher, das Klemmbrett wie einen Schild hochgehalten. »Ren. Sie befinden sich im Übergang. Können Sie mich verstehen?«

Ren fletschte die Zähne vor Mrs Barley, die nicht zurückwich. Dann, langsam, löste Ren sich von Vincents Hals, leckte sich das Blut von den Lippen und setzte sich auf die Fersen zurück. Sie blinzelte zweimal, das Rot verblasste aus ihren Augen, dann begann sie zu lachen – ein dünnes, gebrochenes Kichern, das sich halb nach Erleichterung und halb nach einem Hirnschaden anhörte.

»Scheiße«, brachte sie hervor und wischte sich mit dem Handrücken über den Mund. »Das ist ein Rausch.«

Vincent schwebte in der Nähe, die Hände ausgestreckt, bereit, sie festzuhalten oder zu trösten oder beides. »Alles in Ordnung mit dir?«

Ren grinste und zeigte ihre Reißzähne. »Sag du es mir. Hast du immer noch Angst vor mir?«

Vincent, der sich an die Kraft ihres Griffs erinnerte, dachte darüber nach. »Keine Angst. Ich gewöhne mich nur daran.«

Ren beugte ihre Finger und bestaunte sie, als wären sie gerade erst angenäht worden. Sie zog eine langsame Linie entlang ihres Unterarms, wo die Narbe pulsierte. Aber sie war nicht mehr schwarz: Die Ranken hatten sich zu einem Filigran verdünnt, rotviolett, die Energie in ein einziges, spiralförmiges Siegel direkt über ihrem Handgelenk gelenkt. Sie tippte neugierig darauf, und die Narbe pulsierte als Antwort und summte unter ihrer Haut.

Zaras Geist sank tiefer, ihr Gesicht verzogen von einer Art Freude, die Vincent noch nie an ihr gesehen hatte. »Du hast es geschafft, Kleines. Du bist immer noch du.«

Ren warf ihr einen Blick zu. »Sprich für dich selbst«, sagte sie. »Ich verhungere.«

Mrs Barley entspannte sich, nur um einen Millimeter, und machte sich eine Notiz. »Hunger bei kürzlich Untoten ist normal. Wir haben Vorräte.« Sie nickte zu einer zerbeulten Kühlbox in der Ecke, dann zurück zu Vincent. »Sie wird Stabilisierung brauchen. Und einen Mentor.«

Vincent blinzelte, völlig überrumpelt. »Ich?«

Mrs Barley nickte. »Sie haben sie erschaffen. Sie ist Ihre Verantwortung.«

Er blickte zu Ren, die nun mit gekreuzten Beinen dasaß, die Augen geschlossen, die Hände wie zum Gebet gefaltet. Sie schien in Frieden zu sein, aber Vincent konnte die Hitze spüren, die von ihr ausstrahlte – ein Motor, der auf Hochtouren lief, ohne ein Ziel zu haben.

Er setzte sich neben sie. »Alles okay?«

Ren öffnete die Augen. Das Rot war verschwunden, ersetzt

durch dasselbe Dunkelbraun wie zuvor, aber heller, schärfer, fast lebendig. »Nie besser«, sagte sie. »Was passiert jetzt?«

Vincent zuckte mit den Achseln. »Wir finden es heraus. Eine Stunde nach der anderen.«

Zaras Geist schwebte zwischen ihnen, ihre Gestalt hatte sich stabilisiert, ein schwaches Lächeln umspielte ihre Lippen. »Du hast den Entwurf gebrochen«, sagte sie zu Ren. »Du bist frei.«

Ren spannte ihren Arm an, beobachtete die Spirale der Narbe und lächelte dann. »Ich schätze, die Geschichte ist doch noch nicht zu Ende.«

Vincent lachte, nur einmal, und es war echt.

Der Rest der Koalition, der vom Rand aus zugesehen hatte, atmete langsam aus. Einer nach dem anderen fanden sie Sitzplätze auf der nächstgelegenen Platte oder Kiste, die Anspannung im Raum ließ nach.

Mrs Barley ließ ihren Stift zufrieden klicken. »Willkommen in der nächsten Phase«, sagte sie. »Sorgen wir dafür, dass sie anhält.«

In der Kälte flackerten und weinten die Kerzen und warfen neue Schatten auf alten Stein. Zum ersten Mal seit Jahren dachte Vincent Lupo, dass er vielleicht doch noch etwas zu lehren hatte. Ren ihrerseits sah hungrig genug aus, um die Welt zu verschlingen.

Es schien ein fairer Tausch zu sein.

Und irgendwo, hoch oben, tickte London weiter, glückselig unwissend, dass das Ende um mindestens eine weitere Nacht verschoben worden war.

SECHZEHN

Ren schritt zwischen zwei uralten Säulen auf und ab, während in ihren Ohren jedes Geräusch widerhallte, das die Welt nur zusammenkratzen konnte. Der Ort war für die Toten bestimmt, doch heute Nacht war er nur allzu lebendig: das Schlurfen von Stiefeln, das Zischen von Atem durch aufgesprungene Lippen, die dumpfe Symphonie von Koalitionen in der Krise. Kerzen flackerten an den Wänden, ihre Flammen zitterten bei jedem Schritt, als hätten sie Angst, sich für irgendetwas zu entscheiden. In der hintersten Ecke war ein provisorisches Lager für die angeschlagenen Überlebenden eingerichtet worden, von denen die meisten aussahen, als wären sie bereit, ihre Loyalität gegen eine saubere Decke und fünf Minuten Stille einzutauschen.

Nicht, dass es jemals still werden würde. Rens neue Ohren nahmen alles wahr: das Tropf-Tropf-Tropf von einem unsichtbaren Leck hoch oben in den Gewölben, das papierene Rascheln von Mrs Barleys Klemmbrett, sogar das scharfe, stakkatoartige Pochen von Vincents Finger, der auf den Stein klopfte, während er sie vom anderen Ende der Kammer aus beobachtete.

Sie zuckte bei jedem Echo zusammen. Ein Schritt aus dreißig

Metern Entfernung donnerte durch ihren Schädel; ein Husten aus dem deutschen Kontingent fühlte sich an wie ein Schlag in den Solarplexus. Sogar die Kerzen schienen sie zu verspotten, jedes Knistern und Zischen wurde so sehr verstärkt, dass sie sie am liebsten alle nach und nach mit bloßen Händen ausgelöscht hätte.

Am schlimmsten war der Geruch. Die Sterblichen – die Fußsoldaten der Koalition, die Feldärzte, diejenigen, die das Parlament nur mit Nähten und Adrenalin überlebt hatten – stanken nach Blut. Es klebte auf ihrer Haut, sickerte aus ihren Wunden, hing in der Luft wie ein kränklich-süßer Nebel. Sie konnte jede Verletzung in der Krypta allein am Geruch erkennen, jeden Tropfen zu seinem zitternden Besitzer zurückverfolgen. Der Drang war schlimmer als Durst, schlimmer als Hunger; es war ein Aufstand ihres ganzen Körpers, jede Zelle schrie sie an, zuzuspringen, zu zerreißen, sich zu nähren.

Sie taumelte und stolperte gegen eine Säule, um Halt zu finden. Die Kälte schockte ihre Handflächen, und sie umklammerte den Stein so fest, dass ihre Knöchel weiß hervortraten, während ihre Nägel Halbmonde in die uralte Oberfläche gruben. Ihr Körper bebte, nicht vor Kälte oder Angst, sondern aus dem rohen, ungebändigten Bedürfnis, zuzubeißen und zu trinken und weiterzubeißen, bis nichts mehr wehtat.

Die Narbe auf ihrem Unterarm – ihr altes Mal, das sie wochenlang gequält hatte – juckte unter ihrem Ärmel. Sie pochte, wann immer sie den Menschen zu nahe kam, eine Warnung oder eine Einladung, sie war sich nicht sicher. Sie versuchte, es zu ignorieren, aber das Jucken wurde zu einem Brennen, dann zu einem Pochen, das mit jedem Herzschlag aufflammte. Sie ertappte sich dabei, wie sie daran kratzte, zuerst gedankenverloren, dann mit zunehmender Wildheit, als könnte sie das Verlangen aus ihrer eigenen Haut reißen.

Vincent kam langsam näher, seine Stiefel traten leise auf die Steinplatten. Er hielt einen vorsichtigen Abstand, als wäre sie eine

Bombe, die jeden Moment hochgehen könnte, doch seine Augen ließen sie nicht los. »Du musst dich hinsetzen«, sagte er. »Es wird einfacher, wenn du nicht dagegen ankämpfst.«

Ren stieß ein Lachen hervor, obwohl der Klang schief herauskam. »Soll das tröstlich sein?«

Er zuckte mit den Schultern. »Bei mir hat es funktioniert.«

Sie presste ihre Stirn gegen die Säule, atmete die mineralische Kälte ein und versuchte, sich auf den körnigen Stein und die Flechten zu konzentrieren statt auf das Blut, das sich in der Ecke sammelte. »Ich dachte, es würde sich anders anfühlen«, sagte sie mit gedämpfter Stimme gegen den Stein.

Vincent verschränkte die Arme, sein Blick war immer noch auf sie gerichtet. »Tut es nicht. Nicht für eine Weile. Man lernt nur, damit zu leben.«

Sie löste sich von der Säule, schwankte ein wenig und zwang dann ihre Beine, sich zu bewegen. Jeder Schritt jagte ihr einen neuen Stoß durchs Rückgrat, als wäre die Krypta selbst mit ihrem Nervensystem verdrahtet. »Nein«, sagte sie. »Man lernt, so zu tun als ob. Die ganze Welt wird von Leuten regiert, die so tun, als wären sie keine Monster.«

Er hätte beinahe gelächelt, fing sich aber wieder. »Das ist die erste Lektion.«

Sie sträubte sich gegen die angedeutete Mentorschaft. »Fang nicht an, mich zu belehren. Ich weiß jetzt, was ich bin.«

Er trat ihr in den Weg, gerade nah genug, um ihn zu versperren, und hob dann beschwichtigend die Hände. »Ich verurteile dich nicht«, sagte er. »Ich warne dich. Der Hunger hört nicht auf. Du denkst, du kannst ihn bekämpfen, aber er wird gewinnen, wenn du ihn lässt. Du kannst nicht ...«

Ren stieß an ihm vorbei, ihre Schultern prallten aneinander. »Ich habe gesagt, hör auf.«

Sie stolperte tiefer in die Krypta, nur um von einem halben Dutzend Blicken aufgespießt zu werden: Koalitionsvampire, von denen einige sie mit raubtierhaftem Interesse musterten, andere mit jener Art von bürokratischer Besorgnis, die bedeutete, dass ihre Akte bereits angelegt worden war. Auf der Bank an der Wand beobachtete sie ein Modernisierer mit einer genähten Kopfhaut und zwei bandagierten Armen, als wäre sie eine wandelnde Warnung. Ren entblößte ihre Fänge – automatisch, nicht einmal als Drohung gedacht –, und der Modernisierer erbleichte und wandte den Blick ab.

Der Geruch seines Blutes rief sie trotzdem. Er war scharf und heiß, mit einem Hauch von Angst versetzt, und für einen Moment wollte sie nichts sehnlicher, als über die Bank zu springen und ihm die Kehle aufzureißen. Der Drang traf sie so heftig, dass sie taumelte, beinahe fiel und sich am Steintisch festhalten musste, um das Gleichgewicht wiederzufinden.

Aus den Schatten flackerte Zaras Geist ins Dasein. Sie schwebte knapp über dem Boden, ihr Gesicht war fester als gewöhnlich, ihr Haar von einer kränklichen, spektralen Korona hinterleuchtet. »Glückwunsch«, intonierte sie mit einer Stimme, die so trocken war wie altes Laub. »Die Familie hat einen neuen Vampir. Und sie ist schon jetzt launischer als du, Vincent.«

Ren funkelte den Geist an. »Bist du hier, um zu helfen, oder nur, um zu spuken?«

Zara zuckte mit einer Schulter. »Kommt drauf an. Wie viele von diesen Koalitionstypen hast du vor, heute Nacht zu verstümmeln?«

Rens Kiefer spannte sich an. »Keinen einzigen«, sagte sie. »Nicht, wenn sie mir nicht in die Quere kommen.«

Vincent, der nun an ihrer Schulter stand, verbarg seine Sorge nicht. »Sie meint es ernst«, sagte er zu Zara. »Sie steht unter Strom.«

Ren fuhr zu ihm herum, die Nackenhaare gesträubt. »Ich kann für mich selbst sprechen, danke.«

Zara deutete mit einem Finger auf die Narbe an Rens Arm.

»Das wird immer wieder aufflammen, weißt du. Jedes Mal, wenn du hungrig wirst, wird es lauter rufen.«

Ren zog ihren Ärmel herunter und verbarg die Narbe, aber sie konnte den Schmerz nicht ausblenden. Sie versuchte, sich wegzubewegen, aber jeder Ausgang war von mehr Stein, mehr Körpern, mehr Blut blockiert.

Sie kauerte sich hin, die Arme fest um die Knie geschlungen, und wiegte sich. Die Bewegung half ein wenig, aber die Geräusche hörten nicht auf, die Gerüche hörten nicht auf, das Jucken unter ihrer Haut wurde so stark, dass sie sicher war, sie würde sich in Stücke kratzen. Sie grub ihre Nägel in ihren Oberschenkel, versuchte, sich auf einen Schmerz zu konzentrieren, der ihr eigener war, aber es machte alles nur noch schlimmer.

Sie konnte Vincents drohende Anwesenheit spüren, wie sein Hunger mit ihrem eigenen harmonierte, ein Duett aus Bedürfnis und Zurückhaltung. Sie wollte ihn dafür hassen – wollte ihm die Schuld dafür geben, dass er sie so gemacht hatte –, aber sie konnte nicht. Nicht, wenn jede Zelle ihres Körpers dasselbe schreckliche Lied sang.

»Geh weg«, flüsterte sie, aber selbst in ihren eigenen Ohren klang es schwach.

Vincent setzte sich neben sie auf den Boden, mit gekreuzten Beinen und den Armen auf den Knien. Er sprach nicht, streckte nicht die Hand aus, saß einfach nur da und atmete im Gleichklang mit ihr. Die Anspannung in seinen Schultern spiegelte ihre perfekt wider.

Ein Moment verging. Dann noch einer.

Zara, zufrieden mit ihrem Auftritt, schwebte näher. »Du könntest versuchen, ihn zu beißen«, schlug sie vor. »Das wird das Verlangen nicht beheben, aber vielleicht die Spannung lösen.«

Ren brachte ein Lachen zustande, obwohl es eher wie ein Knurren klang. »Die Genugtuung werde ich ihm nicht geben.«

Vincent schnaubte. »Du könntest es nicht mit mir aufnehmen, selbst wenn du es versuchen würdest.«

Sie wollte etwas erwidern, aber der Hunger war mit aller Macht zurück, das Jucken in ihrem Arm war jetzt ein Sirenenruf. Sie presste ihre Hände fest zusammen, bis ihre Knöchel durch die Haut schimmerten.

»Lass mich einfach ... damit fertigwerden«, sagte sie.

Vincent nickte, als hätte er nichts anderes erwartet. »Ich werde hier sein«, sagte er, sanfter als zuvor.

Sie kauerte sich enger zusammen, den Kopf in den Armen vergraben, und wartete darauf, dass die nächste Welle vorüberging.

Um sie herum war die Krypta für ein paar gesegnete Augenblicke still. Selbst das Tropfen von der Decke schien sich zu verlangsamen, als würde die Welt selbst darauf warten, zu sehen, wer zuerst zusammenbrach.

Ren schloss die Augen und konzentrierte sich auf den Hunger, den sie spürte. Sie konnte ihn beinahe flüstern hören: *Das ist die neue Geschichte. So läuft es jetzt.*

Sie war sich nicht sicher, ob es ein Fluch oder ein Versprechen war.

Aber sie würde nicht aufgeben.

Es gab Ecken in der Krypta, in denen selbst das kühnste Licht versagte. Vincent fand eine: eine schmale Nische abseits des Hauptgewölbes, deren Eingang von den schlaffen Bannern vergessener Rebellionen eingerahmt war und deren Boden bis auf den Staub und die Knochen verlassener Bauarbeiten kahl war. Die Luft hier war so kalt, dass sie in der Lunge brannte, und jedes

Wort oder jeder Schritt aus der Hauptkammer kam gedämpft und schief an, als existierte die Welt draußen nur in Übersetzung.

Er schritt sie immer wieder ab, seine Stiefel bissen sich in die festgetretene Erde, sein Kiefer war so fest zusammengepresst, dass seine Zähne summten. Er wollte gegen eine Wand schlagen oder schreien oder beides. Stattdessen ballte er die Fäuste und ging in kurzen, brutalen Schleifen, während er Flüche auf den Boden murmelte. Als er anhielt, starrte er zur Decke und wünschte sich, sie möge einstürzen und diese Reihe dummer Entscheidungen beenden, bevor er die nächste traf.

Er lehnte seine Stirn an die Kühle des Steins und drückte so fest dagegen, dass die Haut taub wurde. Das Echo von Rens Stimme – ihre letzten Worte, jedes Schnappen und Zischen – spielte sich in seinem Kopf ab wie ein schlechtes Lied in Dauerschleife. Er hatte sie retten wollen. Er hatte, zum ersten Mal seit langer, langer Zeit, etwas Richtiges tun wollen. Stattdessen hatte er sie in einen wachen Albtraum gestürzt und hatte die Dreistigkeit besessen, sich dabei wie ein Mentor aufzuführen.

Er war immer noch dort, die Augen geschlossen, als Mrs Barley in die Nische glitt. Ihre Anwesenheit war so unverkennbar wie immer: keine verschwendete Bewegung, kein Mitleid in ihren Augen, das Klemmbrett wie ein Gewehr bei Fuß gehalten. Sie hielt kurz im Dunkeln inne und trat dann Vincent gegenüber, als wollte sie einem Mann, der nichts anderes gekannt hatte, schlechte Nachrichten überbringen.

»Grübeln hat noch nie etwas gebracht«, sagte sie. »Sie sollten zurückkommen. Sie wird Hilfe brauchen.«

Vincent grunzte, bewegte sich aber nicht. »Sie will meine Hilfe nicht. Sie will meinen Tod. Sie hat nur noch nicht herausgefunden, wie sie es sagen soll.«

Mrs Barleys Lippen verzogen sich zu etwas, was man unter einem Mikroskop als Lächeln bezeichnen könnte. »Wenn sie Sie hassen würde, hätte sie es bereits versucht. Frisch verwandelte Vampire sind nicht für ihre Zurückhaltung bekannt.«

Er atmete aus, die Kälte verwandelte seinen Atem in Dampf. »Ich hätte es nicht tun dürfen. Nicht bei ihr. Nicht, als sie eine Wahl hatte.«

»Sie hatte keine Wahl mehr«, sagte Mrs Barley mit flacher Stimme. »Sie haben eine Entscheidung getroffen. Sie lebt wegen Ihnen. Verschwenden Sie keine Zeit damit, zu bereuen, was getan ist.«

Er wirbelte herum, die Hände in nutzloser Argumentation ausgestreckt. »Am Leben zu sein ist eine reine Formsache. Sie ist jetzt eine von uns – sie wird nie zurückbekommen, was sie verloren hat. Sie haben gesehen, was es mit mir gemacht hat. Mit uns allen.«

Mrs Barley überbrückte den Abstand, legte ihr Klemmbrett auf den Vorsprung und beugte sich rein geschäftsmäßig vor. »Es geht nicht um Sie. Sie ist stärker, als Sie denken. Und Sie ...« Sie stieß ihm einen Finger gegen die Brust, »... sind nicht die tragische Gestalt, die Sie sein wollen.«

Vincent schnaubte. »Darauf würde ich die Krypta nicht verwetten.«

Mrs Barley musterte ihn und wandte sich dann zum Gehen. »Selbstmitleid ist langweilig«, sagte sie, während ihre Schuhe auf den Steinplatten klickten und sie zurück in die Haupthalle verschwand.

Er sah ihr nach, wie der Rhythmus ihrer Schritte im allgemeinen Getümmel der Außenwelt verblasste. Er wollte ihr folgen, konnte aber seine Füße nicht bewegen. Er wollte sich zum ersten Mal seit Ewigkeiten bei jemandem entschuldigen. Vielleicht sogar bei Ren.

Er sank in die Hocke, eine Hand gegen die Wand gestützt, und blieb dort, wartend, dass die Steine ihm eine Antwort gaben.

Oben am Treppenaufgang stand Ren vollkommen still, verborgen im Schatten und durch das zerfetzte Banner, das wie eine Warnung über der Nische hing. Sie hatte nicht lauschen wollen, aber jedes Wort war die Stufen heraufgetragen worden, so klar, als hätte Mrs Barley es ihr ins Ohr geflüstert. Sie hatte alles gehört: die Wut, die Schuld, den Schmerz in Vincents Stimme, als er ihren Namen sagte.

Sie umklammerte das Geländer, ihre Knöchel traten weiß hervor, die Narbe pochte im Takt ihres eigenen rasenden Herzens. Es war seltsam, jemandem dabei zuzuhören, wie er deinetwegen zerbrach. Noch seltsamer war die Erkenntnis, dass seine Angst — die Angst, sie ruiniert zu haben, gehasst zu werden — fast genau ihrer eigenen entsprach. Sie hatte ihn anschreien wollen, ihm jede Anschuldigung an den Kopf werfen, die sie aufbringen konnte, aber alles, was sie fühlte, war die Leere, wo die Wut sein sollte.

Sie drückte ihre Handfläche gegen den Stein und spürte, wie er Wärme und Erinnerung absorbierte, wie er sie an ihrem Platz verankerte. Sie rutschte die Treppe hinunter, die Knie an die Brust gezogen, und lauschte, wie Vincents Auf- und Abgehen wieder begann. Er bewegte sich wie ein Tier im Käfig, unermüdlich, ohne sich jemals Ruhe zu gönnen.

Sie dachte darüber nach, was Zara gesagt hatte: dass der Hunger niemals aufhörte, dass man nur lernte, so zu tun als ob. Es klang elend, aber es war auch etwas, das Vincent seit Jahrhunderten überlebt hatte. Wenn er es konnte, konnte sie es auch. Vielleicht.

Sie ließ den Kopf zurückfallen, die Augen auf die unsichtbare Decke gerichtet, und flüsterte: »Wir stecken da jetzt zusammen drin.«

Die Worte waren kaum hörbar, selbst für ihre eigenen Ohren. Aber sie spürte die Wahrheit in ihren Knochen, im stetigen Pulsieren der Narbe, in der Art, wie der Stein nichts als Akzeptanz zurückgab.

Sie blieb dort und lauschte Vincents Schritten, bis das Geräusch so etwas wie Trost wurde.

Sie mussten nicht allein Monster sein.

Unten, im Dunkeln, hörte Vincent schließlich auf, auf und ab zu gehen. Er stand da, den Rücken an die Wand gepresst, und schloss die Augen.

Oben, im Treppenhaus, tat Ren es ihm gleich, die Schulter an die Kälte gelehnt und langsam atmend.

Keiner von beiden bewegte sich.

Doch zum ersten Mal, seit die Krypta sie umschlossen hatte, erlaubten sie sich beide zu glauben, dass die Nacht ohne eine Katastrophe enden könnte.

Und für einen Moment war es genug.

SIEBZEHN

Die Halle des Rates für Bleiche Angelegenheiten – sofern man sie so nennen konnte – hatte einst einen jahrhundertealten Herrenclub beherbergt, der sich »der Wahrung des Imperiums und der Ordnung seiner übernatürlichen Angelegenheiten« verschrieben hatte. An einem gewöhnlichen Abend roch es nach alter Holzpolitur, billigem Tabak und jener Art von englischem Gin, die Farbe ablösen konnte. Heute Nacht war die Luft mit dem Geruch von verbranntem Papier und dem schwach metallischen Hauch von Schlachtschweiß gewürzt. Die uralten Eichentische waren in der Mitte des Saales zusammengeschoben worden, ihre Oberflächen übersät mit Karten, topografischen Folien und einer wackeligen Reihe wachstropfender Kerzen. Einige davon brannten mit blauer Flamme, als könnte chemisches Feuer den Versammelten den Ernst der Lage verdeutlichen. Das tat es nicht.

Baron Falkenhayn stand am nördlichen Ende des Tisches. Seine Uniform – schwarz, gebügelt und mit der Subtilität einer Blaskapelle verziert – war so ungerührt wie sein Auftreten, doch die Anspannung seines Kiefers deutete darauf hin, dass er lieber an der Front wäre, als einen Ausschussbericht vorzutragen. Hinter ihm standen die Deutschen in Rührtstellung, jeder perfekt nach Größe und Haarschnitt aufgereiht. Ihre Gesichter, selbst die der kürzlich Verstorbenen, trugen den starren Selbsthass von Männern, die zu viel gesehen hatten und dann befehligt worden waren, noch mehr zu sehen.

Auf der gegenüberliegenden Seite hatte das französische Kontingent eine visuelle Gegenoffensive versucht, doch der Effekt war eher »Ludwigs XVI. letztes Gefecht beim Barbier« als eine disziplinierte militärische Drohung. Ihr Anführer – Marquis Deveraux, der wahrscheinlich noch nie an einer Schlacht teilgenommen hatte, bei der die Kleiderordnung keine Spitze vorsah – hatte es geschafft, einen Umhang mit echten Blutflecken als Akzent aufzutreiben und trug ihn mit einem Schwung, der an Nekromantie grenzte. Seine Leutnants fächerten hinter ihm auf, jedes Revers eingerissen und in jedem Auge das säuerliche Frohlocken von Männern, die einen Putsch planten, den sie niemals wirklich zu Ende bringen konnten.

Vincent Lupo beobachtete alles vom dunkelsten Fleck bei den Bücherregalen aus, neben einem Schrank, dessen »Giftschrank«-Abteilung als Brennmaterial geplündert worden war. Seine Verletzungen hatten sich selbst geschlossen, aber die Schwellung um sein linkes Auge war aus reiner Bosheit geblieben, ein Andenken an Ashcrofts Abschiedsgeschenk. Er umklammerte einen Becher mit etwas Kochendem und Unangenehmem und ließ den Dampf sein Sichtfeld vernebeln.

Mrs Barley, noch immer makellos adrett, verharrte mit ihrem Klemmbrett neben der Tür. Alle paar Minuten machte sie sich eine Notiz, ihr Stift ein stilles Metronom, das den Takt für die wachsende Absurdität der Versammlung schlug. Ren, prächtig in ihrem einzig anderen Kapuzenpulli und einer Aura beinahe tödlichen Unbehagens, saß auf der Bank, die dem Heizkörper am nächsten war. Sie hielt die Augen auf ihre Hände gerichtet, die ein Zittern entwickelt zu haben schienen, das nur nachließ, wenn sie ihre Handgelenke an das glühend heiße Metall drückte.

Falkenhayn kam als Erster an die Reihe. Er neigte den Kopf mit der Präzision eines Mannes, der darauf trainiert war, selbst Sauerstoff als Ressource zu behandeln. »Mit Stand von heute Morgen zählt mein Kontingent sechsunddreißig Mann. Von achtundachtzig bei der Versammlung. Alle erfasst: sieben vollständig vernichtet, elf kompromittiert, sechs im Einsatz vermisst – wahrscheinlich von Ashcrofts Leuten beseitigt. Zwölf verwundet, aber einsatzfähig, der Rest kampfbereit.« Er ratterte die Zahlen herunter, als verlese er die Ergebnisse bei einem besonders trostlosen Sportfest.

Er schloss mit einem Zusammenschlagen der Hacken, dann trat er zur Seite. Die Franzosen, ausgestochen, bevor ihre Vorstellung überhaupt hatte beginnen können, reagierten mit einem wohlgeübten gallischen Seufzer. Deveraux trat mit ausladender Geste vor, ein schwacher Blutstreifen unter seinem Kinn, der nicht ganz vom Puder verdeckt wurde.

»Die französische Abteilung«, begann Deveraux, »verbleibt bei einunddreißig Mann. Wir haben sieben Verluste erlitten – zwei durch die Engländer, drei durch Euren Ashcroft, einen durch ein, wie ich glaube, bedauerliches Missverständnis mit der Polizei von Soho und einen durch Verzweiflung, was, wie man mir sagte, ein neuer Rekord für diese Art von Versammlung ist.«

Der Raum versuchte, nicht zu reagieren, aber ein paar Schnauber vom Tisch der Modernisierer entwischten dennoch.

Deveraux gestikulierte herrisch. »Nichtsdestotrotz bleiben meine Offiziere und ich der Verteidigung dieser Stadt verpflichtet, so wenig die Stadt dies auch zu wünschen scheint. Wir sind bereit, standzuhalten, bis alles verloren ist, oder bis die Deutschen ihren Krieg beendet haben und von uns verlangen, wie üblich die Scherben aufzukehren.«

Er unterstrich den Satz mit einer Verbeugung, die spöttisch

oder ein tief sitzender Tick gewesen sein mochte. Die Grenze zwischen beidem war durch jahrhundertelangen Missbrauch verwischt worden.

Eine schwere, peinliche Stille trat ein. Deveraux' Männer richteten sich auf, das Kinn erhoben. Falkenhayns Kiefer spannte sich, wenn möglich, noch weiter an, und ein kaum merkliches Zucken durchlief seine rechte Wange.

Falkenhayn sagte: »Wir sterben für dieselbe Sache.« Die Worte mochten aus einem Handbuch stammen, aber sie hallten im Raum mit einer Aufrichtigkeit wider, die selbst den Sprecher überraschte. Er nickte Deveraux zu. Deveraux nickte feierlich zurück, und für einen Augenblick rollte sich der alte Hass zusammen und hielt ein Nickerchen.

Vincent, der das Gewicht unverfälschter Emotionen selbst in einer so sarkastischen Stadt wie London nicht ertragen konnte, sackte tiefer in sich zusammen und murmelte gerade laut genug für die nächsten drei Reihen: »Das ist das Romantischste, was ich die ganze Woche gehört habe. Und ich habe den halben gestrigen Tag mit einem Franzosen und einem Ex-Priester getrunken.«

Mrs Barley warf ihm einen warnenden Blick zu. Ren, die nicht ein einziges Mal aufgeschaut hatte, zuckte sichtlich zusammen. Ihre neuen Sinne, so vermutete Vincent, registrierten das Murmeln wie ein Nebelhorn.

Jemand anderes sprach. »Ruhe«, sagte eine Frau am Kopfende des Tisches der Traditionalisten, ihr Gesicht so scharf wie die Falten in ihrem Anzug. »Wir haben Überlebende an allen Fronten, aber Ashcrofts Truppen werden nicht die letzten sein, die uns auf die Probe stellen. Wir müssen die Widerstandslinie heute Nacht festlegen, sonst wird London bis zum Morgen fallen.«

Eine Flut von Antworten folgte – Modernisierer jammerten über digitale Strategien und Außenwirkung, Deutsche verlangten präzise Angriffslinien, die Franzosen plädierten für »Flair« in der Vorgehensweise. Während alldem beobachtete Vincent Ren: die

Art, wie ihre Hand zitterte, die Art, wie ihr Atem in knappen Stößen kam, die Art, wie sie doppelt so oft blinzelte wie jeder andere im Raum. Er versuchte, ihren Blick zu erhaschen, doch sie war in einen stillen, privaten Streit mit ihrer eigenen Biologie verstrickt.

Er überlegte aufzustehen, etwas zu sagen, um sie zu beruhigen oder zumindest die Aufmerksamkeit woandershin zu lenken. Aber er wusste es besser. Wenn irgendetwas hartnäckiger sein konnte als ein neugeborener Vampir, dann war es die verfahrenstechnische Trägheit des Rates.

Er begnügte sich mit einem Lächeln, das mehr Narbengewebe als Beruhigung war.

Mrs Barley, deren Klemmbrett inzwischen mit anderthalb Seiten voller Katastrophen beladen war, ergriff das Wort. »Wenn wir uns einig sind, werde ich die Zuteilungen für die Nachtpatrouillen austeilen und Kanäle für die Berichterstattung in Echtzeit eröffnen. Keine Improvisation. Keine Heldentaten. Wenn Euch ein Teammitglied fehlt, meldet Ihr es. Wir können uns keine weiteren unverbuchten Einheiten leisten.«

Sie ließ die Worte wirken, dann ging sie zum nächsten Punkt über. Vincent beobachtete den Raum, als die Spannung nachließ: Deutsche flüsterten, Franzosen schmiedeten Pläne, Modernisierer drängten sich um einen Laptop, Traditionalisten sträubten sich bei dem Gedanken an Veränderung.

Vincent versuchte, sich auf die Gegenwart zu konzentrieren, aber seine Gedanken drifteten immer wieder zu Ren, zu Zaras geisterhaften Vorträgen, zu der Art, wie Mrs Barleys Stift niemals stillstand. Er dachte darüber nach, wie jedes Treffen, jeder Moment der Hoffnung, immer mit einer Liste der Toten zu enden schien.

Er dachte über seinen eigenen Namen nach und ob er die nächste Nacht überdauern würde.

Er nahm einen Schluck aus dem kochend heißen Becher und

zuckte bei der Verbrennung zusammen. Es reichte beinahe aus, um ihn von der schleichenden Gewissheit abzulenken, dass dies das letzte Mal war, dass er so viele der Gesichter in diesem Raum sehen würde.

Er sah Ren an, die seinen Blick endlich erwiderte. Sie versuchte zu lächeln, und es gelang ihr beinahe.

Vincent hob seinen Becher zu einem stillen Trinkspruch, und für den kürzesten aller Augenblicke fühlte sich der Kriegsraum wie eine Familie an oder etwas Ähnliches.

Der Moment verging. Die Aufgaben wurden verteilt, und der Raum leerte sich in geordneten Schüben, bis nur noch die Geister und die leisen, blauen Flammen zurückblieben.

Vincent verweilte, starrte in die Dunkelheit und wartete darauf, dass die nächste Schlacht sich von selbst schrieb.

ACHTZEHN

Es war kurz nach Mitternacht, in der spukhaften Stunde zwischen spätem Döner und frühmorgendlicher Scham, als sich Vincent, Mrs Barley und Ren in der Wohnung zusammendrängten und beobachteten, wie Zara langsam aufhörte zu existieren.

Das Zimmer, selbst für Südlondoner Verhältnisse nie sonderlich geräumig, war zu einem Zerrspiegelkabinett aus Schatten geworden. Das einzige Licht stammte von drei flackernden Kerzen, von denen eine längst Konkurs angemeldet hatte und in ihr eigenes Wachs zusammengesackt war. Zusammen erzeugten sie mehr Rauch als Licht, sodass jede Oberfläche des Raumes – vom ramponierten Tisch bis zum überfüllten Bücherregal – in und aus der Wahrnehmung zu gleiten schien. Dies wurde durch die buchstäblichen Schichten von Prophezeiungsrollen, Sammelalben und ausgedienten magischen Geräten, die den Boden bedeckten, nicht gerade erleichtert.

Zaras Geist flackerte am Kopfende des Tisches; ihre Umrisse waren abwechselnd fest wie alte Emaille und im nächsten Moment dünn und verschwommen wie ein Nachbild.

Ihre Hände waren weniger Hände als vielmehr Wahrscheinlichkeiten. Manchmal schwebten sie über einem Text, die Finger gespreizt, als würde sie sich darauf vorbereiten, ihn vom Rand der Realität zu schnippen; manchmal trieben sie über der Seite wie eine in einem Aufzug vergessene Hand. Wenn sie sich vorbeugte, kühlte die Luft um gefühlte dreißig Grad ab und die Kerzen züngelten, als wollte das Universum wegschauen, könne sich aber nicht für einen Ausgang entscheiden.

Ren kauerte auf einem Küchenhocker, die Hände unter die Oberschenkel geklemmt, damit sie nichts Peinliches taten, wie etwa zu zittern anzufangen. Mrs Barley saß auf dem einzig aufrechten Stuhl, ihr Rücken eine unnachgiebige Mauer administrativer Stärke. Vincent ging auf und ab. Er hatte versucht, es beiläufig zu tun, aber der Raum war zu klein und die Spannung zu dick: Alle fünf Schritte prallte er vom Bücherregal ab, was eine Lawine aus Prophezeiungsfetzen dessen Rücken hinunter und auf den Teppich schickte.

»Hör auf damit«, sagte Zara, ihre Stimme nicht ganz synchron mit der Bewegung ihres Mundes. »Du lässt das Ektoplasma hier drin würdelos aussehen.«

Vincent blieb stehen, aber nicht wegen der Rüge. »Du hast Störungen«, sagte er und deutete auf den Teil von Zaras Gesicht, der sich ständig verdoppelte und wieder entdoppelte, wie ein klemmendes VHS-Band. »Ist das neu oder nur für uns?«

Zara blinzelte und betrachtete dann ihr Spiegelbild in der glänzenden Wölbung des Wasserkessels. Sie runzelte die Stirn. »Könnte schlimmer sein. Ich hatte mal einen Klienten, der ständig im falschen Körper aufgewacht ist. Wenigstens sind meine Fehler beständig.« Sie wandte sich an Mrs Barley, die dies mit der Effizienz eines Gefängnisarztes bei einer Impfaktion notierte. »Sind Sie bereit für die eigentliche Besprechung, oder wollen Sie mir weiter beim Auflösen zusehen?«

Mrs Barley blickte nicht auf. »Wir sind ganz Ohr, Fräulein Delacourt.«

»Gut. Denn die Zeit ist nicht auf unserer Seite.« Zara deutete auf den Schutt auf dem Tisch, und die Prophezeiungen ordneten sich in einem schnellen, mürrischen Mischen neu an. »Ihr seid wegen des ›Drafts‹ hier. Dem Ding, das die Stadt frisst. Dem Ding, das Ren beinahe aus der Existenz getilgt und das Parlament wie den schlimmsten ›Bring-deine-Tochter-mit-zur-Arbeit-Tag‹ der Welt hat aussehen lassen.«

Ren machte ein Geräusch, das in einem anderen Universum ein Lachen hätte sein können. »Wenigstens ist es passend«, murmelte sie.

Zara deutete auf Rens Narbe. »Ren mag jetzt sicher sein, aber die Verbindung ist immer noch aktiv. Wenn Ashcroft Erfolg hat oder wenn die Koalition die Grenze nicht halten kann, wird der ›Draft‹ komplett viral gehen. Nicht nur eine Vampirgeschichte. Nicht nur London. Alles. Denn der ›Draft‹ will die Welt nicht beherrschen – er will die Welt *sein*.«

Sie ließ diese Worte wirken, die Stille nur vom leisen Knistern des brennenden Dochts und dem Mahlen von Vincents Kiefer untermalt, der einen Morsealphabet der Ungeduld aussendete.

Mrs Barley sagte: »Sie deuten an, dass die Wurzel der Entität nicht lokalisiert ist.«

»Ich deute an«, sagte Zara, »dass die Wurzel nirgends ist. Und überall. Wenn ihr es töten wollt, müsst ihr die Handlung verlassen.«

Ren blinzelte. »Du meinst, so wie ... die Stadt verlassen?«

Zara schüttelte den Kopf. Das Nachbild blieb einen Schlag zurück und holte erst auf, als sie anhielt. »Nicht die Stadt, Liebes. Die Erzählung.«

Vincent, der wieder auf und ab gegangen war, lachte humorlos. »Brillant. Ich schaffe es kaum, an einem Samstag zu IKEA zu gehen, und jetzt willst du, dass wir mein Unterbewusstsein höhlenforschen.«

Zara grinste, oder was bei einem Geist dafür durchging.

»Nicht deins im Speziellen. Aber ja, ihr seid auf dem Weg in die Leere. Das Nest des ›Drafts‹ befindet sich im negativen Raum zwischen den Geschichten. Eine Höhle in der Wand der Realität, erbaut aus Jahrhunderten von Hunger, Wut und Erinnerung. Es ist hässlich da drin. Die meisten kommen nicht zurück.«

Ren biss sich auf die Lippe, und für einen Moment drohte das Zittern ihrer Hände, es über die Tischkante zu schaffen. »Also, wir melden uns alle freiwillig für den Tiefgang. Wer bringt das Picknick mit?«

Mrs Barley räusperte sich mit der trockenen Autorität eines Gerichtsvollziehers. »Was sind die operativen Anforderungen?«

Zara blickte auf ihr Klemmbrett, dann zu Mrs Barley. »Erstens braucht ihr einen Anker. Jemanden oder etwas, um eure Körper festzuhalten. Zweitens braucht ihr eine Brücke – vorzugsweise einen Vampir mit genug existenzieller Last, um die Wand zu durchbrechen. Drittens müsst ihr etwas mitbringen, das der ›Draft‹ nicht vorhersagen kann. Einen Joker.« Sie wandte sich an Ren. »Dich, offensichtlich.«

Ren schnaubte. »Weil ich unsterblich bin?«

»Weil du unberechenbar bist«, sagte Zara. »Alles andere da unten läuft in einer Endlosschleife.«

Vincent hörte auf, auf und ab zu gehen. »Und was ist mit dir?«

Zara zuckte mit den Schultern, oder versuchte es zumindest. Ihre Schulter flackerte und materialisierte sich dann ein paar Zentimeter versetzt wieder. »Ich bringe euch rein. Aber ich kann nicht versprechen, dass ich es wieder hinausschaffe.«

»Das hast du auch gesagt, als wir in Carmines Bibliothek gegangen sind«, sagte Vincent.

»Diesmal ist es nicht für den dramatischen Effekt.«

Die Worte hingen schwer wie nasser Zement in der Luft.

Mrs Barley machte eine Notiz. »Wie lautet das Ausstiegsprotokoll?«

»Nicht sterben«, sagte Zara. »Oder wenn ihr es doch tut,

versucht, es denkwürdig zu gestalten. Der ›Draft‹ hasst Überraschungen.«

Die Kerzen züngelten, als ob sie auf ein Stichwort gewartet hätten, niedriger. Schatten drängten aus den Ecken herein und verdichteten die Luft. Vincent ging wieder auf und ab, schneller, die Finger zuckten am Rand seiner Ärmel. Die Eckzähne, die er normalerweise so ordentlich verborgen hielt, blitzten nun im Kerzenlicht, eine unterschwellige Drohung oder vielleicht nur eine Nebenwirkung von Stress.

»Nehmen wir an, wir schaffen es ins Zentrum«, sagte er. »Was ist dort? Ashcroft oder etwas Schlimmeres?«

Zaras Mund zuckte. »Ashcroft ist der Wirt. Der ›Draft‹ ist der Parasit. Aber im Kern werdet ihr die Quelle finden. Die ursprüngliche Geschichte. Wenn ihr sie umschreiben könnt – verbrennt sie, zerbrecht sie, schneidet sie heraus – könntet ihr das ganze System lahmlegen.«

Ren blickte zu Vincent, dann zu Mrs Barley, die immer noch mit vollkommen ruhigem Gesicht schrieb.

Vincent erwiderte ihren Blick. »Bist du dabei?«

Ren fletschte die Zähne – ein neuer Trick, aber schon gut geübt. »Wenn du nicht zuerst kneifst.«

Er grinste, aber das Grinsen hielt nicht lange an.

Mrs Barley legte ihren Stift nieder. »Wir brechen bei Sonnenuntergang auf. Ich werde das Anker-Team organisieren. Fräulein Delacourt, Sie müssen die Brücke vorbereiten.«

Zara salutierte, wobei die Geste am Ellbogen eine Störung hatte. »Schon dabei, Chefin.«

Die Besprechung endete im selben Tempo wie ein Erschießungskommando: schnell, endgültig und ohne Zeit für Abschiede. Ren blieb zurück und beobachtete, wie die anderen zur Tür gingen.

Vincent hielt an der Schwelle inne. »Bist du sicher, dass du dem gewachsen bist?«, sagte er mit einer Stimme, die so leise war, dass sie kaum zu hören war.

Zara lächelte, diesmal ein echtes Lächeln, und ihre Augen wurden alt und müde und ein wenig stolz. »Ich bin schon tot, Vincent. Mir wird nichts geschehen.«

Er nickte und ging.

Ren zögerte. Sie sah zu Zara, durch den Raum, auf das Durcheinander von Papieren und das sterbende Kerzenlicht.

»Glaubst du wirklich, dass wir das schaffen können?«, fragte sie.

Zara überlegte. »Nein. Aber das hat dich noch nie davon abgehalten.«

Ren lächelte und ging.

Als die Wohnung leer war, ließ Zara ihre Umrisse verschwimmen, ließ ihre Finger in das Pergament hinein und aus ihm heraus verblassen. Sie wartete, bis die Kerzen zu Stümpfen heruntergebrannt waren, dann schwebte sie zum Fenster und beobachtete, wie die Stadt in der Morgendämmerung brodelte und glitzerte.

Sie sandte einen stillen Wunsch für ihre idiotischen Freunde aus und wandte sich dann wieder ihren Büchern zu.

Es würde ein langer Tag werden.

Sie inszenierten die Apokalypse in einem Lagerhaus neben dem Camberwell Sainsbury's. Die Koalition – nie offiziell benannt, aber von jedem mit einem Auge für Marketing inoffiziell »Die Verdammten« genannt – hatte die Hülle des alten Bevan & Sons-Möbellagers besetzt, einem Gebäude, dessen Hauptvorzüge Quadratmeter und plausible Bestreitbarkeit waren. Von außen sah es wie ein Ort aus, an dem man eine Billigmatratze kaufen oder, wenn das nicht klappte, leise an Unterkühlung sterben würde. Drinnen summte die Luft vom Knistern Hunderter aufeinanderprallender Vorbereitungen: zeremonielle, militärische und die Art von hochriskantem Heimwerken, die Großbritannien seit 1942 am Laufen hielt.

Die Modernisierer hatten in dem ehemaligen Aquarium des Büroleiters einen Kommandoposten eingerichtet, der nun zu einem Tech-Altar des algorithmischen Zeitalters umfunktioniert worden war. Studiostrahler hingen wie ein digitaler Mistelzweig von der Decke und beleuchteten Aurelia Voss, während sie ihre Anhänger mit knappen Handzeichen und der klinischen Distanz einer Chirurgin, die sich auf eine Feldamputation vorbereitet, dirigierte. Cass driftete zwischen den Bildschirmen umher, seine Daumen eine verschwommene Masse, während er Bluterkennungs-Apps im Betatest prüfte und sich von mehreren Dutzend Online-»Beratern« Tipps zu vampirischen Gegenmaßnahmen aus der Masse holte. Das Fensterbrett war gespickt mit verzauberten Drohnen – jede blinkte in einem anderen, instagramtauglichen Zyanfarbton –, während eine Reihe von Tablets, Laptops und umfunktionierten Smart-Home-Geräten alles mit langsamem, bedächtigem Entsetzen beobachtete.

Die Traditionalisten hatten das andere Ende der Lagerhalle übernommen und sich mit einer echten Samtkordel und einer Reihe vergoldeter Ständer abgeschirmt, deren Besitz niemand zugeben wollte. Ihre Ältesten saßen in stattlichen Reihen und ölten und schärften im flackernden Schein echter Kerzen das Silberbesteck ihrer Ahnen. Jedes Messer und jede Gabel durchlief eine Reihe von Riten: abgewischt, ausbalanciert, auf den halben Millimeter genau ausgerichtet und dann auf gestärktem weißen Leinen zur Ruhe gelegt. Das diente nicht nur der Show. Jeder Gegenstand würde in die Schlacht ziehen, sei es als improvisierte Waffe, magischer Fokus oder als Beweismittel bei einer zukünftigen Untersuchung. Wenn sie beteten, dann zum Gott des Präzedenzfalls, und jedes Amen klang wie ein Posten in einem unumstößlichen Testament.

Das deutsche Kontingent – zahlenmäßig unterlegen, aber diszipliniert – hatte einen Teil der Laderampe in einen Kriegsraum umgewandelt. Falkenhayns Leutnants inspizierten Waffen, verbanden Wunden und drillten ihre Trupps mit der grimmigen Effizienz von Männern, die schon vor der Pubertät aufgehört hatten, an Wunder zu glauben. Das französische Kommando hatte, wie zu erwarten war, neben dem Notausgang ein Mini-Bistro eingerichtet, komplett mit einer Auswahl an verbotenem Käse und mindestens drei Sorten Absinth. Marquis Deveraux und seine Leutnants trugen die zeremoniellen Schärpen des Pariser Vampirhofs, obwohl die Wirkung dadurch etwas geschmälert wurde, dass die meisten von ihnen bereits angeschlagen waren. Abwechselnd prosteten sie dem bevorstehenden Gemetzel zu und murmelten finster über Verrat und Ennui.

Genau in der Mitte der Lagerhalle, unter einer einzigen Halogenlampe, die im Takt eines sterbenden Sterns flackerte, stand Ren. Sie hatte die letzte Stunde in einem improvisierten Trainingszirkel – einem Ring aus alten Verkehrskegeln und Absperrband – verbracht und die Grenzen ihrer neuen, unerwünschten Hardware ausgetestet. Zuerst hatte sie es einfach gehalten: Liegestütze, Sprints, die Art von Dingen, die man tat, um sich selbst davon zu überzeugen, dass der alte Körper noch da drin war, irgendwo unter dem Monster. Es hatte nicht lange gedauert, bis sie die Lebenden überholt hatte, dann die Untoten und schließlich alles Vorstellbare. Nun stand sie vor einem ramponierten Klappstuhl, umklammerte den Rahmen mit beiden Händen und zwang sich, ihn *nicht* in zwei Hälften zu brechen.

Der Stuhl verlor.

Er zerknüllte und schleuderte Splitter und Flocken blauer Farbe über das Absperrband. Einen Moment lang starrte Ren auf das Wrack, halb versucht, es noch einmal zu probieren, dann lachte sie. Es war ein dünnes, nervöses Geräusch, aber es brach nicht. Sie strich sich den Schutt von den Jeans und blickte zum Balkon hinauf, wo Vincent am Geländer lehnte wie der letzte Juror von X Factor.

Er spendete ihr einen langsamen, ironischen Applaus. »Das ist mein Mädchen«, rief er, seine Stimme hallte von den Metallsparren wider.

Sie grinste. »Willst du auch mal, alter Mann?«

Vincent zuckte mit den Schultern und glitt dann die Treppe mit einer räuberischen Anmut hinab, die weniger beunruhigend gewesen wäre, wenn er nicht vier Jahrhunderte Mord auf dem Kerbholz gehabt hätte. Er landete wenige Meter von Ren entfernt und begutachtete die Überreste des Stuhls.

»Ich habe immer etwas mit ein bisschen mehr struktureller Integrität bevorzugt«, sagte er und zeigte auf einen Betonpfeiler. »Versuch den.«

Ren beäugte die Säule. »Du willst doch nur sehen, ob ich mir den Arm breche.«

Er fletschte die Zähne zu einem Nicht-ganz-Lächeln. »Gibt nur einen Weg, das herauszufinden.«

Von der oberen Ebene aus beobachtete Mrs Barley das Geschehen mit einem Ausdruck höflicher Gleichgültigkeit, der keineswegs verbergen konnte, dass sie im Geiste bereits Benachrichtigungen für die nächsten Angehörigen verfasste. Sie hakte eine Zeile auf ihrem Klemmbrett ab, stieg dann die Stufen hinab, flankiert von zwei Ältesten der Traditionalisten, die eine Kiste mit etwas trugen, das verdächtig nach zeremoniellen Schnapsgläsern aussah.

Mrs Barleys Schritt durchschnitt den Raum wie eine Guillotine auf einer Geburtstagsfeier. Sie blieb vor Vincent und Ren stehen, beäugte den zerstörten Stuhl und sagte: »Wenn Ihr mit dem Spielen fertig seid, in fünf Minuten ist eine Besprechung.

Die Deutschen haben zugestimmt, den französischen Bereich nicht zu überfallen, bis das Treffen vorbei ist.«

Vincent salutierte. »Wollen ja keinen weiteren Weltkrieg anzetteln.«

Cass tauchte auf, gefolgt von einer Wolke von Modernisierern und dem leichten Geruch von synthetischem Lavendel. »Können wir vorher einen Probelauf der Kommunikationsprotokolle machen?«, fragte er und richtete ein Handy auf Mrs Barleys Kopf. »Das Signal hier drin ist total für den Arsch.«

Mrs Barley seufzte nicht, aber nur durch pure Willenskraft. »Benutzen Sie das Personal-WLAN. Das Passwort lautet ›Unvermeidbarkeit‹. Bitte ändern Sie es nicht schon wieder, sonst tackere ich Ihre Zunge an das Ethernet-Kabel.«

Cass strahlte. »Bin dran, Chefin.« Er schlenderte davon, tippte, während er ging, und stieß beinahe mit einem deutschen Sanitäter zusammen, der einen Karton mit granatenförmigen Amuletten trug.

Ren verdrehte die Augen. »Ist das immer so?«, fragte sie Vincent.

Er sah Cass nach. »So ziemlich. Bis es schlimmer wird.«

Die nächsten fünf Minuten gehörten Mrs Barley, die die Koalition zu einer halbwegs geordneten Versammlung im Erdgeschoss zusammentrieb. Sie betrat das Podium, ignorierte das Pfeifen der altertümlichen Lautsprecheranlage und sprach zu der Menge mit der Autorität einer Frau, die drei Pandemien und vier Verwaltungsreformen überlebt hatte.

»Der Feind«, sagte sie, »bleibt Ashcroft und seine Flickenteppich-Armee. Das Ziel: die Erzählung des Drafts an der Wurzel zu stören oder zumindest genug Zeit zu gewinnen, damit Zaras Team den Kern durchbrechen kann. Wir sind zahlenmäßig unterlegen, waffentechnisch unterlegen und unterfinanziert, aber wir haben eine Sache, die Ashcroft niemals haben wird.«

Sie hielt inne. »Eine funktionierende Betriebsabteilung.«

Dies erntete echtes Gelächter von den Deutschen, höflichen Applaus von den Franzosen und eine Runde ironischen Beifalls von den Modernisierern.

Mrs Barley fuhr fort: »Sie haben Ihre Aufträge. Teams eins und zwei greifen frontal an. Drei und vier flankieren. Modernisierer, Ihr seid für die Drohnenüberwachung und die Kommunikation zuständig. Alle nicht autorisierten Umschreibungen oder Realitätsbrüche sollten gemeldet und, wenn möglich, für zukünftige Schulungszwecke gefilmt werden.« Sie ließ den letzten Teil in der Luft hängen, ein Faden von Sarkasmus, stark genug, um den ganzen Plan zu verankern.

Sie beäugte Ren. »Team Fünf, Sie sind bei Mr Lupo und mir. Zara wird Sie über Ihre Einschleusung informieren, sobald wir ankommen.«

Ren salutierte mit der falschen Hand, bemerkte es und wechselte. Mrs Barley blinzelte kaum.

Die Menge löste sich auf. Vincent blieb bei Ren, die versuchte, nicht allzu nervös auszusehen, aber nicht ganz aufhören konnte, zu den Toren der Laderampe zu blicken.

»Entspann dich«, sagte Vincent. »Ist nur eine weitere Nacht in der Hölle.«

Ren fuhr sich durch die Haare und sah ihn dann von der Seite an. »Hast du Angst?«

Er antwortete nicht sofort. Dann: »Ich habe Todesangst. Aber nicht vor Ashcroft.«

Sie lächelte. »Gut. Heißt, du bist innerlich noch nicht tot.«

Er grinste und nickte dann zu den Treppen. »Holen wir uns die letzte Ölung von Zara. Bevor die Deutschen das ganze gute Brot aufessen.«

Sie fanden Zaras Geist in der Nähe des Notausgangs, wo sie einem Kreis von Modernisierern und Mrs Barleys leitender Verwaltungsangestellter letzte Anweisungen gab. Sie war fester als in den letzten Tagen, ihre Konturen scharf, ihr Ausdruck irgendwo zwischen stolzer Tante und Schützin im Schützengraben. Als sie Ren und Vincent sah, entließ sie die anderen mit einer Handbewegung.

Zara fixierte Ren mit einem Blick, der die Angeberei durchdrang. »Du verstehst, was passiert, wenn das schiefgeht?«

Ren nickte. »Ich höre auf zu existieren. Oder schlimmer, ich werde als Cameo in Ashcrofts Fanfiction wiederbelebt.«

Zara lächelte beinahe. »Genau. Also verkack es nicht.«

Vincent verschränkte die Arme. »Und wenn *ich* es verkacke?«

Zaras Stimme wurde kühl. »Dann tust du, was du immer tust. Du improvisierst und betest, dass du den Rest von uns nicht mit dir in den Abgrund reißt.«

Mrs Barley traf ein, überprüfte ihre Uhr und zog bei dem Anblick des Trios eine Augenbraue hoch. »Zeit.«

Zaras Gestalt flackerte, nur für einen Moment. »In Ordnung«, sagte sie. »Ihr kennt euren Weg hinein. Sobald ihr den Bruch überquert habt, gibt es kein Zurück mehr, nur noch hindurch.«

Vincent sah Ren an. »Bereit?«

Ren atmete ein und dann langsam wieder aus. »Nicht in diesem Leben.«

Er grinste. »Dann wollen wir mal sehen, was als Nächstes kommt.«

Die Gruppe marschierte los, im Gänsemarsch, in die Nacht.

In der Lagerhalle folgten ihnen die Teams. Falkenhayn und Deveraux hielten an der Schwelle inne, warfen sich einen Blick zu und stießen dann mit einem stillen, tödlichen Trinkspruch die Gläser an. Aurelia und Cass versammelten ihre von Ringlichtern beschienene Schar, während die Ältesten der Traditionalisten sich mit der feierlichen Effizienz von Sargträgern bewegten, die bereits ihr eigenes Grab gewählt hatten.

Am Ausgang überreichte Mrs Barley Vincent einen Stapel Papiere – letzter Wille, Vollmacht, einseitiges »Abwesenheitsprotokoll«. »Wenn Sie sterben, trage ich Sie als abwesend ein«, sagte sie mit völlig ausdrucksloser Stimme. »Machen Sie mir keine zusätzliche Arbeit.«

Vincent stieß ein Lachen aus, steckte die Formulare ein und führte den Ansturm in die Dunkelheit an.

Hinter ihnen summte die Lagerhalle mit der rastlosen Energie einer Stadt, die im Begriff war, den Schalter zwischen Ordnung und Vergessen umzulegen.

Vor ihnen wartete die Nacht, mit gefletschten Zähnen und bereiten Geschichten.

Das Ende würde sich wie immer von selbst schreiben.

NEUNZEHN

Mitternacht in London war weniger eine Zeit als vielmehr eine ökologische Nische, und der verlassene Kirchhof hinter St Mary's bot die optimale Umgebung für seltene und gefährdete Rituale. Das Team versammelte sich in den von Unkraut überwucherten Kreuzgängen; der alte Friedhof war von eisernen Zäunen umsäumt sowie von der Sorte Überwachungskameras, die hauptsächlich dazu dienten zu dokumentieren, wie schnell die Nachbarn die Toten vergessen konnten.

Es war kalt, aber nicht die gewöhnliche städtische Kühle – ein übernatürlicher Hauch sickerte durch die Steine, sodass jeder Atemzug zu einer weißen Wolke wurde, die wie Bedauern in der Luft verharrte. Die Grabsteine hier hatten den Kampf gegen die Entropie längst aufgegeben, ihre Namen und Daten waren zu seichten Narben verwittert, ihre oberen Hälften von Jahrhunderten atmosphärischer Gleichgültigkeit zerfressen. Einige waren noch lesbar, wenn man die Augen zusammenkniff, aber die meisten lehnten einfach aneinander, Schulter an Schulter wie die Opfer einer Wirtshausschlägerei, die vergessen hatten, worum es bei dem Streit ging.

Die Modernisierer hatten einen Vortrupp geschickt, um den Ort herzurichten, und so war die zentrale Krypta von etwas umringt, das wie eine Gedenkkerzen-Auslage aussah, aber in Wirklichkeit ein ritueller Kreis war, der auf einer Tabelle auf zwei Zentimeter genau geplant worden war. Hier gab es keine weißen Stumpenkerzen – nur schwarze, gegossen aus einer Paraffinmischung, die so dicht war, dass sie selbst das spärliche Mondlicht verschluckte. Die Dochte waren in geweihtem Gin getränkt und jeder steckte in einem speziell gravierten Halter. Die einmal entzündeten Flammen schwebten mehr, als dass sie brannten; blau-weiß und unblinzelnd, vom Wind unberührt. Einige sahen aus, als würden sie unabhängig von ihrem Wachssockel schweben.

Vincent, Mrs Barley und Ren traten als Einheit auf, und jeder von ihnen trug die Überreste der Katastrophen der vergangenen Woche mit sich: Schlamm an den Stiefeln, Blut an den Ärmeln und jenen gehetzten Blick, der sogar die Tauben dazu brachte, die Straßenseite zu wechseln, um ihnen auszuweichen. Vincent hatte sich für den Anlass gekleidet – dunkler Anzug, offener Kragen, die Krawatte auf dem Weg irgendwo zurückgelassen –, aber sein Versuch, Contenance zu bewahren, wurde durch den Verband, der unter seiner Manschette hervorlugte, und die Art, wie er sich unablässig den Kiefer rieb, zunichtegemacht, als hoffte er, die Erinnerung an das, was er hatte tun müssen, zu vertreiben.

Ren sah schlimmer aus, aber auf eine Weise, die verriet, dass sie stolz darauf war. Ihr Kapuzenpullover war von der Schulter bis zum Handgelenk zerfetzt und entblößte die Narbe auf ihrem Unterarm wie eine frische Tätowierung. Ihre Augen, die bereits einige Nuancen ins Unmenschliche gewechselt hatten, fingen jeden Schimmer der Kerzen auf und verstärkten ihn. Sie bewegte sich mit der lockeren, raubtierhaften Anmut von jemandem, der noch lernte zu gehen, ohne mit der Faust durch die Kulisse zu schlagen. Jedes Mal, wenn eine Krähe von einem Dach krächzte, zuckte sie zusammen und fletschte reflexartig die Zähne.

Mrs Barley, den Regenschirm unter den Arm geklemmt, strahlte eine so absolute Zuversicht aus, dass das welke Laub auf dem Weg sich neu zu arrangieren schien, um den Kontakt mit ihren Schuhen zu vermeiden. Sie hatte ein Ersatz-Klemmbrett mitgebracht und kommentierte bereits die Ereignisse, während sie geschahen, wobei ihr Stift in doppelter Geschwindigkeit tickte. Die Fraktionen der Modernisierer und Traditionalisten hatten eine gemeinsame Ehrengarde entsandt – Aurelia und Cass an der Spitze, Deverauxs und Falkenhayns Sekundanten dicht dahinter. Sogar die deutschen und französischen Kontingente, die noch ihre Wunden vom Massaker des Vorabends leckten, verstummten, als die drei eintrafen.

Genau in der Mitte des Kreises schwebte Zaras Geist. Die ganze Woche über war sie mit der Launenhaftigkeit eines wackeligen WLAN-Signals aufgetaucht und wieder verschwunden; jetzt schwebte sie, fixiert an ihrem Platz, eine blasse Korona ihres früheren Selbst. Sämtliche Farbe war aus ihrem Haar gewichen, die Linien ihres Gesichts waren mehr gemeißelt als gezeichnet und ihr Körper war eher eine Andeutung als eine Form. Sie leuchtete in der Farbe von Gefrierbrand, war mehr abwesend als anwesend, und die Luft im Umkreis von einem Meter schimmerte wie billiges Plexiglas.

Sie blickte weder Vincent noch Mrs Barley oder Ren an. Stattdessen war ihre Aufmerksamkeit auf die Grabsteine gerichtet, ihre Hände bewegten sich in Schleifen und Spiralen und dirigierten das Kerzenlicht, als wäre es ein sehr langsames und leicht beleidigtes Orchester.

»Alle in den Ring«, sagte sie. Ihre Stimme war das Einzige, was nicht verblasst war; sie hallte mit der Autorität einer Rektorin, die einen Aufruhr in der Oberstufe auflöst, durch die Krypta. »Wir fangen an.«

Niemand zögerte. Die Überlebenden fanden Plätze entlang des Umfangs, die Modernisierer im Norden, die Traditionalisten im Süden, Franzosen und Deutsche an den Flanken und die Engländer wie immer in den Lücken. Ren, Vincent und Mrs Barley nahmen ihre Plätze neben Zara ein, deren Umrisse flackerten, als sie den Kreis durchschritten. Die Luft im Inneren des Kreises war irgendwie noch kälter. Vincent spürte, wie sich die Haare auf seinen Armen aufstellten, gefolgt von dem beunruhigenderen Gefühl, dass die Haut selbst versuchte, von seinen Knochen abzuwandern.

Zara verschwendete keine Zeit. »Sprecht nicht«, sagte sie, die Augen immer noch auf die Steine gerichtet. »Blickt nicht zurück. Alles hier will, dass man sich an es erinnert.«

Sie begann zu rezitieren: nicht in einer einzigen Sprache, sondern in drei oder vier gleichzeitig, wobei die Phrasen übereinander purzelten, mal Latein, mal ein Geräusch, das klang wie ein Einwahlmodem, das an einem Fluch erstickt. Die Kerzen reagierten: zuerst flackerten sie, dann streckten sie sich, die Flammen bogen sich seitwärts, um an den alten Namen zu lecken, die in die Grabsteine gemeißelt waren. Während sie sprach, begannen sich die Inschriften zu bewegen, die Buchstaben lösten sich von ihren Zeilen und krochen über den Kalkstein wie eine Parade von Glühwürmchen. Vincent versuchte, nicht hinzusehen, aber die Art und Weise, wie sich die Daten neu ordneten – Jahre sprangen vor und zurück, Vornamen tauschten mit Nachnamen –, machte es schwer, den Blick abzuwenden.

Ren versuchte es nicht einmal. Ihre Augen verfolgten jeden kriechenden Buchstaben, jede Veränderung in den Schatten. Wenn die Narbe auf ihrem Arm sie störte, ließ sie es sich nicht anmerken, aber ihr Kiefer war so fest zusammengebissen, dass die Adern an ihrem Hals wie blau-schwarze Drähte hervortraten. Vincent sah, wie ihre rechte Hand sich anspannte, sich dann in ihre Handfläche grub und Blut hervorquellen ließ. Er hätte etwas gesagt, aber Zaras Warnung hallte in seinem Kopf wider: *Sprecht nicht. Blickt nicht zurück.*

Mrs Barley hielt den Kopf nach vorne gerichtet, aber ihr Stift setzte seine hektischen Notizen fort. Wenn sie bemerkte, wie die Kerzen zu ihren Füßen ein Pentagramm gebildet hatten oder dass der nächste Stein nun ihren eigenen Namen trug (mit einem Mindesthaltbarkeitsdatum von zehn Jahren in der Zukunft), so ließ sie es sich nicht anmerken.

Das Ritual dauerte eine Minute oder eine Stunde; die Zeit innerhalb des Kreises war so bedeutungslos wie die Namen auf den Steinen. Irgendwann verlor Vincent die anderen Teams aus den Augen. Er versuchte, die Kerzen zu zählen, aber ihre Anzahl blieb nie gleich. Hin und wieder erhaschte er einen Blick auf Cass' Ringlicht durch den Nebel oder hörte Aurelias Lachen – hoch, klar, nachhallend –, aber alles kam gedämpft an, als wäre es unter Wasser.

Die kriechenden Inschriften erreichten ihren Höhepunkt. Jetzt bewegten sich die Worte nicht nur; sie schrieben sich neu. Anstelle von verblassten Grabinschriften buchstabierten die Steine Botschaften, manchmal auf Englisch, manchmal in jener zuckenden Modem-Sprache, die Zara benutzt hatte. Einige waren Warnungen: LASST ALLE HOFFNUNG FAHREN, ERIN-NERUNG IST EINE WAFFE, LASST NICHT ZU, DASS SIE EUCH SCHREIBT. Andere schienen Privatscherze zu sein oder Übersetzungsfehler: SCHLECHTER SAMEN, FALSCHER ENTWURF, DIE BÜROKRATIE WIRD ALLES VERSCHLINGEN.

Auf Vincents eigenem Stein stand nun: VINCENT LUPO, 1330–∞. BERÜHMT FÜR SCHLECHTE ENTSCHEIDUNGEN.

Er wollte lachen, aber die Luft war dafür zu dick geworden. Der Wind, der zuvor so schneidend gewesen war, legte sich zu absoluter Stille. Sogar die Geräusche der Stadt – die Taxis, die Sirenen, die Studenten, die von den Clubs nach Hause torkelten – verklangen zu toter Stille.

Und dann hörte Zara auf zu sprechen. Sie blickte auf, ihre Augen trafen zuerst die von Ren, dann die von Vincent, dann die von Mrs Barley.

»Bereit?«, fragte sie.

Ren nickte, da sie ihrer Stimme nicht traute. Vincent tat es ihr gleich, obwohl er sich alles andere als bereit fühlte.

Mrs Barley sagte: »Fahren Sie fort«, und es war das Unnervöseste, was je jemand auf einem verfluchten Kirchhof gesagt hatte.

Zara streckte ihre Hände aus, deren Fingerspitzen sich auflösten, und machte eine zerreißende Geste in der Luft. Die Welt vor ihnen spaltete sich, eine senkrechte Naht öffnete sich vom Boden aufwärts, wurde breiter und breiter, bis sie zu einem Riss im Gefüge von allem wurde. Es gab kein Geräusch, nur ein Knacken im Hinterkopf, und dann war der Raum zwischen den Nähten schwarz – absolut, konturlos schwarz, so tief, dass selbst das Kerzenlicht Angst zu haben schien, hineinzugelangen.

Die Lücke klaffte auf, und das Einzige, woran Vincent denken konnte, war, dass sie wie ein Buch aussah, aus dem jede Seite herausgerissen worden war, ein hohler Rücken und sonst nichts.

Die Deutschen, Franzosen, Traditionalisten und Modernisierer gingen voran. Ren ging als Nächste, der Hunger stand ihr ins Gesicht geschrieben, aber das Kinn war erhoben, der Blick nach vorn gerichtet. Sie trat an den Rand des Risses, blickte zu niemandem zurück und verschwand mit einem Schimmern.

Vincent war der Nächste. Er zögerte, nur eine Sekunde lang, dann folgte er, die Hände so fest zu Fäusten geballt, dass die Knochen knackten. Die Kälte auf der anderen Seite zog ihn hinein.

Mrs Barley wartete einen ganzen Herzschlag lang, dann marschierte sie hindurch, den Regenschirm wie einen Säbel vor sich.

Zaras Geist sah ihnen nach, ihre eigenen Umrisse flackerten aus, kurz bevor sich die Naht wieder schloss.

Der Kirchhof war leer.

Die Welt dahinter nicht so sehr.

Der erste Schritt in die Leere war ein Fehler, aber es war der einzige, der angeboten wurde. Vincent landete mit einem Ruck und wurde mit dem Gefühl belohnt, dass seine Eingeweide durch eine Mangel gedreht wurden. Einen Herzschlag lang gab es nichts – kein Gefühl für oben, unten oder auch nur die Erwartung von Schwerkraft –, doch dann drehte sich die Welt und schlug krachend in ihre Position, und er erkannte, dass er am Rande von etwas Weitem, Uraltem und Falschem stand.

Er befand sich in einer Kathedrale, oder der Erinnerung an eine, die zu unmöglichen Ausmaßen gestreckt und aus Materialien gebaut war, die niemals außerhalb von Albträumen oder den ehrgeizigeren Stadterneuerungsprojekten existiert hatten. Die Decke, falls es eine gab, war unerreichbar – nur ein Druck von Dunkelheit, gelegentlich von flackernden Bewegungen durchzuckt, wie ferne Züge hinter Rauchglas. Die Wände wölbten sich nach oben, bedeckt vom Arterienrot pulsierender Venen, und jede Linie pochte mit einem Herzschlag, der nicht sein eigener war. Das Licht war überall und nirgends: mal brillant, mal schwarz wie das Innere eines geschlossenen Sarges, immer wechselnd, als hätte die Realität einen aggressiven Anfall von Schwindel erlitten und verweigerte jede Medikation.

Der Boden war kein Boden, sondern ein lebendiges Ding, weich und gummiartig, das sich in langsamen, Übelkeit erregenden Wellen bewegte. Jeder Schritt drohte, Vincent aus dem Gleichgewicht zu bringen, und es kostete ihn seinen ganzen

Willen, sich auf den Beinen zu halten und sich daran zu erinnern, dass oben und unten selbst hier noch etwas bedeuteten. Die Luft war dick, sirupartig, mit dem Geschmack von Eisen und brennendem Papier, und jedes Mal, wenn er zu atmen versuchte, drohte seine Lunge, etwas Lebenswichtiges auszuhusten.

Die einzige Konstante war der Klang: ein Flüstern, erst leise, dann zu einer Kakophonie sich überlappender Stimmen anwachsend. Kein Echo, keine Erinnerung, sondern etwas Schlimmeres: das deutliche Gefühl, von Versionen seiner selbst umgeben zu sein, von denen jede ein anderes Skript murmelte, eine andere Reihe von Fehlschlägen und Verrat. Sie überlappten und verhedderten sich, eine Menge von Vincents, die alle darum wetteiferten, wer am enttäuschendsten sein konnte.

Er hörte sich selbst als Tyrann – die Stimme tief, triefend vor der Befriedigung, Strafen auszusprechen. Er hörte sich selbst als Feigling, der Entschuldigungen in den Dreck weinte und nach dem nächsten Ausgang krabbelte. Er hörte sich selbst als Monster, vollgefressen mit Blut und Ruhm, das die Leere anbrüllte, bis sie zurückbrüllte und ihn ganz verschlang.

Er stolperte vorwärts, eine Hand ausgestreckt, die andere geballt, um sich nicht selbst ins Gesicht zu schlagen. Ren erschien zu seiner Linken, die Augen weit und wachsam, die Nüstern gebläht, als würde sie die Architektur wittern. Ihre neuen Sinne – was auch immer sie waren – schienen hier zu gedeihen. Sie ging nicht so sehr, wie sie pirschte, jede Bewegung kontrolliert, präzise, ein Raubtier unter verwundeter Beute. Der Hunger war über ihr, ein leises Knurren, das unter ihrer Haut vibrierte, aber sie hielt sich zusammen.

Mrs. Barley deckte den Rücken, den Regenschirm an ihrer Seite, und schritt mit derselben Autorität voran, die sie benutzt hatte, um Bürokraten und Monster gleichermaßen in die Schranken zu weisen. Sie blinzelte nicht, schwankte nicht, aber Vincent bemerkte, wie sie nach oben blickte, als ob sie nach

Scharfschützen oder anderen, weniger menschlichen Bedrohungen Ausschau hielte.

Ren hielt ihn mit einer Hand auf seiner Schulter auf. Die Berührung war elektrisierend – ein Blitz reinen Verlangens – und er hätte beinahe ausgeholt, bevor er sich erinnerte, wer er war, wer sie war und was es bedeutete, dass sie beide noch hier waren.

»Alles gut bei dir?«, fragte sie, ihre Stimme durchbrach den Vincent-Chor.

Er versuchte zu antworten, aber alles, was herauskam, war: »Welcher?«

Rens Griff verstärkte sich, ihre Finger gruben sich mit übernatürlicher Kraft hinein. »Der, der nicht aufgibt.«

Er hätte fast gelacht, aber die Echos um sie herum verschlangen den Klang und spuckten ihn als tausend höhnische Schnauber zurück.

»Bewegen Sie sich weiter«, sagte Mrs. Barley, ihre eigene Stimme schnitt durch den Nebel. »Es wird schlimmer, wenn Sie stehen bleiben.«

Sie drängten vorwärts, der Boden wand sich unter ihnen, die Wände atmeten mit unmöglichen Lungen ein und aus. Gelegentlich sah Vincent Blitze in der Dunkelheit: Szenen aus seinem Leben, verdreht und verzerrt, die immer in einer Katastrophe endeten. Hier war er auf den Wällen bei Smolensk, brüllte nach Blut und bekam es, nur um dann den Verstand, die Stadt und die Hälfte seiner Leute zu verlieren. Dort war er in Florenz und versuchte, den Diplomaten zu spielen, nur um als Nebenfigur im Putsch eines anderen zu enden. Jeder Fehlschlag, jeder Zusammenbruch, vorgeführt in höchster Auflösung und mit Surround-Sound.

Die anderen blieben nicht verschont. Vincent erhaschte einen Blick auf Ren, ihr Gesicht zu einem wilden Knurren verzerrt, wie sie über einem Haufen Leichen stand, ihre Kiefer von Arterienrot glänzend. Er sah Mrs. Barley, steinern und perfekt, wie sie mit ruhiger Hand ihren Namen in ein Hauptbuch eintrug, während eine Reihe von Zivilisten in den Tod marschierte, ihre Feder in etwas getaucht, das, da war er sich sicher, frisches Blut war. Die Visionen kamen und gingen, so schnell und so dicht, dass er sich zu fragen begann, ob er die reale Welt jemals verlassen hatte oder ob dies nur das war, was in seinem Kopf als Montagmorgen durchging.

Sie erreichten eine Erhebung im Boden, einen Klumpen erstarrter Dunkelheit, der einst eine Kanzel oder ein Rednerpult gewesen sein mochte. Das Flüstern wurde lauter und überlappte sich so intensiv, dass Vincent für einen Moment spürte, wie sich seine eigenen Gedanken auflösten und aus seinen Ohren sickerten. Er fiel auf ein Knie, knirschte mit den Zähnen und sah das Mal auf Rens Arm wie ein Leuchtfeuer aufleuchten, das ein blauweißes Stroboskoplicht auf die lebenden Wände warf.

Die Stimmen verschmolzen zu einer einzigen, überwältigenden Präsenz.

»*Du kannst nicht gewinnen*«, sagte die Stimme. Es war Vincents, aber auch nicht: tiefer, schwerer, als wäre sie mit jedem Bedauern überlagert, zu dem er sich nie bekannt hatte. »*Du bist nur das, wozu du geschrieben wurdest.*«

Ren stand über ihm, ihr eigenes Gesicht flackerte durch eine Reihe von Ausdrücken – Angst, Wut, Hunger, dann eine kalte, diamantharte Entschlossenheit.

Sie kniete nieder, packte Vincent am Kragen und zog ihn auf die Beine. »Es ist nicht echt«, sagte sie, und für eine Sekunde war es Rens alte Stimme – die von früher, die, die einen Hörsaal zum Schweigen oder eine Kneipe leeren konnte. »Es ist ein Entwurf. Er gewinnt nur, wenn du es zulässt.«

Er sah sie an, das Mal, die Art, wie ihre Haut in diesem Anti-Licht fast durchsichtig war, und fragte sich, ob sie wirklich überlebt hatte oder ob er sie nur in die Hölle gebracht hatte, um zuzusehen, wie sie von innen verrottete.

Er fand seinen Halt wieder, und gemeinsam wandten sie sich der Stimme zu.

Am anderen Ende der Kathedrale bildete sich eine Gestalt: riesig, formlos, aus übereinandergeschichteten Papierfetzen und unfertigen Sätzen gebaut. Sie wand sich und wechselte von einer Kontur zur anderen – mal ein Mann in der Perücke eines Richters, mal eine Frau mit einer Sense, mal nur ein knirschendes Maul mit endlosen Reihen haifischartiger Zähne. Die Oberfläche des Dings krabbelte vor Gesichtern, alle vertraut, alle Vincents in irgendeinem Alter, und alle schrien sie.

Mrs. Barley schritt voran, den Regenschirm gezückt, das Kinn erhoben.

»Was ist der Plan?«, fragte Vincent, immer noch halb geduckt.

»Lassen Sie es nicht das Ende schreiben«, sagte sie, als ob das alles beantwortete.

Die Entität – der Ewige Entwurf, wie Vincent vermutete – grollte, der Klang vibrierte durch seine Knochen. Seine Zähne klapperten vor Vorfreude, die Seiten seines Körpers flatterten wie eine Bibliothek in einem Hurrikan.

Es sprach erneut, diesmal mit einer Stimme, die so gewaltig war, dass sie die Wände der Kathedrale erzittern ließ: *Ihr seid Fußnoten. Ihr seid Fehler. Ihr werdet korrigiert werden.*

Ren fletschte die Zähne, eine Geste, die so automatisch und so neu war, dass sie Vincent beinahe stolz machte. »Scheiß drauf«, sagte sie, und für einen Moment zuckten die Stimmen in seinem Kopf zusammen.

Vincent richtete sich auf. Der alte Schmerz war da, aber auch etwas anderes – eine Erinnerung an jedes Mal, wenn er überlebt hatte, jedes Mal, wenn er aufgestanden war, obwohl er hätte liegen bleiben sollen. Er straffte die Schultern und wandte sich an den Entwurf.

»Fußnoten sind das, was die Geschichte ehrlich hält«, sagte er mit fester Stimme. »Und jeder Lektor hasst ein Logikloch.«

Der Entwurf taumelte, seine Form fiel in sich zusammen und formte sich dann zu etwas noch Größerem, noch weniger Zusammenhängendem. Jetzt war er teils tintenbefleckte Schlange, teils Parlamentsbank, teils offenes Grab. Die Luft füllte sich mit dem Gestank von Ozon und frischem Blut, und der Boden kräuselte sich, als wollte er sie wie lästige Flöhe abschütteln.

Ren sah Vincent fest in die Augen, und er sah in ihr eine erschreckende Zuversicht. »Wir beenden es«, sagte sie. »Hier.«

Mrs. Barley nickte, ihr eigenes Mal leuchtete auf, als sie den Regenschirm hob und ihn direkt auf das Herz des Monsters richtete.

Der Entwurf, der vielleicht die Bresche spürte, schoss vorwärts, das Maul geöffnet, um einen wirbelnden Schlund aus geschreddertem Papier und mahlenden Knochen zu enthüllen. Die Stimmen verdoppelten, verdreifachten sich, jede flehte, verhandelte, schrie nach Anerkennung.

Vincent stürzte sich nach vorn, ergriff Rens Hand, und gemeinsam stürmten sie auf das Podium zu. Je näher sie kamen, desto mehr drückte die Luft zurück – jeder Schritt ein Kampf gegen die Schwerkraft, gegen ihren eigenen Willen, einzuknicken und aufzugeben. Die Narbe auf Rens Arm blutete weißes Licht, verbrannte den lebenden Boden, und der Effekt war unmittelbar: Wo immer das Licht auftraf, zischte das Gewebe der Leere, zuckte zurück, zerbarst.

Mrs. Barley schloss sich ihnen an, hielt ihr Tempo, ihr Regenschirm funkelte nun vor wütender blauer Energie. Vincent spürte, wie die Welt sich zusammenzog, dann ausdehnte, dann verdrehte, als der Entwurf versuchte, sie mit jedem Schritt aus der Existenz zu schreiben.

Es funktionierte nicht.

Ren erreichte als Erste die Kanzel. Sie rammte ihre Faust in das Gesicht des Dings – kurz war es ihr eigenes Gesicht, bevor die Illusion zusammenbrach. Vincent folgte, schlug ebenfalls in die

Masse und spürte, wie Knochen und Papier und etwas Weicheres nachgaben. Mrs. Barley stieß den Regenschirm in den Kern und drehte ihn kräftig.

Der Entwurf heulte, jede unfertige Geschichte, die er je verschlungen hatte, schrie durch die Halle. Die Visionen um sie herum spielten verrückt – Hunderte möglicher Vincents, Rens, Mrs. Barleys, alle lebten und starben und wurden im Zeitraffer ausgelöscht, keiner von ihnen hielt länger als einen Herzschlag an.

Die Entität bockte, dann begann sie zusammenzufallen, die Seiten schrumpften zu Asche, die Zähne klapperten und zersplitterten dann. Der Boden unter ihnen stabilisierte sich; die Luft wurde klarer. Für eine Sekunde schien es, als könnten sie wieder atmen.

Aber das Monster war noch nicht fertig. Selbst als es schrumpfte, zog es sie an, zerrte sie zum Zentrum, zu einem Punkt absoluter Dichte – einer Singularität aus jedem Fehler, jeder verpassten Chance, jeder Zeile, die es nie in den Druck geschafft hatte.

Vincent sah Ren an, sah Mrs. Barley an, und wusste, was kam. Sie mussten es zu Ende bringen.

Er trat in die Bresche, ließ die Schwerkraft ihn erfassen, und im letzten Moment ergriff er die zentrale Seite – die ursprüngliche Geschichte, die Wurzel von allem.

Sie war leer.

Er starrte auf den leeren Raum, auf die Zeile, die darauf wartete, gefüllt zu werden. Er hörte die Stimmen nach einer Antwort schreien, nach einem Namen, nach einem Ende.

Vincent grinste, ließ die alte Arroganz aufblühen und kritzelte mit seinem eigenen Blut über die Seite:

NICHT DAS ENDE.

Die Leere heulte auf, und die Welt klappte zu.

ZWANZIG

Vincent stolperte in den nächsten Kreis der Hölle, der sich mit dem Gestank von frischem Blut und einer Feuchtigkeit ankündigte, wie man sie sonst nur in Schlachthöfen an einem Feiertag vorfindet. Die Wände rückten näher, jetzt noch enger, ihre Oberflächen pulsierten im Gleichtakt mit seinem Puls, jede Ader auf dem Stein eine leuchtende Arterie. Ein roter Tropfen verdichtete sich an der niedrig hängenden Decke, spritzte dann auf seine Schulter, wo er durch den Stoff zischte und eine Zuckung durch sein Rückgrat jagte. Er wischte ihn weg, nur um festzustellen, dass die Stelle auf seiner Haut sofort verheilte und nichts als den Nachgeschmack von Metall und Demütigung hinterließ.

Der Boden war schlimmer. Er wogte, zähflüssig und weich, als wäre die gesamte Kammer das Innere eines lebenden Herzens. Jeder Schritt schmatzte. Jeder Schritt leistete Widerstand, als wollte die Höhle ihn festnageln und nach Belieben verdauen.

Er kämpfte sich weiter voran, denn vorwärts war die einzige Richtung, in der er nicht Gefahr lief, von seinen eigenen Fußabdrücken bei lebendigem Leib gefressen zu werden.

Der Raum öffnete sich zu einem höhlenartigen Amphitheater,

doch die Sitze waren nur von leeren Rüstungen besetzt, von denen jede sein eigenes Gesicht trug, jede zu einer Fratze des Schmerzes oder der Ekstase oder beidem verzerrt. Sie beobachteten ihn mit der Leere eines Raubtiers. Er versuchte, nicht hinzusehen, doch die Augen verfolgten ihn mit den Blicken, folgten seinem schlurfenden Gang zur Bühne hin, wo bereits drei Gestalten warteten.

Keine Wiedergänger. Nicht die wiederbelebten Bürokraten, die er vom Grausamkeitstheater des Entwurfs erwartet hatte.

Nein. Die drei auf der Bühne waren Vincent. Verschiedene Modelle, verschiedene Tragödien, alle nach Plan gefertigt.

Der erste: ein Wolf, oder das, was die Londoner Presse wohl als Wolf bezeichnet hätte, wenn sie jemals einen außerhalb eines Märchens gesehen hätte. Sein Fell war blutverschmiert, verfilzt und fleckig, die Klauen gelb und rissig, die Schnauze mit Schwarz und Rot verkrustet. Er umkreiste ihn, mit gesträubtem Nackenfell und Augen, die von einem kränklichen Gold umrandet waren, das im Takt des Raumes pulsierte. Als er die Zähne fletschte, waren es menschliche Fänge, und als er sein Maul aufriss, heulte er mit einer Stimme, die unverkennbar seine eigene war.

Der zweite: ein Mann auf einem Thron, oder dem, was hier als Thron durchging – drei Dutzend mit Stacheldraht zusammengebundene Oberschenkelknochen, mit Kissen aus den geschorenen Skalps von Gerechten und Ungerechten gleichermaßen. Dieser Vincent trug einen samtenen Smoking, doch die Seide war verkohlt und fleckig; er lehnte sich zurück, ein Bein über die Armlehne geschlagen, ein Glas voll Blut in der Hand und ein Grinsen im Gesicht, das nach jemandem roch, der keine Gelegenheit zum Prahlen ausgelassen hatte. Sein Gesicht war sauberer, aber die Augen waren tot, längst durch die kalte Münze der Macht ersetzt.

Der dritte: ein Schemen, so dünn, dass er fast durchsichtig war, in sich zusammengesunken, die Arme um die Knie geschlungen. Er blickte nur auf, um zurückzuzucken, dann schaute er weg und murmelte etwas von der Sinnlosigkeit der Bewegung und der Unvermeidlichkeit, verschlungen zu werden.

Vincent beäugte das Tableau und bekämpfte den Drang, die eigenen Augen aus dem Kopf und auf den Boden zu rollen, nur um das nicht sehen zu müssen.

Der Wolf sprang als Erster, landete direkt vor ihm, das Maul weit aufgerissen. »Du hättest ein König sein können«, sagte er, und Speichel spritzte Vincent ins Gesicht. »Du hättest in Ewigkeit schlemmen können, aber du hast es mit Feigheit und Selbstmitleid verschwendet. Wie fühlt es sich an, Vincent, zu wissen, dass das Tier alles ist, was übrig ist?«

Er wischte sich die Sauerei von der Wange. »Wenigstens lecke ich mir nicht in der Öffentlichkeit den eigenen Arsch.«

Das Knurren des Wolfes wurde lauter, und er schlug mit einer Pranke nach ihm, die so groß war wie ein Sonntagsbraten, doch der Schlag fuhr durch Vincent wie ein starker Wind – kalt, aber substanzlos. Er nahm den Aufprall kaum wahr.

Der zweite Vincent – nennen wir ihn den Monarchen – beugte sich vor, das Glas an die Lippen gehoben. »Immer der Rebell, niemals der Herrscher. Weißt du, wie oft dir die Welt angeboten wurde, alter Freund? Weißt du, wie viele sie abgelehnt haben?« Er hob das Glas, dann trank er, die Flüssigkeit wirbelte darin mit der langsamen Schwerkraft der Verzweiflung. »Jede Geschichte endet gleich. Du sabotierst sie. Du bringst sie um, bevor sie dich umbringen kann.«

Der dritte Vincent – nennen wir ihn den Geist – hob nie den Kopf, wiegte sich nur hin und her und flüsterte: »Sie beobachten dich alle. Sie werden dir niemals verzeihen. Sie werden dich niemals gehen lassen. Selbst wenn du gehst, wirst du niemals woanders sein als hier.«

Vincent spürte, wie die Worte einschlugen, schwerer als die Klauen oder der Spott. Der Raum war still, bis auf den Chor seiner eigenen Stimmen, der sich mit dem allgegenwärtigen Zischen des Entwurfs überschnitt.

»Jede Geschichte endet damit, dass du ein Monster bist«, sagten sie, und diesmal war es nicht einer, sondern alle drei in perfekter Eintracht. Die leeren Rüstungen im Amphitheater griffen den Satz auf und wiederholten ihn, ihre Kiefer klapperten, während sie den Refrain sangen.

Er lachte, oder versuchte es zumindest, doch der Klang kam verzerrt zu ihm zurück, als würde jedes Echo durch einen Fleischwolf gedreht. Er griff in seine Tasche nach einer Zigarette, fand nichts, zuckte dann mit den Schultern und ließ den nächsten Satz kommen.

»Wenn ihr meine existenzielle Krise sein sollt, dann geht euch das Budget aus«, sagte er. »Ich habe schon bessere Spezialeffekte im späten Abendprogramm gesehen.«

Der Wolf stürzte sich erneut auf ihn, und diesmal schlug Vincent zu – die Finger zu Klauen gekrümmt, um mit gleicher Münze heimzuzahlen. Er kratzte nach der Schnauze der Bestie, doch seine Hände fuhren hindurch und streiften nur die Illusion. Er schlug weiter zu, verzweifelt darauf aus, irgendetwas Festes zu spüren, aber es war, als würde man gegen sein eigenes Spiegelbild in einem schmutzigen Spiegel kämpfen.

Der Monarch erhob sich vom Thron, die Knochen knarrten. »Du kannst nicht töten, was du bereits bist, Vincent. Du bist der Lieblingsfehler des Entwurfs. Die Fußnote, die zur Schlagzeile wird. Du denkst, du kannst entkommen, aber du kommst immer wieder hierher zurück, nicht wahr?«

Der Geist wimmerte, die Hände über dem Kopf. »Es endet nie. Es endet nie. Es endet nie—«

Vincent wirbelte herum, stemmte die Ferse in den Dreck und verpasste dem Monarchen einen rechten Haken, der einen Kiefer hätte zertrümmern müssen. Stattdessen explodierte seine Faust zu

Scherben der Erinnerung: Gesichter aller Vampire, aller Menschen, aller Idioten, die er jemals nicht hatte retten können. Die Stücke flatterten davon wie schlechtes Konfetti, und wo der Monarch gestanden hatte, war nur noch Rauch, der sich zur Form einer Krone kräuselte.

Der Wolf umkreiste ihn, jetzt hinter ihm, die Kiefer an seinem Hals. »Du bist nicht einmal ein Monster. Du bist nur eine Geschichte über ein Monster. Was für eine Verschwendung.«

Er fletschte seine eigenen Fänge und drehte sich um, schlug seine Zähne in die Kehle des Schattenwolfs. Der Geschmack war brackig und kalt, die Textur irgendetwas zwischen Tinte und Seide. Er bäumte sich auf, löste sich dann auf und erschien einen Meter entfernt wieder, unverletzt, leckte sich imaginäre Wunden und lachte.

Von den Wänden sang der Ewige Entwurf eine höhere Harmonie: *Du wirst korrigiert werden. Du wirst umgeschrieben werden.*

Er schrie die Stimme an, aber der Klang zersplitterte. Der Geist klammerte sich an seine Beine und zerrte ihn auf den pulsierenden Boden hinunter, wo der Herzschlag durch seinen Rücken und in sein Gehirn drang.

Der Monarch kehrte zurück, eine Hand auf Vincents Kopf, und zwang ihn in die Knie. »Das ist der beste Teil«, sagte er. »Der Zusammenbruch. Die Pointe. Die letzte Seite, und das Monster verliert immer.«

Vincent wand sich, versuchte, den Griff zu brechen, aber die Hand des Monarchen war an seine Kopfhaut geschweißt, die Nägel gruben sich durch die Haut bis auf den Knochen darunter. Der Wolf nagelte seinen rechten Arm fest, der Geist seinen linken, und alle drei drückten nach unten, die Mäuler geöffnet, bereit, den Rest von ihm zu verschlingen.

Er heulte, nicht aus Angst, sondern aus reiner, tierischer Frustration. Er trat, bockte, spuckte jeden Fluch aus, an den er sich erinnern konnte. Die Echo-Selbste lachten, der Monarch lauter als die anderen. »Sieh dich an. Nur Zähne, kein Biss. Nur Angeberei, kein Rückgrat. Am Ende bist du genau wie wir.«

Vincent hörte auf zu kämpfen.

Er hing schlaff da und ließ sich von der Last seiner eigenen Schatten niederdrücken. Der Herzschlag im Boden wurde stärker, die Präsenz des Entwurfs fädelte sich in jede Synapse ein.

Ihr seid Fußnoten. Ihr seid Fehler.

Er erzitterte, jeder Nerv brannte vor dem Schmerz der Erinnerung, des Wissens, dass er nichts als eine fehlerhafte Kopie eines fehlerhaften Originals war. Die drei Echos rückten näher, ihre Gesichter verschmolzen, ihre Hände krallten sich in seine Haut. Sie beugten sich vor, Zähne an der Kehle, bereit, die Sache zu Ende zu bringen.

Er schloss die Augen, machte sich auf die Auslöschung gefasst.

Und dann—

Und dann, von irgendwo außerhalb des Kreises, eine Stimme. Scharf, ungebrochen, eine einzige Silbe, die wie ein Rasiermesser durch das Elend schnitt:

»Nein.«

Die Echos hielten inne, ihre Kiefer schwebten knapp über seinem Hals. Das Licht der Höhle veränderte sich, der Herzschlag geriet ins Stocken. Die Rüstungen im Amphitheater klapperten, als sie sich alle umdrehten und nach der Quelle suchten.

Die Stimme ertönte erneut, stärker. »Diesmal nicht.«

Und für einen Moment erkannte Vincent sie. Nicht seine eigene. Nicht die des Entwurfs.

Rens.

Rens neue Augen tranken die Dunkelheit, und sie hatte keine Angst. Sie stand auf dem kanzelartigen Podium der Kathedralen-

Leere, knöcheltief in einer Membran aus etwas, das Wasser sein wollte, aber nach Tinte und alten Wunden stank. Der Raum vibrierte mit einer Bedrohung unterhalb der Hörschwelle, einem Druck im Kiefer, und einem Chor von Vincents Stimmen, die vom lebenden Stein widerhallten: Versionen von ihm in allen erdenklichen Genres, manche tragisch, manche eine Farce, manche die Art von Entwurf, den keiner je einem Lektor zeigen würde.

Aber der Trick an diesem Ort, erkannte sie, war, dass er bei jedem funktionierte. Ihr eigenes Spiegelbild verfolgte sie jetzt – eine Version aus einem Leben, das sie nie gelebt hatte, das, in dem sie die Stimme des Mals akzeptiert und sich von ihr ins Vergessen hatte erzählen lassen. Diese Ren trug einen Anzug aus Parlamentsbeständen, zu groß für sie, zu alt; die Haut darunter war mit schwarzen Adern durchzogen, die so dick waren wie Datenkabel und sich bis zu den Wangenknochen hinaufschlängelten. Ihre Augen leuchteten im gleichen Blauweiß wie das Mal, aber das Licht war faulig, mehr Nachbild als Leuchten. Sie ging gebückt, die Füße hoben sich kaum vom Boden, als koste jeder Schritt ein Stück von ihr selbst.

»Hochstaplerin«, höhnte Schatten-Ren, die Zunge zuckte über Fänge, die für ihren Mund zu scharf aussahen. »Du hast hier nie hergehört, weißt du. Hast nie etwas zu Ende gebracht.«

Ren fletschte ihre eigenen Zähne – ein Reflex, keine Show – und spürte, wie die neuen Eckzähne ihre Zunge streiften, ein winziger Blutstropfen, der nach Lötkolben und Nostalgie schmeckte. »Das bin nicht ich«, sagte sie, »das sind nicht wir.« Sie umrundete ihre Doppelgängerin, achtete darauf, eine Wand im Rücken zu haben. »Du bist nur das, was passiert, wenn ich dich gewinnen lasse.«

Die Doppelgängerin grinste. »Du bist das, was passiert, wenn du verlierst.«

Die Entität – der Entwurf, der Hunger im Herzen all dessen – war nicht nur in der Luft. Er war in ihren Knochen. Ren konnte spüren, wie er sie prüfte, versuchte, einen Geist des Mals in jedes Gelenk, jede Sehne, jede Erinnerungsspur zu schleusen, die sie nicht an der kurzen Leine hielt. Ihr Unterarm brannte, die Narbe wirbelte nun vor Erregung und schickte Lichtranken durch ihre Adern und hinauf in ihren Schädel.

Sie riskierte einen Blick: Vincent war immer noch auf den Knien, die Arme um sich geschlungen, bedrängt vom Chor seiner schlimmstmöglichen Selbste. Da war eine Version in Kreuzritter-rüstung, die Stimme wie eine verschlossene Tür. Da war ein Dich-ter, blass und zitternd, der zwischen den Strophen seinen eigenen Nachruf rezitierte. Da war ein Monster, die Fänge rot und die Augen golden, das auf Vincents eigenem Rücken hockte und ihm Beleidigungen ins Ohr zischte. Das Schlimmste war jedoch der Vincent im Dreiteiler, der mit gekreuzten Beinen auf dem Podium saß und grinste, während er die anderen die Gewalt verüben ließ.

Ren trat an Vincents Seite. Der Boden wehrte sich gegen sie, jeder Schritt war klebrig, die Leere darunter wollte sie zum nächsten und übernächsten und überübernächsten Entwurf durchziehen. Ihre eigene Doppelgängerin schlich hinter ihr her, die Stimme stets im Nacken: »Er wird sich gegen dich wenden. Das tun sie immer. So ist die Geschichte.«

Sie legte eine Hand auf Vincents Schulter. Er zuckte zurück, hätte fast ausgeholt, aber ihr Griff war eisern – stärker, als er hätte sein dürfen, stärker, als sie es aus irgendeinem menschlichen Moment in Erinnerung hatte. Sie drückte zu. »Hey. Sieh mich an.«

Er tat es nicht, also riss sie ihn grob herum, und der Dichter und das Monster und der Soldat fielen alle ab und ließen nur den Anzug zurück. Der Anzug sah sie an, und für eine Sekunde trug er ihr eigenes Gesicht – sein alter Trick, jeden zu spiegeln, der den Mumm hatte, sich ihm entgegenzustellen.

»Du bist nicht diese Enden«, sagte sie, und diesmal ließ sie die Fänge sehen, mit einem halben Lächeln und allem Drum und

Dran. »Du bist derjenige, der sie umgeschrieben hat. Erinnerst du dich?«

Vincents echte Augen, rot umrandet, trafen ihre. »Ich habe furchtbare Angst vor dem, was ich bin«, flüsterte er.

Sie grinste breiter. »Gut. Das heißt, du bist noch du selbst.«

Die Narbe auf ihrem Arm loderte auf, als wäre sie beleidigt, und die Schatten-Ren schrie, krümmte sich, als hätte sie einen Schlag in den Magen bekommen. Die Welt stotterte – jedes Licht flackerte, jeder Schatten spannte sich straff – dann bluteten die Illusionen rückwärts in den Stein, zogen sich in einem Schlürfen der Unwirklichkeit zurück, das schmierige Nachbilder, aber nichts, was man berühren konnte, hinterließ.

Die Kathedrale erzitterte, die Wände wölbten sich, die Bögen bogen sich wie die Knochen eines brünstigen Tieres. Das zentrale Podium, der Altar im Herzen der Leere, brach entlang einer vertikalen Naht auf, und das wahre Gesicht des Ewigen Entwurfs quoll hervor: nicht Mann, nicht Frau, nicht einmal Bestie, sondern ein wogendes Bündel aus Pergament, Reißzähnen und Händen, die sich selbst zerfetzten und in Echtzeit für immer neu verwoben. Seine Stimme war jeder Schrei auf einmal, überlagert vom Rückkopplungs-Pfeifen eines Mikrofons, das seiner eigenen Sterblichkeit zu nahe ist.

Du. Wirst. Editiert. Werden.

Rens Doppelgängerin, jetzt kaum mehr als ein zitternder Umriss, stürzte sich mit ausgefahrenen Klauen auf sie, zielte auf die Augen. Sie packte die Handgelenke der Doppelgängerin und hielt sie fest, spürte ihre Kraft, die rohe, perfekte Wut einer Version ihrer selbst, die alles verloren hatte und nur Gesellschaft im Fall wollte. Der Kampf war kurz. Ren drehte sich, stemmte einen Fuß auf den Boden und brach den Arm der Doppelgängerin am Ellbogen. Er brach wie trockenes Holz, heilte sich dann selbst, dann brach er wieder. Sie griff fester zu, und diesmal ließ sie nicht los. Die Narbe zischte, die Haut der Doppelgängerin warf wütende Blasen, wurde dann dunkel und blätterte ab wie alte Latexfarbe. Was übrig blieb, war das Original: ihr eigenes Gesicht, wieder menschlich, die Augen dunkel und traurig und entschuldigend.

»Ich habe nicht darum gebeten«, sagte die Doppelgängerin.

Ren ließ los, und der Schemen faltete sich in sich zusammen, schrumpfte zu einem Fleck, dann zu einem Punkt, dann zu nichts.

Sie taumelte, wischte sich Schweiß und Blut von der Stirn und sah Vincent aufrecht stehen, etwas wackelig, aber nicht länger von seinen eigenen Geistern heimgesucht. Das Monster am Podium brüllte, aber seine Macht war geringer. Zum ersten Mal klang der Raum, als könnte man ihn besiegen.

Mrs Barley war auch da, bewegte sich mit stiller Sicherheit, den Regenschirm in perfektem Winkel gehalten, die Füße so aufgestellt, als erwarte sie jeden Moment, dass der Boden verschwände. Sie schloss sich ihnen ohne Zeremonie an, ihre Augen lebten von einer kalten, präzisen Wut.

»Es ist schwächer«, sagte Mrs Barley und warf einen Blick auf Rens Unterarm. »Du hast die Erzählung geändert. Mach weiter so.«

Die nun entblößte Entität rollte sich zusammen, Seiten und Gliedmaßen flatterten, während sie sich durch jede Version von Sprache kaute, an die sie sich erinnern konnte. Sie schlug mit einer Ranke aus flüssiger Tinte aus und traf Vincent quer über die Brust. Er grunzte, taumelte, aber fiel nicht. Ren trat zwischen ihn und das Monster, die Arme ausgebreitet, und fletschte die Fänge gegen das Ding.

»Du willst das Ende schreiben?«, schrie sie es an. »Dann musst du erst an mir vorbei.«

Der Entwurf versuchte es, aber jedes Mal, wenn er nach ihr griff, loderte die Narbe auf und der Angriff prallte ab, querschlug gegen die Wände und zerschmetterte Brocken der Logik der

Kathedrale. Die Illusionen wurden dünner; die Stimme des Monsters verlor ihr perfektes Echo, wurde schriller, panischer.

Vincent, der nicht zurückstehen wollte, richtete sich auf und spuckte einen Mund voll Blut auf den Boden. »Na los doch«, forderte er es heraus, die Augen auf das zentrale Herz des Dings gerichtet. »Schreib es. Trau dich.«

Mrs Barley rückte mit ihnen vor, der Regenschirm stieß bei jedem Schritt zu, der Stoff öffnete und schloss sich mit einem Klicken, das an diesem Ort wie die Guillotine Gottes klang.

Ren spürte, wie die Narbe auf ihrem Arm sengte, die Haut Blasen warf und im selben Augenblick wieder heilte. Sie streckte die Hand aus, presste ihre Handfläche in die Mitte der Masse des Monsters und drückte zu. Das Ding heulte, die Leere wölbte sich, und die Kathedrale begann in sich zusammenzufallen.

Das Trio stürzte, als die Welt sich faltete und die Gestalt des Monsters in einem Sturm aus geschreddertem Papier und Splittern explodierte. Die Luft wurde weiß, dann schwarz, dann still.

Ren erwachte in einem Haufen Schutt, Vincent an ihrer Seite, Mrs Barley stand wie ein Grabstein über ihnen. Die Leere war verschwunden, ersetzt durch den kalten und echten Stein des alten Friedhofs. Um sie herum flackerten die Kerzen, dann erloschen sie, eine nach der anderen.

Zaras Geist schwebte über ihnen, gerade lange genug, um zu sagen: »Gut gemacht, Kleine.« Dann verblasste sie mit einem Lächeln auf den Lippen.

Ren sah Vincent an, der Mrs Barley ansah, die sich abklopfte und, als sie keine neuen Katastrophen feststellte, sich tatsächlich erlaubte, sich zu entspannen.

»Haben wir es geschafft?«, fragte Ren.

Vincent grinste und zeigte die Zähne. »Wir haben das Ende umgeschrieben.«

Mrs Barley nickte. »Gehen wir. Es ist fast Morgen.«

Sie traten aus dem Kreis, das Mal leuchtete immer noch hell, brannte aber nicht mehr. Die Welt draußen war rau, unfertig, aber zum ersten Mal gehörte sie ihnen.

Irgendwo, tief unten, schrie das letzte Echo des Ewigen Entwurfs seine Frustration heraus. Aber selbst das verblasste mit dem anbrechenden Tag.

EINUNDZWANZIG

Die Stadt war falsch.

Sie hatten den Friedhof verlassen, als das anbrach, was man Morgen nennen konnte – von der Sonne keine Spur, der Himmel im Farbton von nassem Zeitungspapier, aber definitiv nach Sonnenaufgang – und waren zurückgekehrt, um eine Welt vorzufinden, die subtil aus den Fugen geraten war. Die Straßenlaternen flackerten in einem Graublau, das ohne chemische Hilfe nicht möglich sein sollte. Gebäude neigten sich in neuen und verdächtigen Winkeln, ihr Mauerwerk wand sich in einem nassen Glanz, als würde alles durch seine Fundamente hindurch schwitzen. Die Luft selbst war dick, nicht von Nebel, sondern von einem narrativen Druck, der wie eine zu Wetter gewordene Migräne auf Ohren und Lunge drückte.

Vincent nahm den ersten Hauch davon kurz hinter dem Ende der Gasse wahr: Eisen und der verräterische Geruch eines historischen Fehlers. Er blieb mitten auf dem Gehweg stehen und suchte nach der Quelle. Es war nicht schwer. Drüben verzerrten sich die Houses of Parliament, ihre Silhouette kräuselte sich in der Dämmerung wie ein schmelzendes Druckbild. Die Themse war verschwunden – einfach weg –, ersetzt durch eine sich schlängelnde Ader aus schwarzer Tinte, die sich wand, pulsierte und kleine Klumpen aus Flussbooten und Polizeibooten ausspuckte, bevor sie sie wieder verschlang.

Ren stieß neben ihm einen leisen Pfiff aus. »Das ist neu«, sagte sie mit leiser Stimme, als könnte Lautstärke alles noch schlimmer machen.

»Die Realität startet noch neu«, bot Mrs Barley an. Sie ließ den Blick über den Horizont schweifen, die Lippen geschürzt, als würde sie eine Einkaufsliste mit Dingen zusammenstellen, die nicht existieren sollten. »Gehen wir.«

Die Stadt war leer. Kein einziger Mensch war draußen, nicht einmal die Überbleibsel der Nachtschicht, die normalerweise mit Dönerverpackungen und Fußballgesängen durch diese Viertel geisterten. Nur die Vampire und die Haustiere der Vampire und die Geister ihrer zukünftigen Fehler. Als das Trio sich dem alten Victoria Embankment näherte, fanden sie die Koalition wartend vor: Deutsche, Franzosen, Trads und Mods, alle in einem unbehaglichen Waffenstillstand an den Ufern des nicht existierenden Flusses versammelt. Jemand – wahrscheinlich Cass – hatte das Gebiet mit einem Marken-Absperrband abgeriegelt, auf dem auf Englisch und Französisch stand: »DO NOT CROSS: NARRATIVE IN PROGRESS«.

Vincent fand einen Platz auf einem Betonsockel, überblickte die Versammlung und versuchte, das Jucken an seinem Hinterkopf zu ignorieren. Es war Jahre her, dass er eine echte Vorahnung gespürt hatte, aber diese hier hatte die Form eines herannahenden Zuges und das Geräusch bereits versagender Bremsen.

Ein Raunen ging durch die Menge, als Mrs Barley auf eine Verkehrsinsel kletterte und sich räusperte. »Ruhe, bitte. Wir haben nur begrenzt Zeit und, wie es scheint, ein unbegrenztes Desaster.« Sie nickte den Franzosen und Deutschen zu, erfreut, dass sie es mehr oder weniger mit der gleichen Anzahl wieder herausgeschafft hatten, die hineingegangen war. »Wir stehen vor einer Inkursion von nie dagewesenem Ausmaß. The Draft Eternal wurde nicht im Negativraum eingedämmt. Er manifestiert sich lokal.« Sie deutete auf die Stadt, als ob der Krampf in der Skyline eines weiteren Kommentars bedurft hätte.

Mit einem Schnappen klappte sie den Regenschirm auf. »Wir werden hier die Stellung halten. Wenn wir versagen, fällt London. Wenn wir Erfolg haben, verschaffen wir Miss Delacourt und ihren Gefährten –« hier ein Nicken zu Zaras Geist, der am Rande ihres Sichtfelds flackerte wie eine Migräne-Aura, »– genug Zeit, um die Neufassung an der Quelle zu beenden.«

Mrs Barley hielt inne. Sie warf der Menge einen Blick zu, der trotz allem beinahe liebevoll war. »Bringen wir es hinter uns.«

Aurelia, in der ersten Reihe mit Cass und Nyx, hob ein mit Ringleuchte beleuchtetes Telefon und filmte die Rede, während sie ihren Followern »ikonisch« zurief. Hinter ihnen richteten die französischen Abgesandten ihre Schärpen, prüften ihre Manschetten und übten, ihre verborgenen Klingen auf eine Weise zu ziehen, die unauffällig sein sollte, aber spektakulär scheiterte.

Vincent schnaubte, erstarrte dann aber, als der Boden unter seinen Füßen bebte. Es begann als eine tiefe Vibration – nur der Anschein von Bewegung –, doch innerhalb von Sekunden wurde es zu einem echten Beben. Der Gehweg barst, Risse zogen sich wie Tintenflecken über den Asphalt, und ein Brüllen schwoll von unten an, weniger ein Geräusch als vielmehr ein Urteil. Die Menge stolperte zurück, als ein Stück Boden ins Schwarze stürzte und am Rande der Uferböschung einen zerklüfteten, pulsierenden Mund bildete.

Aus seinem Inneren marschierte die Armee der Toten hervor.

Es begann mit einem Rinnsal: eine Handvoll Wiedergänger, die sich mit Händen und Knöcheln die schleimige Böschung hinaufschleppten wie Spinnen auf einem Gelage im Abflussloch. Jeder war anders, und jeder war gleich. Ihre Gesichter waren in den Jahrhunderten, die sie hervorgebracht hatten, stecken geblieben – einige mit zerzausten Backenbärten und Lumpen, andere in voller georgianischer Montur, komplett mit gepuderten Perücken und den Überresten einst beeindruckender Koteletten. Die meisten trugen die Wunden ihres letzten Tages: aufgeschlitzte Kehlen, zerschmetterte Schädel, Löcher, wo Augen gegen Münzen oder nur einen nachlässigen Schmierfleck Fäulnis ausgetauscht worden waren.

Hinter ihnen kamen mehr: Duellanten in einst feinen Mänteln, ihre Kiefer schlaff, die Säbel zur Farbe alter Wunden verrostet. Dann die Suffragetten-Prügler, die Fäuste mit Eisen beschlagen, die Gesichter leer von einer Art verbissenem Chauvinismus, der weder durch Logik noch durch die Zeit getötet werden konnte. Als Nächstes die Aristokraten: Seide und Samt von Motten und der Geschichte zerfressen, aber mit Zähnen, die zu groß für ihre Münder waren, jede Reihe von Schneidezähnen mit zusätzlichen Reihen für maximale Raubgier verdrahtet. Einige trugen Ketten und schleiften die Glieder hinter sich her wie Hochzeitsschleier. Andere trugen Dornenkronen oder Hüte, die mit der dunklen Energie von tausend unterdrückten Skandalen pulsierten.

Vincent sah zu, wie sie krochen, schlurften und dann auf der Uferböschung in Formation marschierten, und erkannte mit kalter Gewissheit, dass dies keine bloße Zombie-Parade war. Dies waren die aus der Geschichte getilgten Vampire: jeder einzelne ein Wiedergänger nicht nur körperlich, sondern auch in seinem Groll, zurückgekehrt mit einer Rechnung, die es zu begleichen galt, und einem Hunger, der durch ein Jahrhundert oder mehr der Nichtexistenz geschärft worden war.

An ihrer Spitze marschierte Lord Ashcroft. Sein Anzug war mitternachtsschwarz, der Schnitt reinste Savile Row, doch er hing an ihm wie ein Leichentuch. Seine Haut – wenn man sie noch als Haut bezeichnen konnte – war so straff über seine Wangenknochen gespannt, dass sie unter den Straßenlaternen glänzte, und sein Mund war zu einer Linie zusammengepresst, die jeden Moment drohte, sich in eine neue aufzuspalten und seine Kapazität für Selbstgefälligkeit zu verdoppeln.

Er hob eine Hand, und die Armee hielt vollkommen im Takt an.

Vincent beobachtete, wie Ashcroft die Verteidiger musterte und genüsslich auf jedem Gesicht verweilte. Als er Vincent fand, salutierte er – ein echter Zwei-Finger-Salut, als wären sie alte Freunde, die am Ende des Krieges ein Bier zusammen trinken würden.

»Dachten Sie, The Draft Eternal würde allein kommen?«, rief er. Seine Stimme war eine Waffe: Sie legte die Länge der Uferböschung zurück, schnitt durch die Luft und ließ jeden an Ort und Stelle erstarren. Die Wiedergängerarmee wiederholte die Zeile, hundert tote Münder wiederholten sie, einige in perfekter Nachahmung, andere stotternd oder lallend, alle hungrig.

Die Koalition, das muss man ihr lassen, ergriff nicht die Flucht. Die Deutschen nahmen Haltung an, Gewehre im Anschlag, die Bajonette mit einem Geräusch aufgesteckt, das klang wie eine Million knirschender Zähne. Die Franzosen zogen ihre Klingen, jeder mit einer anderen extravaganten Geste, als würden sie für ein besonders mörderisches Ballett vorsprechen. Die Modernisierer stellten ihre Telefone auf »Live« und begannen mit Beschwörungen, während die Bildschirme im blau-weißen Licht der fortschreitenden Magie aufblitzten. Die Traditionalisten, die sich nicht übertreffen lassen wollten, begannen einen tiefen, kehliges Gesang, der die Luft zum Beben brachte; sogar die Toten hielten bei der Resonanz inne.

Vincent sah nach Ren. Sie stand da, die Füße fest auf dem Boden, die Arme locker an den Seiten, die Augen halb geschlossen, auf eine Weise, die maximale Bereitschaft und minimale Geduld für Blödsinn signalisierte. Die Narbe an ihrem Unterarm glühte, aber nicht mit dem Fieber von einst – jetzt war sie beständig, diszipliniert, ein Werkzeug statt eines Fluchs. Er fing ihren Blick auf, und in dem Bruchteil einer Sekunde des Kontakts wechselten sie mehr Worte, als es beiden in einer Woche gelungen war.

Alles klar bei dir? / Nur, wenn bei dir auch alles klar ist. / Plan? / Nicht sterben. / Das ist kein Plan. / Funktioniert besser als die meisten.

Ashcroft schritt die Linie ab, seine eigenen Generäle hinter sich: eine Frau mit einem halb zerschmetterten Gesicht und einem zeremoniellen Gummiknüppel, ein Kind im Matrosenanzug und mit geschärften Reißzähnen, ein Trio von Zwillingen in identischer Trauerkleidung, die jeweils ein Exemplar von Debrett's umklammerten. Er blieb gegenüber von Mrs Barley stehen und verbeugte sich.

»Mrs Barley«, sagte er, »zur Haushälterin degradiert, heutzutage? Mein Gott, wie die Mächtigen gefallen sind. Oder vielleicht haben Sie einfach nur Ihren wahren Platz im Leben gefunden.«

Mrs Barley, unerschütterlich, erwiderte die Verbeugung. »Lord Ashcroft. Ich sehe, der Tod hat Ihren Manieren kaum geholfen.«

Ashcroft grinste, und das Grinsen drohte, seinen Schädel zu spalten. »Manieren sind für die Lebenden. Ich bin für das Finale hier, nicht für die Etikette.«

Vincent trat vor, weil es ja jemand tun musste. »Wenn Sie hier sind, um einen Monolog zu halten, dann tun Sie uns den Gefallen und fassen Sie sich kurz«, sagte er. »Einige von uns müssen das hier überleben.«

Ashcrofts Augen verengten sich. »Immer noch der Zyniker, Vincent. Immer noch der Feigling.«

Er drehte sich um, hob die Arme, und in perfekter Disziplin hob auch die Armee der Toten die ihren.

»Wir werden nicht ausgelöscht werden«, intonierte er. »Wir werden keine Fußnoten in Euren jämmerlichen kleinen

Geschichten sein. Heute Nacht erobern wir die Stadt zurück. Heute Nacht zeigen wir der Welt, was es bedeutet, The Draft Eternal zu sein.«

Die Wiedergänger heulten, ein Geräusch, das nicht von einem lebenden Wesen stammte, sondern von jedem unausgesprochenen Schrecken des britischen Gesellschaftsvertrags.

Mit gewohnt ruhiger Stimme gab Mrs Barley den Gegenbefehl. »Reihen bilden. Auf mein Signal vorrücken. Haltet nichts zurück.«

Vincent trat an Rens Seite. »Du weißt, was zu tun ist«, sagte er.

Sie nickte, ließ ihren Nacken knacken und lächelte dünn und gefährlich. »Ja. Erst zuschlagen, dann Fragen stellen.«

Die Menge wappnete sich, alle Fraktionen auf einer Linie: die Deutschen mit ihren Gewehren, die Franzosen mit ihren Klingen, die Modernisierer, die vor Magie und Angst glühten, und die Trads, die mit einer Lautstärke sangen, die die Grundfesten von Whitehall zu erschüttern drohte. Mrs Barley hob ihren Schirm hoch in die Luft, die Spitze funkelte blau in der Morgendämmerung. Vincent und Ren kauerten sich tief hin, bereit zum Sprung.

Auf der anderen Seite breitete Ashcroft die Arme aus, und die Armee der Wiedergänger setzte sich wie ein Mann in Bewegung.

Für einen Moment war alles vollkommen still.

Dann explodierte die Welt.

Der erste Sturmangriff war weniger eine Schlacht als ein geologisches Ereignis.

Eine Schockwelle aus Wiedergängern krachte in die vordersten Reihen der Koalition, die Körper schlugen mit der Unerbittlichkeit uneinbringlicher Schulden ein – unmöglich auszuweichen, unmöglich zu ignorieren. Die Deutschen, auf genau das vorbereitet, eröffneten das Feuer mit ihren Gewehren und mähten die ersten Reihen nieder. Sie ließen ihre Gewehre fallen, griffen zu Schilden und Bajonetten und hieben mit einer geübten Brutalität nach unten, die das Wort »Disziplin« beinahe obszön klingen ließ. Die Untoten fielen mit Händen, Kiefern und gelegentlich auch mit echten Waffen über sie her – verrostete Pistolen, zersplitterte Lanzen, sogar der eine oder andere Doktorhut wurde als Keule geschwungen –, aber die Linie hielt. Zumindest für die ersten zehn Sekunden.

Die Franzosen waren ein anderes Kaliber. Wo die Deutschen der Gewalt mit maschineller Präzision begegneten, trafen die Franzosen ihr mit Kunstfertigkeit: Jeder Schwerthieb eine kalkulierte Demütigung, jede Tötung ein Spektakel. Marquis Deveraux führte von der Front, sein Säbel zog Zickzacklinien durch die Horde, sein Lachen war selbst über den Lärm hinweg hörbar. Jedes Mal, wenn ein Wiedergänger fiel, hielt er inne, um sein Halstuch neu zu binden oder sich den Staub vom Ärmel zu klopfen, und beleidigte dabei unermüdlich Feind und Verbündeten in drei Sprachen.

Vincent schlug sich Schulter an Schulter mit Ren durch eine Gruppe von Duellanten, von denen einer verzweifelter war als der andere. Ihre Gesichter waren von Zeit und Erzählung verzerrt, einige kaum menschlich, andere so perfekt erhalten, dass sie direkt aus einer Daguerreotypie getreten zu sein schienen. Den ersten erledigte er mit einem sauberen Genickbruch. Der zweite, weniger gefällig, biss ihm durchs Handgelenk, bevor Ren ihm den Kiefer abriss und ihn zurück in die Menge spuckte, eine Geste reiner, jugendlicher Verachtung.

»Danke«, murmelte Vincent und schüttelte die Hand, um die Heilung zu beschleunigen.

Ren grinste, eine Blutspur zog sich über ihre Wange. »Du bist mir was zu trinken schuldig.«

Er hätte etwas erwidert, aber ein Suffragetten-Prügler rammte ihm einen Knüppel in die Rippen und zertrümmerte das Hemd und die Knochen darunter. Vincent heulte auf, packte den Mann am Revers und schlug seine Fänge in das Fleisch seines Halses, wobei er zuließ, dass der Hunger ihn gerade lange genug ritt, um den Wiedergänger von innen auszuhöhlen.

Sie kämpften als Paar, ein Tanz, choreografiert aus Notwendigkeit und Instinkt. Wo Vincent tief ging, ging Ren hoch; wo Ren sich zu weit vorwagte, deckte Vincent ihre Flanke. Sie war schneller – unendlich viel schneller –, ihre neue Natur verstärkte jeden Reflex, bis sie Nachbilder in ihrem eigenen Kielwasser hinterließ. Aber sie war rücksichtslos, ungeschliffen, die Narbe an ihrem Arm loderte bei jeder Tötung auf, das blau-weiße Licht schraubte sich wie ein zweiter, gefährlicherer Puls durch ihre Venen.

Er achtete auf Anzeichen, dass sie die Kontrolle verlor. Das erste kam innerhalb einer Minute: Sie streckte einen Wiedergänger nieder und biss dann weiter, riss weiter an ihm, selbst als der Körper erschlaffte. Vincent zerrte sie am Kragen hoch und knurrte: »Nicht sie. Noch nicht.«

Sie blinzelte, schüttelte den Schleier ab und stürzte sich zurück ins Getümmel, aber der Ausdruck in ihrem Lächeln war wild, beinahe freudig.

Überall ging die Welt unter.

Die Modernisierer, in der Mitte des Feldes versammelt, schwangen ihre Handys und Ringlichter wie Zauberstäbe. Jeder Zauber war auf maximales Spektakel ausgelegt: Instagram-Filter, die den Wiedergängern die Augen aus den Höhlen brannten, TikTok-Memes, die sich wiederholten, bis die Untoten vor purer narrativer Erschöpfung zusammenbrachen, ein Snapchat-Fluch, der jede angreifende Leiche zwang, neunzig Sekunden lang die Macarena zu tanzen, bevor sie sich wieder dem Kampf anschließen durfte. Cass, im Zentrum des Ganzen, übertrug das ganze Chaos live, seine Kommentare wechselten mit der Frequenz eines nervösen Ticks zwischen Englisch, Deutsch und Mandarin.

Aber die Wiedergänger lernten dazu. Sie begannen, die Ringlichter niederzureißen, die Modernisierer mit ihrer eigenen Hardware zu verprügeln und jeden Zauber mit einer improvisierten Waffe oder einer eigenen Gegenerzählung zu kontern. Mehrmals sah Vincent, wie ein Modernisierer sein Handy fallen ließ, nur damit ein Wiedergänger es aufhob und als Knüppel benutzte – die Ironie hätte ihn beinahe zum Lachen gebracht, selbst als er einem Hieb auf seinen Kopf auswich.

Die Trads standen im Kreis, die Arme verschränkt, ihr Gesang war so tief, dass er die Luft um sie herum verzerrte. Das Geräusch ließ Vincents Schädel jucken und seine Zähne schmerzen, aber es funktionierte: Jeder Wiedergänger, der den Umkreis durchquerte, verlangsamte, taumelte und zerbarst dann in einem Schwall kalten, blauen Feuers. Im Zentrum des Kreises bellte Mrs Barley Befehle und Korrekturen, ihr Schirm blitzte im Takt des Gesanges, die Spitze glühte nun in einem so hellen Blauton, dass er Flecken in Vincents Sicht hinterließ.

Die Deutschen, diszipliniert wie immer, waren nicht immun gegen Verluste. Innerhalb der ersten zwei Minuten fielen zwei Vampire, zerrissen von einer Gruppe skelettierter Duellanten, deren Pistolen keine Kugeln, sondern Knochenfragmente spien, von denen jedes mit derselben schwarzen Tinte wie der Fluss brannte. Die Gefallenen wurden von den Wiedergängern hochgehoben und zur Schau gestellt, die die Leichen als Banner benutzten und sie mit dem Spott von Schuljungen bei der Beerdigung eines Rivalen schwenkten.

Den Franzosen erging es besser, aber nicht viel. Marquis Deveraux bekam einen Stockdegen in die Schulter, die Klinge glitt wie eine Harpune hinein und wieder heraus. Er taumelte, knurrte, zerbrach dann das Schwert in der Mitte und stieß beide Enden durch die Augen seines Angreifers, wobei er im selben Zug drei weitere erledigte. Das Blut – seines und das ihre – flog in eleganten Bögen und bespritzte den Boden mit etwas, das Kalligrafie hätte sein können, wenn jemand Zeit gehabt hätte, es zu würdigen.

Vincent und Ren kämpften sich zur Mitte durch, zur Quelle des Chaos. Jeder Schritt war ein Kampf: Der Boden selbst wand sich, Hände griffen aus den Rissen nach ihren Knöcheln, die Luft war dick von Partikeln aus Staub und Blut und den zerfetzten Überresten jeder schlechten Idee, die jemals in den Londoner Aufzeichnungen verewigt worden war.

Nyx bearbeitete die hintere Linie und hämmerte einen Bassrhythmus aus einem Paar verzauberter Lautsprecher. Jeder Drop schickte eine Schockwelle durch die Reihen der Wiedergänger, ließ ihre Knie einknicken, ihre Zähne zersplittern, schlug ihnen manchmal sogar die Köpfe sauber ab. Aber die Horde war endlos. Nach drei Drops begannen die Lautsprecher zu funken und zu winseln; die Schutzvorrichtungen im Inneren brachen unter dem Druck so vieler Gegenstimmen. Nyx' Gesicht, immer blass, sah nun durchsichtig aus, die Venen verdunkelten sich im Takt der Musik.

Vincent sah den Moment, in dem es geschah: Ein Wiedergänger, gekleidet wie ein viktorianischer Konstabler, warf eine abgetrennte Hand nach Nyx. Die Hand landete auf dem Lautsprecher, verursachte einen Kurzschluss und schickte einen Rückfluss roher Energie in Nyx' Brust. Er brach zuckend zusammen, als die Wand aus Wiedergängern nach vorne wogte, den DJ niedertrampelte und weiterstürmte.

Zaras Geist, der sich am Rande des Kampfes bewegte, flackerte auf und verschwand wieder. Jedes Mal, wenn sie materialisierte, leuchtete sie in einer kalten, ultravioletten Brillanz auf, einer Miniatur-Aurora, die die Untoten lange genug betäubte, damit jemand anderes sie töten konnte. Aber jede Erscheinung ließ sie matter und dünner werden. Bei der dritten war sie kaum mehr eine Silhouette, ihre Züge lösten sich an den Rändern auf.

»Nicht aufhören!«, rief sie, ihre Stimme ein Doppler-Effekt, der langsamer reiste als ihre eigene Bewegung. »Der Entwurf schaut zu! Je mehr ihr kämpft, desto mehr versucht er, umzuschreiben –«

Ihre Worte wurden von einer Salve Knochenkugeln unterbrochen, die geradewegs durch sie hindurchgingen, aber drei Modernisierern ins Gesicht trafen. Cass, im Getümmel, erblickte sie und schrie: »Du glitchst! Halte die Frequenz!«

Zara flackerte, brachte ein heiseres Lachen zustande und sagte: »Das kann ich am besten.«

Auf der anderen Seite des Schlachtfeldes schritt Lord Ashcroft mit gemessener Anmut durch das Gemetzel, seine Leutnants bildeten einen Kordon absoluter Gewalt um ihn herum. Er rührte keinen Finger, machte sich nie die Hände schmutzig, aber wo immer er hinging, wendete sich das Blatt zu seinen Gunsten: Die Toten erhoben sich schneller, die Untoten strauchelten, die Chancen verteilten sich neu. Er blieb an der Frontlinie stehen, musterte die Franzosen wie ein Drill-Sergeant und nahm einem sterbenden Wiedergänger eine Klinge aus der Hand.

Er wirbelte das Schwert herum, lächelte und richtete es auf Deveraux. »*En garde*, Marquis.«

Deveraux, halb wahnsinnig vor Blutverlust und Freude, verbeugte sich tief. »*Après vous*, Mylord.«

Sie prallten aufeinander, Klingen zischten und kreischten, der Kampf war so schnell, dass selbst Vincent Mühe hatte, ihm zu folgen. Ashcrofts Stil war pures Theater – jede Riposte eine versteckte Beleidigung, jede Parade eine gezielte Erinnerung an seine Überlegenheit. Deveraux verlor trotz all seines Flairs. Der Schwertkampf wurde enger, die Kreise kleiner, bis Ashcroft Deveraux den Säbel aus der Hand schnippte, ihn in der Luft auffing und beide Klingen durch den Brustkorb des Marquis rammte.

Deveraux keuchte, Blut spritzte in einer perfekten Parabel, und schaffte es noch zu sagen: »*Touché*.«

Ashcroft zog die Klingen zurück, wischte sie an Deveraux' eigener Schärpe ab und warf sie beiseite. Er sah nicht auf den Körper, als dieser zu Boden glitt, sondern richtete seine Aufmerksamkeit stattdessen auf die nächste Reihe von Verteidigern, die Augen leuchteten vor Vorfreude.

ZWEIUNDZWANZIG

Als Ren den Verlust sah, fletschte sie die Zähne und stürmte los. Vincent folgte ihr, denn sie allein gehen zu lassen, wäre Selbstmord gewesen, und weil sie es ihm ewig vorhalten würde, wenn er sich zurückhielt.

Sie stießen frontal auf Ashcrofts Vorhut. Die Zwillinge in Trauerkleidung stürzten sich wie ein Mann nach vorn; Vincent packte den ersten am Handgelenk, drehte es herum und rammte den Knochen in die Augenhöhle des zweiten.

Ren riss die Frau mit dem Gummiknüppel zu Boden, brach ihr mit einer eisernen Umarmung das Rückgrat und warf die Leiche dann in die Menge hinter sich, wo sie in einem Handgemenge aus schnappenden Zähnen und gierigen Fingern verschwand.

Vincent hielt inne, um zuzusehen. Es war wunderschön. Monströs, aber wunderschön.

Vincent fragte sich im Stillen, ob Carmine das vor all den Jahren auf dem Dach in Florenz gemeint hatte: »Du wirst nie lebendiger sein als nach dem Tod.« Damals hatte er es für eine

Anmache gehalten. Jetzt, als er zusah, wie Ren ein Loch durch drei Wiedergänger schlug und dem vierten einen doppelten Tritt gegen den Kiefer verpasste, begriff er es.

Die beiden arbeiteten sich mit all der Eleganz eines Müllwagens bei einem Wolkenbruch durch die Horde. Die widerstrebende Koordination war verschwunden; jetzt gab es nur noch eine Art chemische Synchronizität, eine Staffelübergabe des Tötens, so fließend, dass sie kaum hinsehen mussten, um zu wissen, wo der andere sein würde. Vincent fegte links durch die Reihen. Ren fegte rechts durch. Hin und wieder wechselten sie sich ab, einer duckte sich, damit der andere springen konnte, einer schlug eine Bresche, damit der andere vollenden konnte. Es war Partnerschaft auf genetischer Ebene.

Die Mauer aus Wiedergängern brandete auf, bedrängt von der letzten verzweifelten Formation der Koalition, aber für jeden, der einem Bajonett oder einem brennenden Ringlicht zum Opfer fiel, schlängelten sich zwei weitere aus den Ritzen. Der Boden unter Vincents Stiefeln bebte und riss in einer Verwerfungslinie auf, die geradewegs zur Themse und vermutlich zum Ende der Geschichte führte.

Er packte Rens Ärmel. »Das ist nicht das Hauptereignis«, sagte er. »Das ist nur das Aufwärmen.«

Sie wischte sich Blut von der Wange, während die Narbe auf ihrem Arm in einem kalten, rachsüchtigen Licht pulsierte. »Was du nicht sagst?«

Er zeigte. Die schwarze Tinte, die die Themse ersetzt hatte, kletterte spinnengleich die Uferböschung hinauf, sammelte sich in Strudeln, bevor sie in einen Gully floss, der mit der Krone und einem unentzifferbaren Siegel gekennzeichnet war. Die Flüssigkeit war unmöglich zähflüssig und bewegte sich, als hätte sie eine Aufgabe zu erledigen und eine knappe Frist einzuhalten.

Vincent spürte den Sog, wie Schwerkraft, aber persönlicher.

Er zerrte an den Wurzeln seines Rückgrats, an den weichsten Stellen seines Gehirns – den Stellen, die die Albträume hinter einer vornehmen Samtkordel hielten. Er knirschte mit den Zähnen, murmelte »Showtime« und folgte der Strömung.

Ren zögerte nicht. Mrs. Barley hielt trotz eines Gesichts voller narrativer Splitter und eines linken Arms, der nun in einem nicht vorschriftsmäßigen Winkel gebogen war, mit ihnen Schritt. »Bleiben Sie zusammen«, ermahnte sie sie, als wäre das Einzige, was schlimmer war als der Tod, getrennte Schadensmeldungen einreichen zu müssen.

Der Tunnel unter der Böschung war kein Tunnel, sondern ein Schlund: ausgekleidet mit vergilbtem Pergament und durchzogen von alter Tinte, alle paar Meter von den Gesichtern gescheiterter Gesetze und toter Vampirverordnungen gekräuselt. Sie kamen an einer Rippe aus Unterschriften von Königin Anne vorbei, an einem triefenden Abszess aus viktorianischen Séance-Protokollen, an einem Massengrab von Protokollen von Ratssitzungen, die niemals beschlussfähig gewesen waren. Die Luft wurde dick vom Geruch verbrannten Vellums und der dunklen, süßen Schärfe von Druckertoner.

Im Herzen der Kammer wartete der Draft Eternal.

Der Thron hatte die Größe eines kleinen Mausoleums und war aus Stapeln von Manuskriptpapier errichtet, die alle an den Rändern leicht angesengt waren. Jedes Blatt war mit Rotstiftkorrekturen, Randnotizen und wütenden, ausufernden Korrekturen in einem Dutzend verschiedener Handschriften tätowiert. Er stand auf einem Podest aus zerstoßenem Knochen, dessen Mark ausgehöhlt und als Kanäle für die Tinte wiederverwendet worden war, die durch die Adern der Höhle pumpte.

Er stand auf einem Podest aus zerstoßenem Knochen, dessen Mark ausgehöhlt und zu Kanälen für die Tinte umfunktioniert worden war, die durch die Adern der Höhle pumpte. Die Tinte glänzte in schwarzen arteriellen Flüssen, die vom Fuß des Throns herabflossen und sich am Fuße der Stufen in zähflüssigen Deltas sammelten, wo sie schimmerten und gurgelten, als wären sie begierig darauf, benutzt zu werden. Der Thron selbst war eine architektonische Beleidigung des Konzepts der Beständigkeit: eine Festung aus gestapelten Manuskripten, deren Flanken mit Armlehnen aus Kieferknochen und Schulterblättern verstärkt waren, Wirbelsäulen als Geländer zusammengebunden, und jede verfügbare Oberfläche war mit losen Blättern tapeziert, die mit Anmerkungen in Rot, Blau oder jener Art von schillerndem Grün versehen waren, das nur in Albträumen und auf amtlichem Briefpapier vorkommt.

Der Sitz war natürlich besetzt.

Der Draft Eternal entfaltete sich schrittweise aus dem Stuhl und weigerte sich, eine einzige Kontur anzunehmen. Auf den ersten Blick hätte es ein Mann sein können – gehüllt in die Roben eines Richters vielleicht oder eines Ratssprechers; aber jede Sekunde enthüllte mehr: Die Robe bestand aus nichts als übereinandergelegten Manuskripten, die mit Sehnen aus Tintenband zusammengenäht waren und vom Zucken und Rascheln unzähliger aufgeregter Seiten lebten. Wo ein Gesicht sein sollte, waren stattdessen Dutzende, jedes nur halb zu erkennen, bevor es sich auflöste oder weggerissen wurde: der schreiende Mund eines Kindes durch die Augen eines Rentners; eine wolfsähnliche Schnauze, die in die lallenden Lippen eines betrunkenen Dichters überging; die Kieferpartie eines Aristokraten, die bereits von der nächsten Revolution durchgekaut war. Die Köpfe drehten sich, flackerten, spalteten sich manchmal, wurden immer ersetzt.

Er hatte Arme – die meiste Zeit über viele –, aber nie eine feste Anzahl. Einige waren die Federkielhände eines alten Schreibers, andere knorrig und geädert wie Wurzeln, einige trugen weiße Seidenhandschuhe, aber alle griffen oder gestikulierten oder zeigten, immer als ob sie eine letzte, unwiderlegbare

Bewegung machten. Eine Hand umklammerte einen Hammer von der Größe eines menschlichen Oberschenkels, eine andere hielt einen massiven Stoß Papiere, so überarbeitet, dass die Ränder rauchten, wo die Tinte verlief. Einige Hände schrieben ununterbrochen und ließen Text in die Luft selbst bluten, wo Worte einen Moment lang hingen, bevor auch sie ausgelöscht wurden.

Er beobachtete Vincents Annäherung mit einer Geduld, die durch ihre schiere Größe obszön wurde.

Die Ehrengarde der Wiedergänger teilte sich. Keiner glich dem anderen, aber alle waren erkennbar Versager – vergessene Vampire in fadenscheiniger Hofkleidung, Polizeiuniformen, mittelalterlichen Henkerskapuzen oder den zusammengewürfelten Fetzen der kürzlich Ausgelöschten. Ihre Gesichter waren eine Studie in Verletzung und Enttäuschung: Einige kauten sich die eigenen Lippen zu Fetzen, andere lächelten auf eine Weise, die nur als anatomischer Fehler erklärt werden konnte, wieder andere starrten nur in stummem Schrecken auf den Boden. Sie verbeugten sich, oder versuchten es, aber die meisten zuckten nur synchron, als würden sie an einer einzigen Schnur gezogen.

An der Spitze dieser Parade stand Lord Ashcroft. Sein einst makelloser Anzug war ein Palimpsest aus Flecken und Rissen, aber er trug ihn, als wäre er immer noch der bestgekleidete Mann in Westminster. Blut beschmierte einen Handschuh, ein Monokel hing an einem buchstäblichen Faden, und sein Haar (nie ein Grund zum Stolz) loderte jetzt in weißen Strähnen an den Stellen, an denen die Aura des Draft Eternal es blank gebrannt hatte. Er strahlte Vincent mit dem Selbstvertrauen eines Mannes an, der alles verloren hatte, außer der Fähigkeit, das Gesicht zu verlieren.

»Mr. Lupo«, rief er, als würde er einen alten Tennispartner auf dem Centre Court begrüßen. »Sie kommen gerade rechtzeitig. Der Draft hat auf Ihren Rotstift gewartet.« Er drehte sich mit der Grandiloquenz eines Shakespeare-Geistes um, um Vincent dem

Thron vorzustellen. »Soll ich Sie ankündigen, oder möchten Sie sich selbst vorstellen?«

Vincent fletschte demonstrativ die Zähne. Seine Füße schmatzten auf dem mit Papierschaum bedeckten Boden, während er vorrückte, jeder Schritt langsamer als der letzte, das Gewicht all der Augen (und mindestens zweier Münder) des Draft Eternal zerrte an ihm. Er wusste in irgendeinem peripheren Nerv, dass Umdrehen und Fliehen der einzig ehrliche Instinkt wäre, der ihm geblieben war, aber der Rest von ihm war zu starrsinnig, um nachzugeben.

Hinter ihm hielt Ren mit ihm Schritt. Sie humpelte leicht, die Narbe rauchte noch auf ihrem Arm, wo sie sich durch eines ihrer Tattoos gebrannt hatte. Ihre neuen Augen, rot, aber klar, überflogen den Thronsaal mit unverhohlenem Abscheu. Neben ihr stapfte Mrs. Barley daher, der Regenschirm klapperte, als sie das Gelände auf versteckte Fallen prüfte.

Die Stille sammelte sich, nicht zufällig, sondern absichtlich.

Hundert Gesichter des Draft Eternal wandten sich Vincent zu. Seine Stimme war weder laut noch leise, sondern absolut, umging die Ohren und vibrierte direkt in den Nebenhöhlen und Zähnen.

»VINCENT LUPO«, intonierte er, jede Silbe überlappte sich mit einem Dutzend Überarbeitungen, sodass der Name sowohl als Gesang als auch als Spott ankam. »SIE SIND DIE SUMME ALL IHRER FEHLER. SIE SIND JEDE VERSION IHRER SELBST, DIE ES NIE GESCHAFFT HAT, FERTIGGESTELLT ZU WERDEN, JEDER ENTWURF, DER JEMALS AUFGEGEBEN WURDE, JEDE ZEILE, DIE ZWISCHEN DEM ERSTEN WORT UND DEM LETZTEN PUNKT GESTORBEN IST.« Die Gesichter flackerten: Wolf, Mann, Frau, Kind, dann alle auf einmal. »SIE WAREN SCHON IMMER UNSER.«

Ren, nicht in der Stimmung für einen Monolog, spuckte auf

das Podest. Der Schleim brannte ein Loch in die oberste Schicht des Manuskripts.

Die Gesichter des Wesens sahen sie an, dann zurück zu Vincent.

Ashcroft räusperte sich. »Ich glaube, der Draft wünscht, dass Ihr kniet«, sagte er. »Symbolische Geste und so weiter. Ihr wisst ja, wie diese Dinge laufen.«

Vincent kniete nicht. Stattdessen sprach er, und seine Stimme war heiser, aber fest: »Wenn ich Euer Entwurf bin, dann lasst uns den Rotstift zücken.«

Ein Beben ging durch den Hof: Die Wiedergänger erzitterten, jedes Augenpaar weitete sich, einige brachen auf der Stelle zusammen. Ashcrofts Lächeln schwankte, und für einen kurzen, köstlichen Moment sah er aus, als bereue er es, sich jemals freiwillig als Sprachrohr für das Ende aller Tage gemeldet zu haben.

Die Hände des Draft Eternal flatterten zornig, und der Thron bebte, ein Wasserfall aus Papier schneite von seinen Flanken. »DU KANNST NICHT BEARBEITEN, WAS DU BIST«, zischte er, diesmal mit der dünnen, piepsigen Stimme eines Kindes zur Schlafenszeit. »DIE GESCHICHTE ENDET, WIE SIE BEGANN: MIT BLUT. DEINEM BLUT.«

Mrs. Barley an Vincents Ellbogen murmelte: »Banal, nicht wahr?« Sie reichte Ren einen gespitzten Bleistift. »Den könntest du brauchen.«

Vincent straffte die Schultern, die Zähne nun voll ausgefahren, jede seiner Nervenenden sang vor Schrecken und einer ebenso perversen Freude. Er beäugte Ashcroft, der ausnahmsweise unsicher aussah, und wandte sich dann an den Thron.

»Du hast alle anderen umgeschrieben«, sagte Vincent. »Aber es hat nie gehalten. Was lässt dich glauben, dass ich klein beigeben werde?«

Die Gesichter des Throns grinsten wie eines.

Ashcroft nahm seine Rolle wieder ein und breitete die Arme

aus. »Oh, aber Ihr habt noch nie eine richtige Überarbeitung erlebt, alter Knabe. Die kleinen Fehler, die sich anhäufen. Irgendwann vergisst man, dass man sich je anders geschrieben hat.«

Der Raum verdunkelte sich, als die Wesenheit sich sammelte, während weitere Seiten und Gesichter aus ihrem Rücken strömten und sich ihre Arme vervielfachten, jeder einzelne von ihnen auf Vincents Seele aus. Die Stimmen überlagerten sich nun, jeder Widerspruch, jede Reue, jede Feigheit, die er je besessen oder sich zu eigen gemacht hatte.

Der nächste Schritt lag bei Vincent oder bei welcher Version von ihm auch immer diese nächste Runde überleben würde.

Er atmete tief die Luft ein, die schwer vom Geruch alten Papiers und neuen Todes war. »Ren?«, sagte er.

Sie spreizte ihre Klauen, ohne den Blick von dem Schrecken auf dem Thron abzuwenden. »Bereit.«

Er blickte zu Mrs Barley, die nickte, ihren Schirm in einem bürokratischen 45-Grad-Winkel haltend.

Dann trat er vor, und die Welt verengte sich auf die Länge des Schattens, den der Thron warf.

Der Ewige Entwurf beugte sich vor, die Gesichter zu einer einzigen Masse aus Mündern und Zähnen verzerrt.

Vincent fletschte die Zähne und lächelte. »Ich übernehme ab hier.«

Die Kammer brach in einem Inferno aus Schreien, Tinte und Bewegung aus.

Die Wesenheit brandete auf.

Hundert Hände, tausend Klauen, das Schnappen knirschender Mäuler wie Piranhas: All das traf Vincent mit voller Wucht, und für einen Herzschlag spürte er die alte Panik, den vergrabenen Drang zu rennen und immer weiterzurennen, bis die Welt sich selbst überholt und ihn endgültig ausgelöscht hätte. Doch dann schrie Ren, nicht aus Angst, sondern in einem blutigen Heulen, und er erinnerte sich, wer er war.

Vincent stürzte sich mit gefletschten Zähnen und zu Klauen gekrümmten Fingern auf den Thron und schlug dabei einen Akkord reiner, zerstörerischer Freude an. Das nächste Glied des Ewigen Entwurfs – eine Bahn aus Manuskriptseiten, durchzogen von Stacheldraht und gekrönt von einer Faust aus zusammengehefteten Schädeln – traf ihn mit einem Rückhandschlag. Es hätte ihn an die gegenüberliegende Wand schleudern sollen, aber Vincent fing den Arm mit beiden Händen ab und biss zu, wobei er das Manuskript in einem Schwall schwarzer Tinte und rohen, brennenden Schmerzes zerfetzte. Die Tinte spritzte zischend auf seine Zunge; sie schmeckte nach Druckertoner, Säure und den letzten zehn Dingen, die er je zu sagen bereut hatte.

Er spuckte sie aus, stieß sich vom Arm ab und schlug mit seinen Klauen durch die nächste Welle von Gesichtern. Jedes Gesicht schrie, zerbarst und verschmolz dann zu neuen, hässlicheren Wiederholungen: die Maske einer Lehrerin mit einem Richterhammer als Zunge; der Kopf eines Säuglings auf einem Ring aus rotierenden Gebissen; sein eigenes Gesicht, das ihn mit der freudlosen Genugtuung eines Mannes auslachte, der seiner eigenen Beerdigung aus dem Publikum beiwohnte.

Ren war neben ihm, ein verschwommener Schemen aus Blut und Kapuzenpullover. Ihre Fäuste schlugen direkt durch den Rumpf des Monsters und kamen auf der anderen Seite wieder zum Vorschein, wobei sie eine Spur aus blau-weißem Feuer hinterließen. Sie brüllte, packte eine Handvoll der papiernen Eingeweide des Wesens und riss daran, was einen Hohlraum hinterließ, aus dem Erzählfragmente und der saure Geruch von altem Toner strömten. Wo ihre Hände rissen, fing die Tinte Feuer und brannte, wobei die Flammen rückwärts ihre Arme hinaufliefen, aber ihre Haut nicht berührten.

»Ist das alles, was du draufhast?«, knurrte sie, ihre Stimme brach unter der Anstrengung.

Der Ewige Entwurf kreischte zurück, seine Stimmen trillerten in einem Dutzend Sprachen, von denen einige noch nicht einmal erfunden waren. »WIR SIND UNENDLICHE ENTWÜRFE. WIR SIND DIE KORREKTUR, DIE EUCH AUFLÖST.«

Er schlug mit einem Bündel hakenförmiger Federkiele zu und zielte direkt auf ihre Kehle. Ren duckte sich weg, stieß dann ein Knie in den Sockel des Throns, zertrümmerte Wirbel und ließ den gesamten Sitz erzittern. Vincent erkannte seine Chance, tauchte unter der Ablenkung hindurch und kletterte die papierübersäten Stufen hinauf, wobei er sich überall dort Halt verschaffte, wo ihm das Fleisch der Wesenheit im Weg war. Jedes Mal, wenn er sich hineingrub, schloss sich die Wunde, hinterließ aber eine Spur geschwärzter Asche.

Am Rande des Podestes stellte sich Mrs Barley der Ehrengarde der Wiedergänger entgegen. Sie hob ihren Schirm, der nun geöffnet und von einem Gitter aus leuchtenden Sigillen belebt war – Buchstaben und Satzzeichen, die in Sequenzen aufblitzten, wie ein Datenpaket mitten in der Teleportation. Mit einem schnellen Schnappen des Handgelenks stieß sie die Spitze des Schirms in den Boden. Das Leuchten loderte auf und pulsierte dann in einem Kreis nach außen. Die nächsten Wiedergänger, vom Licht erfasst, erstarrten, als hätte jemand den Pausenknopf ihrer Erzählung gedrückt. Ihre Füße sanken in den Boden, Tinte stieg ihnen bis zur Taille und ihre Stimmen stotterten zu einem hilflosen Stakkato.

Sie ließ eine Phrase folgen, die klang wie die Kollision von drei Verträgen und einer Verleumdungsklage: »Kraft der Autorität des Gerichtshofs der Blassen Angelegenheiten, Londoner Kammer, gemäß der Klausel des dringlichen Fortbestands, entziehe ich Euch die Handlungsfähigkeit.«

Der Ring aus Sigillen schnappte zu und fesselte die halbe Armee an Ort und Stelle.

Lord Ashcroft, der vom Ritual weniger betroffen war, versuchte, über einen gefangenen Diener zu steigen. Der Diener packte ihn am Knöchel und riss ihn zu Boden, sodass Ashcroft auf die Knie fiel. Selbst als sein Gesicht fünf verschiedene Ausdrucksformen der Empörung durchlief, schaffte er es immer noch, würdevoll auszusehen.

Auf dem Thron kämpfte der Ewige Entwurf darum, Vincent abzuschütteln. Die Wesenheit wand sich, jedes Glied und jedes Gesicht krümmte sich, um ihn aus dem Sitz zu stoßen, aber Vincent klammerte sich fest, biss und riss und ließ die alte Wut – auf die Geschichte, auf sich selbst – den Großteil der Arbeit erledigen.

Er fand ein Maul, größer als die anderen, und stieß seine Hand bis zum Handgelenk hinein. Das Maul biss zu und kaute sich durch Muskeln und Sehnen, aber er zwängte auch seine andere Hand hinein und riss die Kiefer mit einem Knacken auseinander, das einen Schauer aus Zähnen und Schrift in die Luft schleuderte.

»DU BIST DER FEHLER«, wehklagte das Maul. »DU BIST DER ENTWURF, DER HÄTTE STERBEN SOLLEN.«

Vincent lachte, denn es blieb ihm nichts anderes übrig. »Dann hättet Ihr bessere Lektoren haben sollen.«

Er zog sich höher, dorthin, wo die Gesichter seltener wurden, und fand, was das Original hätte sein können: eine leere Seite, vollkommen weiß, eingebettet in die Krone des Throns wie ein verborgenes Herz. Sie strahlte einen kalten, hungrigen Druck aus – jedes Wort, das er nie geschrieben hatte, jede Möglichkeit, die nie verwirklicht wurde. Sie hasste ihn.

Ren, die sich nicht übertreffen lassen wollte, erklomm die

Flanke des Throns in drei Sätzen. Sie umschlang ein Tentakel aus gebundenem Pergament um ihre Taille und nutzte es, um sich neben Vincent hochzuschwingen, wobei sie sich zum Gleichgewicht an einer Handvoll seines ruinierten Hemdes festhielt.

»Hast du es?«, bellte sie.

»Ich arbeite dran«, spie er, während schwarze Tinte aus seinem Mundwinkel lief.

Ren nickte, stemmte die Füße auf und schlug geradewegs durch die nächste Welle von Gesichtern. Es war pure tierische Kraft – keine Technik, keine Finesse, nur die Weigerung, von irgendeiner Erzählung gefressen zu werden, selbst von ihrer eigenen.

Gemeinsam griffen sie nach der leeren Seite.

Am Fuß des Throns richtete Mrs Barley ihre Bemühungen neu aus, den Schirm nun geschlossen, aber wie einen Degen haltend. Sie schritt durch die bewegungsunfähigen Ränge und rezitierte bei jedem Schritt rituelle Phrasen. »Annullieren«, sagte sie, und eine Gruppe von Trad-Wiedergängern löste sich in Nichts auf. »Aufheben«, und der nächste Satz Gesichter zerfloss zu grauem Schlamm. Als ein Modernisierer sich befreite und auf sie zustürzte, schlug sie ihn mit dem Schirm und hinterließ eine strichcodeförmige Narbe auf seinem Gesicht.

»Würde es dich umbringen zu helfen?«, rief sie Vincent und Ren zu.

»Ziemlich sicher sogar«, antwortete Vincent, streckte aber trotzdem eine blutige Hand zu ihr hinunter.

Mrs Barley beäugte die Hand, kletterte dann hoch und murmelte etwas über unsichere Arbeitsbedingungen vor sich hin. Sie erreichte den Thron, gerade als Vincent und Ren es schafften, den Kern freizulegen.

Die Wesenheit wich zurück, aber die Wunden, die sie ihr zugefügt hatten, heilten nicht. Stattdessen versuchte sie, sich in sich selbst zu falten, einen rekursiven Knoten aus Geschichten in

Geschichten zu schaffen, eine erstickende Unendlichkeit, die sie erdrosseln würde, bevor sie das Zentrum erreichten.

Vincent, Ren und Mrs Barley griffen alle nach der Seite. Sie wehrte sich wie ein lebendiges Ding – glitschig, kalt, giftig –, aber gemeinsam packten sie zu und zogen.

Der Schrei, der daraufhin ertönte, war nicht von dieser Welt.

Er sprengte die Decke der Höhle, schickte einen Sturm aus zerfetztem Manuskript durch die Luft und ließ jeden Wiedergänger in der Kammer verkrampfen wie bei einem schlimmen Fall von Wundstarrkrampf. Sogar Ashcroft, der sich immer noch am Rande herumdrückte, krümmte sich, seine behandschuhte Hand flog zu seinem Herzen.

Ren heulte zurück, ihre Stimme maß sich mit der des Wesens. Vincent dachte, seine Trommelfelle würden sich tatsächlich nach außen stülpen, aber er hörte nicht auf zu ziehen.

Dann riss die Seite.

Nicht ganz. Noch nicht. Aber ein hauchdünner Riss verlief durch die Mitte und ließ Tinte sickern, die blau-weiß leuchtete und bei Kontakt mit der Luft zischte. Das Monster taumelte, krallte sich in den eigenen Kopf, und für einen glorreichen Moment sah Vincent jedes einzelne seiner Gesichter in reinem, unverfälschtem Entsetzen aufklaffen.

Über ihnen stabilisierte sich Zaras Geist.

Sie schwebte halb aufgelöst da, die Hände vor der Brust gefaltet, als ob sie sich für den kommenden Schmerz wappnete. Für eine Sekunde traf ihr Blick den von Vincent, und er sah, was sie vorhatte.

»Wage es ja nicht«, sagte er, aber es war zu spät.

Zara stürzte sich in die Tiefe.

Ihr Geisterlicht loderte auf, rein und blendend, brannte sich durch die Dunkelheit mit einer so absoluten Helligkeit, dass sie die Tintenwolken zu Nichts werden ließ, den Regen aus Seiten auslöschte und auf jeder Oberfläche ein negatives Nachbild hinterließ. Sie stürzte durch den Körper des Monsters, hinterließ eine Feuerschneise und traf die Anker-Runen im Kern mit einer Wucht, die den Raum um sie herum kollabieren ließ.

Ihr Schrei war kein Schrei, sondern ein Wort: NEIN.

Die Runen verbogen sich, verzerrten sich und zerbarsten dann. Auf einmal fingen alle Seiten im Raum Feuer. Das Monster heulte auf, seine Stimmen zerfielen ins Chaos, jedes Maul schrie einen anderen Dialekt der Verzweiflung. Die Gesichter schälten sich ab, lösten sich auf und spuckten dann in einem letzten Versuch, sich zu verteidigen, frische aus.

Der ganze Thron bog sich durch und detonierte dann in einem Geysir aus Tinte und leerem Papier. Vincent, Ren und Mrs Barley purzelten vom Podest, sprangen die Stufen hinunter und landeten in dem seichten Becken aus Tinte darunter, wo es zischte, aber nicht mehr brannte.

Über ihnen kreischte die Wesenheit, ihre Gestalt löste sich in Wellen auf. Die Ehrengarde, plötzlich frei, heulte auf und floh in die Schatten. Lord Ashcroft, dem nun die Hälfte seines Gesichts und ein gutes Stück Würde fehlten, kroch auf Händen und Knien davon und hinterließ eine Spur schwarzer Schlieren.

Der Ewige Entwurf kämpfte darum, sich neu zu formieren, aber jede Seite, die sie abgerissen hatten, weigerte sich, sich der Masse wieder anzuschließen. Stattdessen schwebten die Stücke in der Luft und umkreisten den Thronsaal in einer langsamen, trägen Bahn, jedes einzelne mit einem einzigen Wort beschrieben: ENDE.

Mrs Barley hustete, spuckte einen Mund voll blau-weißer Tinte aus und rappelte sich auf. Sie betrachtete den ruinierten Schirm, zuckte mit den Schultern und warf ihn auf die sich auflösende Wesenheit. Der Schirm landete perfekt aufrecht, die Spitze spießte das letzte Gesicht auf, als es sich schreiend aus der Existenz verabschiedete.

Vincent lag erschöpft in der Tinte. Ren landete neben ihm,

ebenso entkräftet, aber grinsend, Blut und Tinte zu gleichen Teilen auf ihrem Gesicht.

»Nicht schlecht«, sagte sie und starrte zu dem Sturm aus sich auflösenden Seiten hinauf.

Er hustete, dann lachte er. »Ein leeres Ende ist mir jederzeit lieber als ein schlechtes.«

»Das war's also?«, fragte Ren. »Wir haben gewonnen?«

Mrs Barley dachte darüber nach und sagte dann: »Wir haben gewonnen.«

DREIUNDZWANZIG

Die überlebende Koalition torkelte einzeln und zu zweit aus dem Gemetzel. Die Zahl der Opfer überstieg die der Lebenden, doch die Lebenden waren umso aufsässiger. Selbst die Deutschen – ein Volk, das nie seine Gefühle zeigte, schon gar nicht in Gegenwart französischer Zeugen – sahen etwas fassungslos aus. Ihre Uniformen waren zerfetzt, ihre Orden im Getümmel verloren gegangen und ihre Gesichter von einer Substanz überzogen, von der niemand je zugegeben hätte, dass es sich um echte Tränen handelte. Die Franzosen, zahlenmäßig zwar geschrumpft, hatten sich um ihren gefallenen Anführer, Deveraux, versammelt, den sie auf einer groben Bahre aus den Knochen eines Wiedergängers trugen. Niemand erwähnte die Absurdität; nichts war französischer, als mit Stil zu leiden.

Den Modernisierern erging es noch schlechter, die meisten von ihnen waren zu einem zitternden Haufen verkommen. Aurelia war voll in ihrem Influencer-Modus, streamte live, wie sie sich Tintenblut von den Augenlidern tupfte, das sie beharrlich als »ästhetische Kampfspuren« bezeichnete.

Vincent und Ren standen im Epizentrum, gefangen in

einem Moment posttraumatischer Anspannung. Wildheit war weniger ein Zustand als vielmehr eine Dimension, und im Moment existierten sie darin, losgelöst von jeglicher menschlicher Logik. Vincents Zähne waren noch immer entblößt, und nicht nur das, sie waren voll zur Schau gestellt, die Spitzen seiner Eckzähne perlten von den letzten Fetzen Tintenblut. Seine Augen – für gewöhnlich in einem verlässlichen Zynikerbraun – brannten nun scharlachrot und pulsierten mit den Nachwehen der Gewalt und einem Hunger, der nichts mit Metaphysik zu tun hatte.

Seine Glieder zitterten. Zuerst waren es nur die Hände, doch dann wanderte das Beben seine Arme hinauf, durch seine Brust und in das angespannte Nervenbündel an seinem Schädelansatz. Es kostete ihn alles, es zurückzuhalten: den Drang, sich auf etwas zu stürzen, weiterzureißen, bis jede Möglichkeit auf der Welt gezähmt, ausgeblutet und unter »erledigt« abgeheftet war. Er drückte die Knie durch und versuchte, sich auf etwas anderes als den Rhythmus von Rens Puls oder das seltsame blaue Feuer zu konzentrieren, das noch immer unter ihrer Haut loderte.

Er scheiterte.

Ein Geräusch – kaum ein Geräusch, nur ein Scharren – ließ ihn zur Seite zucken und seine Klauen hervorschnellen. Dabei hätte er sich beinahe seinen eigenen Ärmel abgerissen.

Ren war schneller. Sie packte seinen Ellbogen, ihr Griff war schraubstockfest, und stabilisierte ihn mit einer Kraft, die so gar nicht zu ihrer dürren Gestalt in Kapuzenpulli und Jeans zu passen schien. Sie zuckte nicht zusammen. Blinzelte nicht einmal. Ihre neuen Augen – jetzt scharlachrot, nicht mehr das eifrige Braun, das sie zu Lebzeiten gehabt hatte – hielten seinen Blick mit einer Klarheit, die sich sowohl raubtierhaft als auch, auf beunruhigende Weise, mütterlich anfühlte.

»Noch da, Lupo?«, fragte sie mit leiser, aber fester Stimme.

Es gelang ihm zu nicken, und er zwang die Zähne zurück

hinter seine Lippen. »Mehr oder weniger. Wobei aber das Weniger die meiste Arbeit leistet.«

Sie grinste, und die Reißzähne zeigten sich. »Lass es zu. Du hast dir eine Minute verdient.«

Er versuchte zu lachen, aber es kam als feuchtes Bellen heraus. »Ich bin nicht sicher, ob die Welt mich ungefiltert ertragen kann.«

Ren drückte seinen Arm. »Die Welt ist jetzt auf sich allein gestellt. Wir haben unser Soll erfüllt.« Sie warf einen Blick auf den Rest der Koalition, dann zurück zu Vincent. »Alles gut bei dir?«

Er dachte über die Frage nach, dann beschloss er, zur Abwechslung einmal ehrlich zu antworten. »Nein. Aber es geht mir besser.«

Ein Schatten zog über sie hinweg – diesmal ein buchstäblicher – und für eine Sekunde spannte Vincent sich an, erwartete eine erneute Manifestation, einen letzten, rachsüchtigen Hieb des Entwurfs. Aber es war nur Mrs Barley, deren Regenschirm nun die Spitze und die Hälfte des Griffs fehlten, die ihn aber immer noch mit der Autorität von jemandem schwang, der bereit war für alles, was das Universum als Nächstes auf sie werfen mochte.

Sie sah aus wie der Teufel auf Urlaub. Ihr ordentliches Haar war an den Spitzen versengt, die Bluse am Kragen eingerissen, ein Schuh fehlte, und der andere war durch etwas ersetzt worden, das wie ein weggeworfener Croc eines Modernisierers aussah. Dennoch war ihre Haltung unberührt; sie bahnte sich ihren Weg durch die Trümmer, als wäre es eine etwas unordentliche Gemeindeversammlung und kein postapokalyptisches Schlachthaus.

Mrs Barley musterte die Überlebenden mit einem Blick, der es schaffte, sowohl kühl als auch vage herablassend zu sein. Sie nahm das Verhältnis der Opfer zur Kenntnis, die herrenlosen Splitter, die Art und Weise, wie die Franzosen bereits ein Beschwerdekomitee gebildet hatten. Sie hielt bei Vincent und Ren inne, bemerkte, wie ihre Hände immer noch miteinander verbunden waren, und zog eine Augenbraue in etwas hoch, was als milde Zustimmung hätte durchgehen können.

»Wie spät ist es, Mr Lupo?«, fragte sie mit gleichmäßiger Stimme.

Er kniff die Augen zusammen und blickte auf den blassen Fleck am Handgelenk, wo einst eine Uhr gewesen war. »Kurz nach drei, denke ich. Wobei ich diesem Ort nicht zutraue, dass er genau geht.«

Mrs Barley nickte, als sei dies eine zufriedenstellende Antwort auf eine Frage, die sie eigentlich gar nicht gestellt hatte. Sie zog ihr ramponiertes Klemmbrett unter einem Arm hervor, schlug eine neue Seite auf und begann zu schreiben.

Ren lugte hinüber. »Was steht in dem Bericht?«

Mrs Barley blickte nicht auf. »Darin steht: ›Konflikt gelöst. Mit Änderungen.‹«

Sie beendete die Zeile und klappte das Notizbuch mit einem Klicken zu, das in der neuen Stille widerhallte. »Gut gemacht, alle zusammen. Und jetzt bitte nicht herumstehen und uns selbst beweihräuchern. Die Aufräumarbeiten werden grässlich sein, und ich für meinen Teil hätte gerne einen Vorsprung.«

Für eine Sekunde rührte sich niemand. Dann begannen sich die Überlebenden – Franzosen, Deutsche, Modernisierer, Traditionalisten – aufzurappeln, einige zu zweit, andere zogen die weniger Glücklichen mit sich, wieder andere folgten einfach aus reiner, stammesbedingter Trägheit.

Vincent blickte Ren an, und sie ihn. Worte waren nicht nötig.

Sie folgten Mrs Barley zu den Überresten des Torbogens, durch den statischen Schnee brennenden Papiers und die letzten, einsamen Wölkchen blau-weißer Asche. Irgendwo hinter ihnen flatterten die letzten Seiten des Entwurfs im Wind, kräuselten sich, bis sie von den Schatten nicht mehr zu unterscheiden waren.

An der Schwelle drehte sich Vincent für einen letzten Blick

um. Die Höhle war kleiner als zuvor – vielleicht geschrumpft durch das Fehlen einer Erzählung oder einfach durch den Verlust von allem, was es noch zu beweisen galt. Er sah das leere Podium, die sich sammelnde Tinte, die verstreuten Knochen von hundert Jahren unvollendeter Geschichten. Er sah für einen Augenblick den Geist von Zara Delacourt – jetzt kaum mehr als ein Lichtflirren am Rande seines Sichtfeldes. Sie lächelte nicht, aber sie zog auch keine Schnute.

Er hob eine Hand, unsicher, ob sie es sehen würde, und erinnerte sich dann: Sie war schon immer besser in Abschieden gewesen als er.

Ren stieß ihn an. »Komm schon. Bevor Mrs Barley uns auf der falschen Seite der Geschichte zurücklässt.«

Er nickte, ließ das Tier in sich zurückweichen und trat hinaus in die neue Welt.

Die Welt draußen wartete, wie es Welten immer taten: gleichgültig gegenüber den Schrecken, die kürzlich aus ihrem Inneren verbannt worden waren, und erpicht darauf, die vertrauteren Qualen von kaltem Regen, finanzieller Malaise und der einzigartig englischen Angst vor verpasster Müllabfuhr wieder aufzunehmen. Die Überlebenden traten in einer gestaffelten Kolonne aus dem bröckelnden Torbogen, Mrs Barley an der Spitze, Ren und Vincent dicht dahinter und der Rest – die wenigen, die nicht ausgelöscht, verbrannt oder an den Rand gedrängt worden waren – trottete hinterher.

Der Torbogen, einst der zeremonielle Eingang zum ältesten Untergeschoss des Parlaments, schimmerte nun im Nachglühen des magischen Übergebrauchs. Als der letzte Fuß die Schwelle überquerte, versiegelten sich die Steine hinter ihnen mit einem feuchten, widerwilligen dumpfen Geräusch, wie die letzten Seiten eines überlangen Buches. Niemand von den Menschen auf der Straße – falls es um diese Stunde überhaupt noch welche gab – blickte auch nur auf. Das einzige Geräusch war das an- und abschwellende Geräusch von Sirenen aus der Ferne, fern, aber eindringlich, als ob die Stadt bereits ihre nächste Tragödie probte.

Die Ersten, die sich wieder sammelten, waren die Deutschen. Es gab jetzt nur noch sieben von ihnen, aber sie stellten sich mit der Steifheit eines Exerzierplatzes auf. Ihre Uniformen – jetzt größtenteils Lumpen – wurden so gut wie möglich wieder zuge-knöpft und zurechtgerückt, und jeder überlebende Offizier salu-tierte Falkenhayn mit einer Präzision, die die offenen Wunden auf der Hälfte ihrer Gesichter Lügen strafte. Falkenhayn selbst stand in Habtachtstellung, ein Lappen über ein Auge gebunden, das andere starr geradeaus gerichtet.

Die Franzosen waren weniger förmlich, aber nicht weniger würdevoll. Die Überlebenden bildeten eine Reihe und verneigten sich tief – zuerst vor Mrs Barley, dann vor Vincent und Ren und schließlich vor den Deutschen.

Aurelia und ihre Modernisierer bildeten immer noch die Nachhut und durchforsteten die Nacht nach allem, was zu retten war: ein funktionierendes Telefon, ein weggeworfener Vape, ein funktionierendes Ringlicht. Aurelia selbst, lädiert, aber immer glamourös, tupfte sich die Lippen und schoss dann ein letztes Selfie vor der rissigen Tür des Parlaments. Vincent musste das Bekenntnis zur Erzählung bewundern.

Einen langen Moment lang geschah nichts. Keine Worte, nur die kalte Schärfe der Winterluft und der sich langsam verflüchti-gende Geruch von brennendem Manuskript. Die Überlebenden standen da, alle von ihnen, und blinzelten in eine Welt, die ihre eigene Beinahe-Vernichtung irgendwie nicht bemerkt hatte.

Dann, langsam, begannen die Deutschen und Franzosen, sich

zu trennen, jede Gruppe bewegte sich, als würde sie von einem unhörbaren Signalhorn gerufen.

Als sie fort waren, atmete Mrs Barley endlich aus. Der Effekt war weniger Erleichterung als vielmehr das Abhaken eines Punktes auf einer Checkliste.

Sie warf Ren einen Blick zu, die die Franzosen mit einer Art wissenschaftlichem Staunen beobachtete.

»Sie haben die Kontrolle?«, fragte Mrs Barley spitz.

Ren beugte und streckte ihre Finger, um die Klauen zu testen. »Wenn ich sie nicht hätte, würde Ihnen Ihr Gesicht fehlen.«

Mrs Barley nickte und fragte dann Vincent dasselbe, mit weniger Zeremonie als würde sie eine Haftnotiz ankleben.

Er holte Luft. »Sagen wir einfach, ich könnte wirklich einen Drink vertragen.«

Die Worte hingen in der Luft, ein Segen und eine Warnung.

Über ihnen schwebte der Geist von Zara Delacourt im natriumorangen Schein einer Straßenlaterne. Sie war jetzt kaum mehr als ein Flimmern, ein Negativ ihrer selbst, aber es folgte ihnen ein paar Schritte, dann hielt es am Rande des Lichts inne.

Vincent blickte zurück. Sein Kiefer spannte sich an, die Trauer war nun tiefer, da Platz dafür war.

Ren trat näher, nah, aber ohne ihn zu berühren. Ihre Stimme war so leise, dass nur er sie hören konnte. »Sie würde uns sagen, wir sollen es nicht vergeuden.«

Er traute sich nicht zu antworten, also nickte er nur einmal.

Mrs Barley war bereits mehrere Schritte voraus und trieb die Modernisierer zügig zum nächsten sicheren Haus. Der Rest würde sich zerstreuen, wie sie es immer taten – in die Geschichte, in den Mythos, in die nächste gescheiterte Revolution.

Vincent stand eine Weile in der Kälte und beobachtete, wie die Stadt ihre Fiktion der Normalität wieder aufbaute. Er spürte Ren neben sich, konnte das Schlagen ihres Herzens hören, das nun auf derselben seltsamen Frequenz wie sein eigenes schlug.

Schließlich sprach sie wieder. »Die Menschheit ist sicher. Fürs Erste. Schade um uns.«

Er schnaubte. »Nicht das erste Mal, wird auch nicht das letzte sein.«

Ren grinste breit. »Dann schreiben wir das nächste Kapitel selbst.«

Vincent nahm ihre Hand, ein wenig überrascht, als sie es zuließ. Sie gingen die leere Straße entlang, die Dämmerung war noch nicht ganz bereit zu beginnen, aber die Nacht hielt sie nicht länger gefangen.

Hinter ihnen schwebte der letzte Funke von Zaras Geist auf, kreiste einmal über ihren Köpfen und erlosch mit dem leisestmöglichen Knall.

Die Welt schien, zur Abwechslung, mit ihrer Geschichte fertig zu sein.

EIN WORT DES AUTORS

Hallo,

Vielen Dank, dass du *Die Toten Umschreiben* gelesen hast!

Es hat viel Spaß gemacht, es zu schreiben. Ich hoffe sehr, es war eine unterhaltsame Lektüre.

Wenn dir das Buch gefallen hat, wäre ich unglaublich dankbar, wenn du so nett wärst, eine Rezension zu hinterlassen.

Rezensionen helfen Autoren aus mehreren Gründen wirklich sehr. Nicht zuletzt geben sie Feedback dazu, was den Lesern gefällt, und verbessern die Sichtbarkeit des Buches auf Online-Verkaufsseiten.

Vielen Dank im Voraus und ich freue mich darauf, deine Gedanken zu lesen.

Jon

MAILINGLISTE

Möchtest du vorab Informationen über zukünftige Veröffentlichungen erhalten?

Lust auf exklusiven Zugang zu Goodies, Sonderangeboten und Bonusmaterial?

Findest du auch, dass dein Leben ohne Jons monatliche Gedanken zum Schreiben, Lesen und Veröffentlichen nicht komplett ist?

Dafür gibt es eine Lösung! Melde dich noch heute für Jons Mailingliste an:

https://jonsmith.net/mailing-list

ÜBER DEN AUTOR

Jon Smith ist der Bestsellerautor von über 50 Büchern für Kinder, Jugendliche und Erwachsene. Seine Werke wurden bereits in sieben Sprachen veröffentlicht. Neben dem Schreiben von Büchern ist Jon ein preisgekrönter Drehbuchautor sowie Musical-Librettist und -Texter, mit Produktionen am Birmingham Hippodrome, Belfast Waterfront sowie in Londons Park, Waterloo East und Courtyard Theatres. Seine jüngste Produktion, *Dreamweaver – The Musical*, feierte Premiere im Old Court House in Kuching, Malaysia, und wurde auch im PJPAC in Kuala Lumpur aufgeführt.

Jon schreibt Krimis unter dem Pseudonym **Adi Flynn** und satirische Science-Fiction unter dem Pseudonym **Mark Voss**.

Jon hatte eine glückliche Kindheit – Gänseblümchenketten, Urlaube in der Sonne und eine obsessive Leidenschaft für alles Fantastische. Keine Zahnspange, wenige Pickel, nur ein gebrochener Knochen und ein gebrochenes Herz (nicht seines). Es lief alles prächtig.

Als Vater von vier Kindern lebt er mit seiner Frau und ihren zwei schulpflichtigen Kindern in der Nähe von Liverpool.

Wenn er einmal erwachsen ist, möchte er Bibliothekar werden.

DIE FANG UND ABSCHEU TRILOGIE

DER FÜNFTE REITER

EINE KOMISCHE FANTASY, DIE ÜBER DIE REGELN DES LEBENS UND DES TODES HINWEGTRAMPELT

ERHÄLTLICH ALS E-BOOK, TASCHENBUCH UND BEI KINDLE UNLIMITED

BALKON
media